先秦史傳散文新讀

歷史的際會

何福仁 著

序

　　本書副題先秦史傳，指的是《左傳》、《國語》和《戰國策》；要認識東周的歷史，除了出土的文物，這三本書是原典，是研究者所必讀。可它們同時是文學。各種中國散文史，無不奉之為漢語散文藝術的源頭，歷代的散文家都從此吸收養素。古人是文史哲一爐而冶，並不分家；文學獨立的觀念，要等到魏晉南北朝。另一方面，點明史傳，也是想與諸子散文區別開來。那是古人思想的精粹，先秦是思想家百花齊放的光輝歲月，諸子或親筆，或由後人轉述，同樣充滿文學的意趣。這本小書，選讀了三本史傳若干原文，也破格附引幾段司馬遷的《史記》作為參照，成拙文三十三篇，各篇固然獨立，限於篇幅，也難以周全，但整體上已嘗試呈現東周尤其是春秋各方面的面貌。並且考慮到選文不宜太長，完整就好，其中最長的是記載晉文公重耳復國、向戌弭兵之會，因為前者是《左傳》的重頭戲，刻劃一個落難公子去國十九年，身心受到磨練，逐漸蛻變，氣魄磅礴；後者則是古代會盟罕有的詳細記錄，本來枯燥的實錄，卻寫得富有張力。西方學者如蒲安迪等認為中國傳統敍事形式，重空間而略時間，這記錄是少有地突出時間的逼切感。

　　至於我們過去熟悉的〈曹劌論戰〉、〈鞍之戰〉等史傳名篇，一向膺選為教科書的範文，這裡就不再重複。只是後來想到本地教育改革以後，再無指定範文，這些經典未必為各種教本所選用，芸芸學子恐怕已失去文化的共同記憶。失去這些共同記憶，就不止於不認識幾篇名文那麼簡單，我們過去好幾代人上學讀書時都讀過《五柳先生傳》，讀過《孔子過泰山側》，背過若干唐詩宋詞，說起來大家都琅琅上口。經典，既培養我們的審美觀，也塑造我們的價值意識，最終成為我們互相認同的文化底蘊。論凝聚力的深度和廣度，哪及得上文

化的記憶？即使浪跡天涯，仍是永不磨滅的印記。

　　幸好原書易找，選本甚多，有心的讀者大可主動發掘。此外，本書原文不附一般選本慣有的白話文翻譯，一來肯定不會比原文好，我試着把它融入我的敍述裡；二來，有了語譯，往往就不看原文了。我只在注釋裡下工夫，借助專家學者的研究，不作煩瑣的考証，擇善而從。考証並非我的能力範圍，也不是本書的旨趣。我希望年輕的讀者看過我的書寫，繼而細讀原文，即使不喜歡古文，害怕古文，也不要錯過。讀好古文，可以開啟中國古典文化的寶藏；對寫作語體文，也有消解廢詞冗語之功。

　　先秦本無古文一詞，這是唐代韓愈的說法，唐宋古文八大家要打倒駢文，提倡重返的，正是先秦這個源頭。今人則概稱新文學之前的散文為古文。古文，不過是古人的書面語，沿用了二三千年，先秦古文，前人認為佶奧，那是時移世易，詞彙與虛字的意思迭有更變之故，——單詞往往累衍為複合詞，變得最多的是虛字，但語法則基本維持，參考學者的注釋，以及典章文物的解說，不見得比明清古文難讀。何況，史傳古文是通過具體史事陳述的，即使說理，也並沒有抽象玄虛的論說。讀完本書，對學習古文，一定有助益。逗引大家回到原文去，才是我的目的。當然，倘能引起興趣，再追看原書，就最好不過了。

　　至於所謂「新讀」，其實不敢說有什麼新鮮的看法，這三本書，讀了二千多年，要再讀出新意，真是難乎其難，如果這裡有幾點淺見，大抵是前人少談或少措意而已。較安全的說法是：每次閱讀都是一次新讀。詮釋學的學者認為詮釋是有歷史性的，每一個詮釋都是已有認識的再認識。我半生從事文學的學習和寫作，我的書寫，不妨理解為當下對先秦史傳的一種詮釋，然則我的詮釋不可能與前人完全不同，卻也不可能全同。而文學意蘊的解讀，也要放回構成的時空背景去，並同時印証一己的經驗，古今融合，而不是純技術的客體分析。一位詮釋學學者（Richard Palmer）說得好：這是一場「**歷史的際會**」

（historical encounter）。

　　三本史傳，我最喜歡《左傳》。《左傳》是否解說《春秋》，至今爭論不息，其作者是否左思明，是否一人的手筆，也有爭議。無論如何，三本書中以這本價值最高，當無異議。《春秋》文字疏簡，大義微言，貶之者戲稱為「**斷爛朝報**」（王安石語），而《左傳》，可以獨立閱讀，至少我就不當是「**讀經**」。今人應否讀經，如何讀經，那是另一問題。我尤其佩服作者敍事的能力，寫人物，寫戰爭，筆力剛柔並濟，駕馭各種材料，大場面小局面，都有條不紊，得手應心，真是散文的大師。司馬遷引孔子自述寫作《春秋》的原因：「**我欲載之空言，不若見之於行事之深切著明。**」若論「**深切著明**」，還得看《左傳》。

　　而且，《左傳》敍述的，是一段去中心的歷史（decentring history），但新的秩序又未建立，那是一個臨界的時代，一個仍然占卜，卻往往以人的意願為依歸的時代。新舊撞擊，進退之間，出現了許多戀舊的人物，像宋襄公，作戰時謹守舊禮，結果焦頭爛額；到了戰國秦昭公，侵地之外，還鼓勵殲敵，於是把降兵活生生的海沉、土坑，從二十萬到四十多萬，令人反思，為了爭勝，是否就可以視人命如草芥？又有一直被視為南蠻的楚莊王，打勝了，拒絕建立「京觀」的示威慣例，對「武」字另有新解，提出武德。也有像子產那樣的大政治家，高瞻遠矚，不怕群情洶湧，敢於推行各種改革。更有的，處於新舊夾縫而困苦不已，像叔向，一面反對子產公佈成文法，認為太新，另一面分明又看到時局的變化，舊貴族的地位已不可挽回，與晏嬰慨歎末世。晏嬰也是這樣，多方設法苦諫齊公，但看到姜齊不恤民，遲早會被田（陳）氏取代。田氏以大斗借出，以小斗收回，即使旨在籠絡，從今天的角度看，利民者昌，應該取得政權，晏嬰只是為人臣盡一己之責而已。這就產生矛盾、掙扎。《左傳》表現了這個豐富而多樣化的時代。記錄春秋時代的另一書《國語》，我在〈人不可以不學〉一篇已略作交代，這裡不再重複。

　　戰國後，已無較完整的歷史記載，《戰國策》只是各國的資料匯編，內容蕪雜，記的主要是縱橫家、謀士的活動，藏於秘府，經西漢劉向整理，並予以定名。不過這書一直受儒家學者輕視，到了北宋曾鞏，要四出搜求、重編，內容面貌是一改再改。儒家學者何以輕視這書，其實不難理解，這時代風尚轉移，用劉向的話：「捐禮讓而貴戰爭，棄仁義而用詐譎。」晚清顧炎武比較兩個時代，說得更詳細：

　　春秋時，猶尊禮重信，而七國則絕不言禮與信矣；春秋時，猶宗周王，而七國則絕不言王矣；春秋時，猶嚴祭祀，重聘享，而七國則無其事矣；春秋時，猶論宗姓氏族，而七國則無一言及之矣；春秋時，猶宴會賦詩，而七國則不聞矣；春秋時，猶有赴告策書，而七國則無有矣。邦無定交，士無定主，此皆變於一百三十三年之間。（《日知錄》）

　　以戰爭而論，雷海宗的《中國的兵》曾據《史記》統計過秦國自獻公至王政，前後十五次單方面的殺敵和坑卒，超過一百五十萬，並不計秦人自己的死傷，也不包括其他列國的爭戰，更不論因戰爭引致的飢饉、疾病、災禍等死亡。一旦打仗，全國牽動，何況戰國的仗打了二百多年，從春秋一百多諸侯國，到戰國消減到十二個，然後七個，最後由秦統一。多少代人生活在戰火的惶恐之中？春秋時的孔子還以為可以重建周的典章文物，還希望有所謂「興滅國，繼絕世」，到戰國的孟子，已確定周室無望，退而提倡哪一個行仁政哪一個就可以王天下。孟子並沒有說錯，暴秦終究只能維持十五年。

　　這時代，富國強兵是列國的急務，於是為此獻謀劃策的策士，應運而生。蘇秦、張儀、司馬錯、范雎，是表表者。他們大多是無恆產的「士」，憑豐富的通識、不爛之舌，出而游說各國君主，今天秦，明天楚，顛倒是非，讒巧黑白。而《戰國策》對這些名嘴，往往加以美化。

一次，孟子向學生公孫丑提出所謂「知言」，知悉言辭的意蘊，顯然是針對當時的策辯之言。何謂「知言」？公孫丑問。孟子答：

> 詖辭知其所蔽，淫辭知其所陷，邪辭知其所離，遁辭知其所窮。生於其心，害於其政，發於其政，害於其事。（《孟子·公孫丑上》）

這是說：偏頗的言辭，知道它欺瞞的地方；浮誇的言辭，知道它失實的地方；不合正道的話，知道它違背之處；躲閃推搪的話，知道它理屈詞窮之處。朱熹認為這四種言病，次遞惡化，是「四者相因」。讀《戰國策》，以至讀風雲譎變的世情，我們也要知言。何能知言？公孫丑沒有再追問，孟子在其他談話裡告訴我們，先要找回丟失了的善惡是非之心（「求其放心」）。

不過，以為《戰國策》只是策士的獨腳戲，也是概全之偏，因為書中還有其他豐富的內容，不少正面的人物，也有若反的正言，如鄒忌、觸龍、莊辛等等，同樣善於辭令，婉轉諫勸，因為意誠理正，所以修辭更有說服力，比起《左傳》，也更具文學的感染力。

總之，我反覆閱讀這三本史傳，興味盎然，許多個深夜，彷彿回到二千多年前，如晤古人，有時竟感覺古代的人事豈曾完全過去，古人不一定古，今人未必全今，古今相承相通，這種經驗，希望讀者同樣可以體會，獲得啟發，並參與其中的對話。

目錄

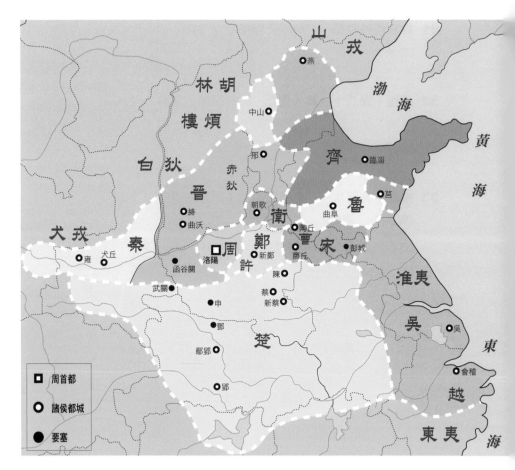

春秋列國圖

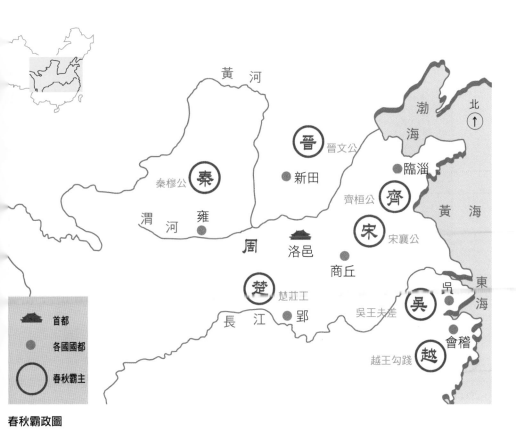

黃　河

晉
晉文公

新田

臨淄

渤
海

北
↑

秦穆公　秦

齊桓公　齊

黃　海

渭　河　雍

周　洛邑

宋
宋襄公

商丘

楚
楚莊王

郢

吳
吳王夫差

吳

東
海

長　江

會稽

越
越王勾踐

首都
各國國都
春秋霸主

春秋霸政圖

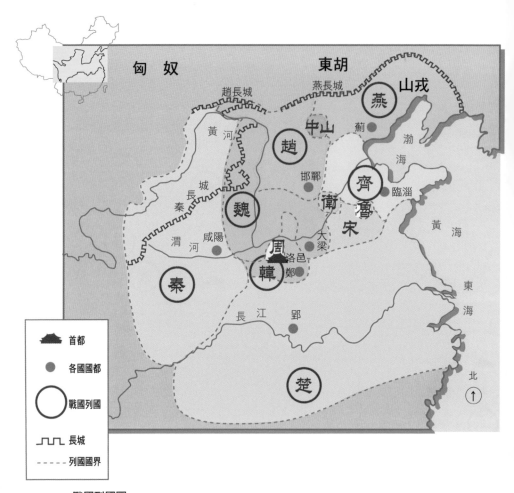

戰國列國圖

01

那一雙雙憤怒的眼睛
——邵公諫厲王

　　《國語・邵公諫厲王》是一篇千古名文，掌權的人，從一國之首，到一區的領袖，固然應該細讀，借以為鑑；一般學子，也不要錯過：中國歷史、文學是這樣寫的，可以培養我們的正氣，強健我們的骨氣。

　　西周的厲王執政時期從公元前 857 年至公元前 842 年，最後被國人驅走，死在彘的地方。起首說他暴虐，並沒有仔細交代，但後文寫他不聽批評意見，還派遣神巫設立情報組織，監察異見，一旦被告發，即「殺人滅口」，令人民噤若寒蟬。他還沾沾自喜，以為自己真能夠遏止非議（「弭謗」），其「虐」於是可知。

　　為什麼要由衛巫執掌監聽呢？因為暴君以為巫師有神通，可以聽到所有的訊息。周之前的商，很迷信這一套，凡事都要占問鬼神。周代也存留這種歪風，直到東周時孔子出來，才拒絕這種怪力亂神。由巫師做耳目，打報告，一定有許多無辜濫殺。大家敢怒不敢言，在路上，只能打眼色表示不滿。「道路以目」，真是具體、傳神的描劃。試想想，街道上充斥着一雙雙憤怒的眼睛，這會是個怎麼樣的社會？嘴巴會說話，眼睛何嘗不會說話？有時一個眼神，勝過千言萬語。

　　以殺戮來壓制不同意見，厲王之前有一位紂王，因此亡國。後世又有一位秦始皇，變本加厲：焚書坑儒，下令「偶語《詩》、《書》，棄市」。《詩》（《詩經》）是文學，《書》（《尚書》）是歷史。

要愚民，就要禁止學習本國文學和本國歷史。這其實也反映文學和歷史的力量，令人思考，啟發人爭取自由自尊。

下文是邵公的一段諫言。邵公指出厲王的「弭謗」，用的只是「障」法：一味堵塞。然後把堵塞百姓的批評比喻為堵塞河水。比喻既貼切，又能喚起中國古人的集體記憶。治水，鯀試過堵截，治標於一時，但水越堵越高，結果潰坍，造成更大的災難。禹用疏導、分流，而且活用水利灌溉農田，結果成功。防範人民的嘴巴，比防範洪水難得多（「防民之口，甚於防川」）。治水要「決之使導」，治民呢，必須「宣之使言」。

水的確帶給我們祖先深刻的教益，一些恆久而常新的象喻，往往來自生活深刻的經驗，古人不是有「水能載舟，亦能覆舟」、「從善如流」種種比喻？孟子也說過：「（舜）聞一善言，見一善行，若決江河，沛然莫之能禦也。」

天子聽政，要主動廣邀各階層的臣民，包括公卿、列士、瞽、史、師、瞍、矇、百工、庶人等等獻詩（文學能反映民情）、獻書（歷史能讓人知古鑑今），提出各樣想法、意見。文中「詩、曲、書、箴、賦、誦、諫、語、規、察、誨、修」，名稱不同，各有專屬，但作為反映所思所感的媒介則一。其中三公九卿、上中下列士「獻詩」，因通過詩表達的情意最細微動人；所以，詩可說是古代一種反映民情民意最重要的媒體。此外，一如古希臘人從荷馬（Homer）的史詩學習各種知識，古人也可以從詩認識生活（孔子云：「多識於鳥獸草木之名」）。周朝另有專責採詩之官，叫「行人」，到各地收集詩歌，再獻之天子。至於「史獻書」，是指史官負責進獻史書，令天子了解政事得失，知所借鑑。周人的書，當然不同於今天的書籍，而是寫在銘文、簡冊之上。此外，天子還要聽取各地流傳的街談巷語。總之，就是要多方設法取得意見，知道各階層人民的想法，務求下情上達。

不過，歡迎意見還只是第一步，可不能歡迎意見，聽過就算；也不是說，所有意見都要接納，這既無需要，也不可能。第二步，更重

要的是，仔細斟酌、比對，不能假諮詢，也不能議而不決。最後，揀優推行，而防備敗政（「**行善而備敗**」）。什麼是「善」呢？就看政策能否跳出小圈子，符合大眾利益。你不知道？就怕你自以為什麼都知道；讓人民告訴你吧。人民之口，正如土地上的山川，從中可以獲得資源、衣食，是大害，還是大利，就看天子的態度。

但厲王認為是大害。拒賢的另一面就會納奸。《國語》後文補充，厲王重用一個叫榮夷公的佞臣，把山川林澤收為專利，國人使用就要交重稅，弄得民怨鼎沸。那一雙雙憤怒的眼睛，三年後終於化為行動，把他推翻了。天子跑了，產生一段由大臣攝政的共和行政。中國明確的紀年，就由共和元年（公元前 841 年）開始。

原文中兩次提及被逼不敢說話的「**國人**」，可不要以為是所有人。西周建國，親疏嚴別，親戚和功臣，住的是城邦，稱之為「國人」，從貴族到各行各業人士都有，即邵公口中的臣民。王畿是這樣，分封的諸侯國則照辦複製。國人分得或多或少的土地，有或大或小的政治權利，於是要承擔守土戰爭的義務。政權的穩定，實有賴國人的支持。至於生活在廣大鄉野的，則稱「野人」，一般務農。野人主要包括被征服的人民，與周天子並沒有血緣關係，不用服兵役，並無政治權利可言，往往也不被當是「民」。把厲王流放的，是國人，是城邦之內的百姓，並不包括野人。野人本來就不敢言。人民的身份界定，從來就不是一塊鐵板。

山川林澤，本屬周天子所有，但國人可以進入漁獵，幫補生計；西周中期以後，部份甚至為貴族所佔有，上世紀七十年代若干銅鼎、衛盉出土，其中銘文就記載了土地的買賣。把山川林澤重新國有化，無疑打擊了國人的利益。國人與野人的區別，要到東周才瓦解，因為野人也被徵召，要參加打仗了。國人這次政變，只能說是上流及中流社會的「暴亂」，或者「叛變」（revolt），而不是「革命」（revolution），因為政體、政治原則並沒有改變。

這裡還有一個問題：邵公的諫言算不算謗言呢？文章只說厲王「**弗**

聽」。不聽罷了，對邵公並不怎麼樣。那麼厲王比前朝的紂王、後世絕對權力也絕對腐化的什麼王，畢竟不算最壞。這就好歹有了回報。當國人忍無可忍起事，厲王的兒子躲進邵公家裡。國人要邵公交人，邵公竟讓自己的兒子頂替。這個王子，長大後成為宣王。但宣王中興了一陣，幽王繼位，再出另一個暴君，同樣不聽諫言，西周終於報廢了。

原文

厲王虐，國人謗王，邵公告曰[1]：「民不堪命矣！」王怒，得衛巫[2]，使監謗者。以告，則殺之。國人莫敢言，道路以目[3]。

王喜，告邵公曰：「吾能弭謗矣[4]，乃不敢言。」

邵公曰：「是障之也[5]，防民之口，甚於防川。川壅而潰[6]，傷人必多，民亦如之。是故為川者[7]，決之使導，為民者宣之使言。故天子聽政，使公卿至於列士獻詩，瞽獻曲，史獻書，師箴，瞍賦，矇誦[8]，百工諫，庶人傳語，近臣盡規，親戚補察，瞽史教誨[9]，耆艾修之[10]，而後王斟酌焉，是以事行而不悖[11]。民之有口，猶土之有山川也，財用於是乎出[12]；猶其原隰之有衍沃也[13]，衣食於是乎生；口之宣言也，善敗於是乎興[14]。行善而備敗，其所以阜財用衣食者也[15]。夫民慮之於心，而宣之於口，成而行之，胡可壅也[16]？若壅其口，其與能幾何？」

王弗聽，於是國人莫敢出言。

三年，乃流王於彘[17]。

——《國語‧周語》

注釋

[1] 厲王虐，國人謗王，邵公告曰：厲王，西周厲王，本名姬胡，公元前 878 年即位，在位三十七年。謗，指責，原本屬中性，今人則作沒有實據的指責，變成貶詞。邵公，又作邵穆公，是周厲王的卿士，與周初的周公胞弟召公非同一人。

[2] 得衛巫：衛巫，衛國的巫師。

[3] 道路以目：在路上相遇，只能交換眼色，以眼神示意。

[4] 吾能弭謗矣：弭，音米或美，消除；動詞。我能夠制止批評。

[5] 是障之也：障，本指防水堤，引申作阻擋；動詞。

[6] 川壅而潰：壅，音雍或擁，堵塞；動詞。河水堵塞而至於崩缺。

[7] 是故為川者：為，指治理。這所以治理河水的人，句未完。

[8] 使公卿至於列士獻詩，瞽獻曲，史獻書，師箴，瞍賦，矇誦：公卿，三公九卿。三公乃古代輔政的最高官，九卿則是中央政府的九個高級官職。列士，官次於九卿，分上士、中士、下士，通稱列士。瞽，音古，失明人，古代多以失明人作樂官，失之視覺，往往得之聽覺，所以這裡解作樂官。史，外史之官，掌古代典籍。師，指九卿中的少師。箴，富警誡性的短文。瞍，沒有眼珠的失明人。誦，吟誦。矇，有眼珠的失明人。

[9] 百工諫，庶人傳語，近臣盡規，親戚補察，瞽史教誨：百工在奏樂曲時勸諫君主。傳語，指庶民的街談巷語，傳給君主。規，規諫。

[10] 耆艾修之：耆，音其，指六十歲以上的人。艾是五十歲以上的人。合指國中的元老。修，整理。

[11] 是以事行而不悖：悖，違背。

[12] 財用於是乎出：財，指資源。

[13] 猶其原隰之有衍沃也：原，平原。隰，音習，濕低地。衍，平坦的低地。沃，旁有河流灌溉的土地。

[14] 善敗於是乎興：興，顯現。加上前句，即是讓人民宣發議論，政事的好壞就得以顯露。

[15] 其所以阜財用衣食者也：阜，原指小丘，引申指累積。

[16] 胡可壅也：胡，怎樣，疑問詞。怎麼可以堵塞呢？

[17] 乃流王於彘：流，放逐；動詞。彘，音矢，地名，位於今山西省霍縣。

02

蘋果是這樣爛起來的……

——周鄭從交質到交戰

一

　　春秋的故事，要從周朝的衰敗說起。周室的衰敗，用司馬遷的話：並非一旦一夕的事，「其漸久矣」。這麼一個由親戚和功臣屏風那樣重重保護的大國，到頭來眾叛親離，分崩離析。蘋果之爛，往往從內部爛起。西周十二王，從第七個懿王開始，大都昏庸，接班繼位，也相當混亂，繼懿王之位的孝王，是王叔；孝王之後的夷王，則是懿王之子，由諸侯推立。既非兄終弟及，又不是嫡長子繼立，然則破壞禮法者，實始自周室。孝王受推立的結果，是周天子下堂而見諸侯，這是雙失：失禮且失威嚴。到了最後厲、宣、幽三王，有一個共通點：剛愎自用，不接納異見。厲王最先弄出個監謗的特務組織，結果被國人逐走。厲王、幽王兩爺孫的劣政，歷史昭彰，不用費詞，反而其間的宣王，號稱中興，其實也隱伏了敗亡之跡。中興一詞，從整個國祚來說，並不妙，一如拋物線的最高點，之前固然衰落，之後也必然敗落。

　　宣王中興云云，也嫌片面。宣王登位後即廢除籍田大典（「不籍千畝」），做法務實，卻承擔了不修古禮的罪責。中國自古以農立國，每年初春，周天子照例會率領群臣，在千畝這地方親耕，象徵式地動兩下土。他耕一壟，官員三壟，再由庶民把千畝之田耕好。並同時為社稷祈福，也借以勸農。籍又作藉，那是借助民力的意思。籍田，本

來是留給天子的私田，這是天子的私房錢，但西周後期，井田制破壞，不少籍田已落入貴族及自耕農之手。厲王要搞自然資源的專利，可見財政吃緊；而理論上，普天之下，莫非王土，那本來就是他的資產，卻馬上群情洶湧，令自己失去靠山。不籍田，實始自厲王。到了宣王，見土地私有已成事實，索性連門面工夫也不做了，等於放棄主權，追認私有合法化。在《國語・周語》裡，我們讀到虢文公一大段說話，苦勸宣王籍田不可廢。宣王不聽。後來有姜氏之戎，盡喪南國之師。

他對外族不斷用兵：西北的玁狁，東北的徐戎，西方的戎狄，南方的蠻夷。這些戰爭，有勝有負，大多不得不打。只是到了晚年，則屢戰屢敗。為了補充兵員，在太原普查人口（「**料民**」），仲山父反對，認為早有人口管理的機制，戶籍有案可稽，何必暴露自己人少的弱點（《國語・周語》云：「**示少而惡事**」）？但宣王並不接受。結果人心惶惶，也破壞了舊制。

政策的存廢，容或見仁見智，但無辜殺了重臣杜伯，卻肯定不可理喻。更大的失誤，是出於私愛，出兵干預魯國的接班人，廢嫡立庶。這不單不聽朝臣的勸阻，也不理魯人的反對。《國語・周語》云：「**諸侯從是而不睦。**」針砭得很嚴厲。不睦，就下開春秋不仁不義之戰。此外，最後三朝連年天災。幽王時，關中一帶大地震，連岐山也震塌了。沒有人禍，天災未嘗不可補，但天子失民，天怒就加深人怨了。

到周平王取得帝位，得外公申侯之助，而申侯則借兵犬戎；東遷洛邑，也是因為犬戎破壞鎬京之故。平王雖無弒父之實，卻不無引狼入室之責。在諸侯眼中，並不受尊重。維持新都的局面，也有賴晉、鄭兩國護駕。鄭和周接壤，鄭桓公是周宣王的弟弟，受宣王所封，建都於京畿的棫林，領土甚小，人口更少。申侯之封，則出自宣王，這是姜姓的母舅家族，封地稱為謝地，南近楚蠻，西接犬戎，極不安寧。可見西周天子到了晚期，以至東周的初期，祖業萎縮，格於形勢，仍不得不封，只好從手上已經縮了一半的領土再分拆，真是左支右絀。鄭桓公其後以財物寄託東虢、鄶，借得這兩國的荒土，和兒子武公掘

苦經營。時機成熟，索性滅了東虢、鄶，遷都新鄭，逐漸興盛起來。工匠、商賈本來隸屬於政府、貴族，生意不是為自己做的。鄭桓公應是第一個把商人釋放的人，他跟商人協議，容許自由貿易、不強買強奪他們的財物，條件是不可背叛鄭君。所以鄭人有從商的傳統，出過愛國商人弘高。桓公其後在周幽王時殉難。

鄭武公助平王遷都，跟後繼的莊公先後成為周的卿士，執掌周的朝政。桓公、武公尚能克己，到了莊公，工於心計，再非吳下阿蒙，國勢極盛，人也變得很專橫。周平王覺得不對勁，想讓旁邊的小國西虢公也來參政，以制衡鄭伯的專擅。鄭和虢都是姬姓宗親，周初封建虢國，封了東西北三個，其後再另分南支。武公滅了東虢；周天子無可奈何，讓西虢分權，不無補償的意味。不過設想而已，鄭莊公知道後馬上表示不高興。不高興麼？我哪有這個意思？周平王解釋：不信？我們就交換自己的兒子作人質。

以人質作為抵押，是東周列國的作風，但天子為了取信，竟然自降身價，和諸侯換質，這是歷史所未見。以交換人質表示信任，正反映彼此的猜忌。周天子到了這個地步，實無威信可言了。平王之後由孫兒繼位，是為周桓王，他跟祖父截然不同，祖父太軟，他則過硬，他試圖恢復周的權威，決定落實讓西虢公主政，位居鄭伯之上。結果鄭人給你好看，眼白白把你土地上的麥、米取走。諸侯之於周室，本來就有兩種義務，一為經濟支持（朝覲、納貢），一為軍事支援（協防、伐罪），那是一種君臣關係，東周後此消彼長，變成對等，再變為對峙了。

《左傳》長於敍事，隱公三年寫周鄭從交質到交惡，不過短短九十一字，純粹白描，不加形容、修飾，卻呈現了人情的冷暖，世情的遷變，其間加插鄭人一再奪取周室的食糧，寫得俐落、具體。

其後再引君子的批評，反而有一百二十二字，未免喧賓奪主，從文學的角度看，多此一舉。而且評得不好。《左傳》往往在史事的敍述之後，引君子或孔子等人的一番道理，表示態度，通常都有點睛之

效，但也有不適切的時候。例如這一段話：君子締結兩國的信任，依禮行事，又哪裡需要人質呢？「**結二國之信**」云云，是一種「失語」（Freudian slip），無意中說出不想說的事實：周室已降格等同諸侯國。這應該是春秋晚期以至戰國後的觀點，作者忘了二百四十二年的春秋才剛開始。君子譴責天子換質以取信的失當，針對的是誠信問題，信任要發自內心才好，並且不厭其煩，引《詩經》四首以証。今天看這種評論，空泛且不對焦，不管周室分權的理由，更無視鄭人奪糧的挑釁。你投訴鄰人偷竊，官府卻教你要愛護鄰居。睦鄰？理所當然，我何嘗不知道，但眼下他就是一再偷了我養活自己的東西；何況，我當下好歹還是天下的共主。無論如何，這是東周第一次打擊，周天子不單不是共主，他連自家要任用誰也不能作主。本來是屏藩的諸侯，——鄭桓公因勤工周幽工而死，至此已成敵國。

　　《左傳》說鄭莊公見權力被奪，就不再朝覲。《史記》則補充，其後莊公還上朝見周桓王，但桓王並沒有加以禮待，莊公這才一怒不朝。桓王為了報復奪糧，要把周武王當年給予司寇蘇忿生的十二個食邑換取鄭的四個，這十二個邑，名義上仍屬周天子，但長期為蘇氏後人所據，且與戎狄勾結，已不能取回。換邑，等於白白向周奉獻。鄭也不示弱，以眼還眼，「**與魯易祊、許田**」。周天子巡狩時會祭祀泰山，諸侯要陪祭，所以各國在泰山四周都有湯沐邑，好像今天富人的別墅。祊田是鄭伯受命於天子而祭泰山的地方，並不近鄭國；祊田的收入，作為祭祀的開支。許田則是西周初成王賜給周公的采邑，因為周公雖獲魯國封地，但一直留守周廷行政。

　　天子巡狩，一如董事長按時視察分店的業務。如今鄭國以天子不再能夠巡狩，提出與魯國兩田互換，各近其國。許田有周公廟，鄭又說不再祭泰山了，改祀周公。《穀梁傳》云：「**天子在上，諸侯不得以地相與。**」容或是後人的解釋，但擅相換易，根本不放天子在眼內，認定你再無能朝祭，就替你實質地一併廢了。如果授田不可私相交換，則授國更不能兼併，但周室的鄭國卿士執法而犯法，先後滅了

東虢、鄶、胡、鄢四國，領土不斷擴張。

周、鄭兩個堂兄弟的吵鬧，既惡劣，又兒戲。周桓王決定找來蔡、衛、陳三國聯合討伐鄭，產生鄭地繻葛之戰。這一戰，是周最後的反撲，成為致命傷。

二

繻葛之戰是周、鄭第一場大戰，七十一年後，周襄王十七年（公元前 636 年），再打一次，周室卻需外借狄人之力，不聽臣子引用「**兄弟鬩牆，外禦其侮**」的勸告。這次周桓王親征，等於孤注一擲。他徵集的聯軍，並非一流貨色，而組合調配甚怪，陳、蔡在鄭國之南，衛在鄭國之北，可說勞師。桓王帶領左中右三軍，親率中軍；虢公林父率右軍，帶領蔡衛聯軍；周公黑肩率左軍，帶領陳軍。主帥照例率最精銳的軍隊居中，像足球隊的中鋒，衝鋒陷陣；左右軍則像兩翼，在兩側助攻。這個傳統陣法，彷彿飛行的雁，後人稱之為「鳥陣雁行」。周桓王既沒有什麼打仗經驗；聯軍，說不好聽，是烏合之眾。

鄭國子元看穿對手的弱點，他建議不同的部署：把中軍移後，改由左右的方陣攻敵，仍用足球的比喻，則中鋒墮後，伺機而上。為什麼這樣？因為他洞悉周聯盟的左右軍並不牢靠，右軍的蔡、衛，並沒有戰意；最大的死穴是左軍的陳，剛值國喪，內亂未靖，尤其缺乏士氣。國喪而出征，本來於禮不合；周桓王計不及此了。子元認為先攻周的左方陳軍，中軍加以聲援，敵軍一定大亂，而蔡、衛也會不支而敗走。左右軍一潰，己方的左右方陣即可配合中軍，像一張網那樣撒向周的主力，這種新陣，稱之為「魚麗之陣」。古「麗」、「罹」相通，要對手像魚罹網中的意思。

春秋之戰，這時期仍然繼承殷商以來的車戰，以步兵為輔。每乘載甲士三人，御者居中，左邊的射箭，右邊的持戈戟攻敵，稱為「戎右」，或「車右」。不過帥車則由主帥居中指揮，配備旗鼓；御者移左；

持長兵器攻敵者仍居於右。如果國君親自出師，則君主居左，御者居中，右邊仍然持矛作戰。御車既要專精此術，要力氣，也要專注。國君、主帥都不適宜。每乘健馬四匹，不求同色，但要體魄相當。步兵則從旁支援。這時期車兵和步兵，配合得並不緊密。

子元的方陣則戰車與步兵開始較緊密地協作。什麼是方陣呢？春秋戰陣，主要是方陣和圓陣，前者主攻，後者主守。方陣是軍隊排列成方形，或長方形。圓陣，是首尾相接，抵禦來自各方的打擊；有了背靠，又可變成半圓形。

方陣的部隊一般有兩偏，一偏有二十五輛戰車；即合共五十乘。步兵五人為伍。伍是整個周代步兵的基本編制單位。何以是五人？這是五種長短不同兵器的配合，順序是：戈、戟、矛、殳、弓。殳，又作杸，是長棍上裝配青銅或鐵製的圓頭，圓頭上有若干棱刺。當年的戈、戟，屬於短兵，排在最前線；矛、殳則屬長兵，排在三四。作戰時，隊伍成一縱深，短兵與敵相接，長兵稍隔殺敵。最後是弓箭手，在長短兵的掩護下放箭。據《周禮》記載，每個戰士的距離是有規定的，約 1.8 米；伍的縱深為 7.2 米。算得很精細，或是後人規範化的設想，但總不會漫無準則。若干個小方陣，再組成一個大方陣。子元方陣的特點是，步兵在戰車之後，填補戰車之間的隙縫（「**先偏後伍，伍承彌縫**」）。

鄭莊公接納了子元的陣法和戰略，並明令左右軍聽令元帥的旗鼓，同時進攻。接戰之下，周的左軍果然首先敗逃，亂成一團。周的中軍受三面夾擊，大敗；桓王肩膀中箭傷，不過總算能有序地退走。將軍祝聃請求追擊，莊公不為已甚，拒絕了，說得很漂亮：本來就不敢與周天子打仗，沒有吃敗仗，保存了國家，已算萬幸了。當夜，不管真情抑或假意，還派人慰勞天子；並且慰問群臣。但周室從此大勢已去，再無足輕重了，還剩下什麼呢？一個虛銜。

《左傳》桓公五年寫子元的分析，為我們留下春秋兩種不同陣法的記錄。真正的交鋒，倒是着墨不多。大抵悉如所料，也就不再費詞。

荀子說：「**齊之技擊，不可以遇魏氏之武卒；魏氏之武卒，不可以遇秦之銳士；秦之銳士，不可以當桓、文之節制；桓、文之節制，不可以敵湯、武之仁義。**」（《荀子・議兵》）齊地崇尚技擊，但鬥不過魏氏武卒，因為魏氏武卒的裝備精良，但魏卒可又鬥不過秦的銳士，因為秦的裝備不單精良，同時特別獎勵軍功，秦人再無其他出路。但秦銳也鬥不過齊桓、晉文的節制。所謂節制，就是嚴整守序。仍用足球比賽做比喻，那是球員謹守崗位，悉聽領隊賽前的部署；烏合之眾，即使人人球技出眾，沒有團隊精神，總鬥不過紀律嚴明的球隊。不過到頭來，最無敵的仍是仁義。荀子是戰國末期人，一輩子生活在弱肉強食的戰火裡，對仁義之師的嚮往，還得遠溯到微茫久遠的商湯、周武去。

但春秋不義之戰，鄭國是始作俑者。戰勝天下的共主，是鄭國國力最輝煌的日子，於是有些史書稱鄭為小霸，問題在並不尊王。但這樣的好日子不長。鄭莊公之後，鄭國備受後起的晉、楚欺凌，在夾縫裡殘喘；到了子產掌政，努力革新，才稍得安定。

鄭的對手更不好過。我們知道，打仗是最花錢的，無錢不行。當年周平王避地洛邑，也沒有信心可以回去，曾應許秦襄公，如果能驅逐犬戎，岐、豐的土地就讓給他。周的西方土地，於是悉數落入秦人手中。國土日蹙，經濟日壞，天子再無千畝之田可籍，無能巡狩視察，諸侯大多也不再朝覲進貢，不得不向親戚求財、求座駕，連天子的喪事，也要求賻金。周、鄭同為姬姓，但窮表兄憑什麼可以號令富表弟呢？何況血緣，不幸是越來越稀釋了。這些年來，我們耳聞目睹香港的富二代爭產，層出不窮，久已見怪不怪，何況是一個經歷無情歲月的大家族？這大家族由親戚和功臣建立，像一個蘋果那樣，共主是核心，四周由諸侯包裹，諸侯列國又各有卿大夫，卿大夫有采邑，采邑之內有陪臣；再外面則是四夷。問題是親疏有別，人事不齊。共主、諸侯，以至卿大夫，又互為核心，隨着社會變化，權力層層外移。據說周初周公旦和姜太公曾有這麼一段對話：

呂太公望封於齊，周公旦封於魯，二君者甚相善也。相謂曰「何以治國」？

太公望曰：「尊賢上功。」

周公旦曰：「親親上恩。」

太公望曰：「魯自此削矣。」

周公旦曰：「魯雖削，有齊者亦必非呂氏也。」

其後齊日以大，至於霸，二十四世而田成子有齊國；魯日以削，至於覲存，三十四世而亡。（《呂氏春秋・長見》）

「尊賢」與「親親」是兩條截然不同的路線。不過兩位偉人的治國方略，四百年後的作者從何得知？這大概也是後人的代言，因而符合史事的發展。尊賢與親親的優劣得失，不宜簡化，也不一定對立。但齊國尊賢的效果，的確出了許多賢才，管仲本來是齊桓公的敵人，晏嬰也非公族。齊國尤其出了許多軍事學家：孫武、田穰苴、孫臏。周公旦和姜太公同是開國功臣，但封地不同，待遇有別，正是「**親親上恩**」的體現。魯土地較平坦、肥沃；齊則靠海，鹽土本來不利農耕（《史記》：「**地潟鹵，人民寡**」）；因此反而得漁鹽之利，那是因地制宜，治理有方。姬旦是武王的親弟，呂尚則源自東夷，封於齊，是以夷制夷。旁邊的魯國，我是小人之心，不無監視之意。當然，西周能夠支撐二百多年，也不可謂短了。

蘋果最初，新鮮亮麗，日子一久，不免枯乾腐爛。當蘋果爛起來，往往由內核開始。周室自繻葛之戰後，到了桓王，宮廷依然不斷內耗，為那個虛銜而鬥個死去活來。《左傳・桓公十八年》，記載周大夫辛伯諫說：「**並后、匹嫡、兩政、耦國，亂之本也。**」意思是姜后並列、庶嫡匹敵、臣子兼政、諸侯的城如同天子的國。但他說的其實是亂象，而不是亂因，是爛起來的果實，而不是種子。

原文

一

鄭武公、莊公為平王卿士[1]。王貳於虢[2]，鄭伯怨王[3]。王曰：「無之。」故周鄭交質[4]。王子狐為質於鄭，鄭公子忽為質於周[5]。

王崩，周人將畀虢公政[6]。四月，鄭祭足帥師取溫之麥[7]；秋，又取成周之禾[8]。周鄭交惡。

君子曰：「信不由中[9]，質無益也。明恕而行，要之以禮[10]，雖無有質，誰能間之[11]？苟有明信，澗谿沼沚之毛[12]，蘋蘩蘊藻之菜[13]，筐筥錡釜之器[14]，潢汙行潦之水[15]，可薦於鬼神[16]，可羞於王公[17]，而況君子結二國之信，行之以禮，又焉用質？〈風〉有〈采蘩〉、〈采蘋〉，〈雅〉有〈行葦〉、〈泂酌〉[18]，昭忠信也。」

——《左傳》隱公三年，公元前 720 年

注釋

[1] 鄭武公、莊公為平王卿士：武公是春秋時鄭國第二代國君，父桓公是周宣王弟，封於鄭。其後遷都新鄭（今河南省新鄭縣）。莊公是武公子。平王，周平王，周幽王子，東遷洛陽，是為東周。在位五十一年。卿士，周室掌管國政的官員。

[2] 王貳於虢：貳，不壹，動詞。虢，西虢國的西虢公。指分莊公之權而不專用莊公。

[3] 鄭伯怨王：伯是鄭君的爵位。怨，怨忿，動詞。

[4] 周鄭交質：質，人質，交換人質以求保証守約。

[5] 王子狐為質於鄭，鄭公子忽為質於周：周以周平王之子狐跟鄭莊公之子忽互換作人質。

[6] 周人將畀虢公政：畀，給予。周天子將要給予虢公掌政之權。

[7] 鄭祭足帥師取溫之麥：祭足，即鄭大夫祭仲。祭是他的食邑，名足，字仲。帥，為主帥率領鄭師；動詞。溫乃周邑。取，奪取。

[8] 又取成周之禾：成周，指東周都城洛陽。

[9] 信不由中：信，誠信。中，同「衷」，內心。誠信不發自內心。

[10] 要之以禮：要，節制、約束。以禮加以約束。

[11] 誰能間之：間，離間。

[12] 澗谿沼沚之毛：沚，小沙洲。毛，指野草。全句指山澗、溪谷、池沼、沙洲的野草。

[13] 蘋蘩薀藻之菜：蘋，浮萍。蘩，俗稱白蒿。薀藻，都是水草。菜，指野菜。

[14] 筐筥錡釜之器：筐筥，竹製盛器，方形叫筐，圓形叫筥。錡釜，則為炊器，有足的錡，無足的釜。泛指各種器具。

[15] 潢汙行潦之水：潢，積水池。汙，池塘。行潦，道路上的積水。全句指池中和路旁的積水。

[16] 可薦於鬼神：薦，進獻。

[17] 可羞於王公：羞，進奉食物。

[18] 〈風〉有〈采蘩〉、〈采蘋〉，〈雅〉有〈行葦〉、〈泂酌〉：〈風〉是《詩經》中的〈國風〉組詩的省稱。〈雅〉指《詩經》中〈大雅〉的組詩。全句的意思是，〈國風〉有〈采蘩〉、〈采蘋〉兩篇詩，〈大雅〉有〈行葦〉、〈泂酌〉兩篇詩，都表達忠信的重要。

原文

二

王奪鄭伯政[1]，鄭伯不朝。

秋，王以諸侯伐鄭，鄭伯禦之。

王為中軍；虢公林父將右軍[2]，蔡人、衛人屬焉；周公黑

肩將左軍，陳人屬焉。

　　鄭子元請為左拒以當蔡人、衛人[3]，為右拒以當陳人，曰：
「陳亂[4]，民莫有鬥心，若先犯之，必奔。王卒顧之[5]，必亂。
蔡、衛不枝[6]，固將先奔。既而萃於王卒[7]，可以集事[8]。」
從之[9]。曼伯為右拒[10]，祭仲足為左拒，原繁、高渠彌以中軍
奉公[11]，為魚麗之陳[12]，先偏後伍，伍承彌縫[13]。

　　戰於繻葛[14]，命二拒曰：「旝動而鼓[15]。」蔡、衛、陳皆奔，
王卒亂，鄭師合以攻之，王卒大敗。祝聃射王中肩[16]，王亦能
軍[17]。祝聃請從之。公曰：「君子不欲多上人，況敢陵天子
乎[18]？苟自救也，社稷無隕，多矣[19]。」

　　夜，鄭伯使祭足勞王[20]，且問左右[21]。

——《左傳》桓公五年，公元前 707 年

注釋

[1] 王奪鄭伯政：指周桓王罷免鄭莊公主政卿士之職。

[2] 虢公林父將右軍：虢公林父，時為周卿士。下句「周公黑肩」，即周桓公，名黑肩。將，
率領；動詞。

[3] 鄭子元請為左拒以當蔡人、衛人：子元，鄭公子。拒，通「矩」，方陣。當，即擋，抵擋。

[4] 陳亂：陳桓公剛死，弟佗殺太子免自立，國內動盪。故下文提出：先攻擊（犯）陳軍。

[5] 王卒顧之：顧，看見。指周的兵卒看見陳軍敗走，一定大亂。

[6] 蔡、衛不枝：枝，通「支」，支撐、支持。

[7] 既而萃於王卒：萃，集中。

[8] 可以集事：集事，成功。

[9] 從之：從，依從；動詞。下文「祝聃請從之」，從，音眾，追逐，同為動詞。

[10] 曼伯為右拒：曼伯，鄭大夫。他率領右邊的方陣。

[11] 原繁、高渠彌以中軍奉公：原繁，鄭大夫。高渠彌，鄭卿。奉，侍奉；動詞。

[12] 為魚麗之陳：陳，古通「陣」，麗通「罹」。魚麗之陣是由車卒編組協作的一種陣法。兵車一隊分為二偏，每偏二十五輛戰車，配合步卒五人為伍。

[13] 先偏後伍，伍承彌縫：戰車在前，步兵在車後，彌補偏間的縫隙。

[14] 戰於繻葛：繻葛，鄭地，今河南省長葛市；繻，音須，又讀魚。

[15] 旝動而鼓：旝，音快，大旗 。鼓，擊鼓乃進攻的信號。指左右方陣要看主帥揮動大旗，然後同時進攻。

[16] 祝聃射王中肩：祝聃，鄭臣。射，射箭；動詞。

[17] 王亦能軍：周天子雖敗，仍能指揮有序地退走。或説「亦」是「不」字之誤，即周天子潰不成軍。

[18] 君子不欲多上人，況敢陵天子乎：上人，出人之上、超越別人。陵，侵侮。意思是君子不想太過佔別人上風，更不敢侵侮天子。

[19] 社稷無隕，多矣：社稷，引申指國家。隕，墜落。多，滿足。全句是指如果能挽救自己，使國家免於滅亡，已很足夠了。

[20] 鄭伯使祭足勞王：勞，慰問；動詞。

[21] 且問左右：問，問候。

　　晉國有一位曾和趙盾苦諫混蛋國君晉靈公的名臣，名字多達十個，先後出現在《左傳》上，那是士會（約公元前 660 年至公元前 583 年）。他同時叫士季、會、季氏、范會、范武子、武子、隨會、隨季、隨武子，對讀者造成甚大的困擾。而他本來姓祁。他分身有術麼？不是。看來不弄清楚中國人姓氏的源流，是難以讀懂先秦幾本史傳的。這裡試略加解說。

　　先說姓。先秦時代，姓和氏有嚴格的分別。姓最先出現，《國語‧晉語》云：「**黃帝以姬水成，炎帝以姜水成，成而異德，故黃帝為姬，炎帝為姜。**」這姬姓、姜姓，都是因地名而來。這當然是傳說，但並非沒有根據。由族而衍生的氏，其中也有出自地名的。無論如何，族是共同種族的稱號，一旦建立，就固定不變。族名大多以「女」為偏旁，顯然是母系社會的烙印，例如姬、姜、姒、嬴。連「姓」本身也從女。

　　族姓的作用，對周人而言，是辨別血統，避免近親繁殖。周公推行封建，為親戚與功臣封疆建國，封國有同姓的親戚，也有異姓的功臣；親戚必然最多。主要的姓有二十二個，其中不乏既有親又有功，魯國就是例子。周公建立宗法制度，依據的是血緣關係，然則辨別種族就很重要，因此規定同姓不婚（《左傳》僖公二十三年：「**男女同姓，其生不蕃**」）。所以齊（姜）與魯（姬）成親，晉（姬）與秦

（嬴）聯婚，那是親戚與功臣的近鄰結合，成為時行的風俗。

下面試列一個簡表，略舉五個比較重要封國的族姓：

姓	主要封國
姬	魯、晉、衛、鄭、蔡、曹、滕、吳、燕、虢
姜	齊、許、申、向、州、萊、呂
嬴	秦、黃、江、徐、梁、穀、鍾離
姒	杞、鄫、越
芈	楚、夔、權

再說氏。氏是後起，由族支生，這是華夏確定父系社會的標誌。到了秦漢以後，氏反而與族合二為一，氏族並稱，以至取代了族姓。這是人口增多，家族繁衍的結果。今人大抵只知有氏，或者氏族不分，而不知有族。《左傳》載春秋初魯隱公攝位，曾因羽父要求為逝世的貴族（無駭）賜諡號，向眾仲詢問諸侯和卿大夫姓氏的來源，眾仲說：

周天子建立有德行的人為諸侯，按照他的出生賜予姓名，分封土地而根據地名命氏。諸侯則按士大夫的字給予諡號，這成為他們的族名。世代做官有功的人，就以官名做族名；也同樣有以封邑為族名的。隱公接納建議，以無駭祖父公子展的名字，賜其後人為展氏。

眾仲的話有點籠統，卻是姓氏源流最早的說明。族名可以別婚姻，氏名則可以別貴賤。後世學者根據《左傳》，列出氏的來源有五：

一、出於封地。封國的諸侯，其後人以始祖的封地為氏，如陳國為陳氏，諸侯再把封地劃分給卿大夫，則卿大夫的後人也以采邑之名為氏；

二、出於居地。諸侯封國之內，各地有名，諸侯的後人往往以居住的地方為氏，例如姜太公後人居於營邱，以姜為族，邱為氏；

三、出於官職。例如周朝掌教化的司徒，掌軍事的司馬，其後人各以司徒、司馬為氏；

　　四、出於職業。周朝手工業日漸發達，不少人以祖傳的專業為氏，例如從事陶工為陶氏，從事屠夫為屠氏；

　　五、出於祖父或父的字。古人男子二十歲加冠成年，名字之外取字，其後人也有以父親或祖父的字為氏，此父親或祖父多為名人，例如無駭的後人獲賜祖父的名字為展氏。孔子的七世祖孔父嘉，生於宋，姓子，孔父是字，宋內亂時被殺，後人逃往魯國，其孫以孔為氏。

　　種族是不變的，但人的官職、身份、工作等等卻會變，東周後世局動盪，社會階層流動頻繁，變得更快更多，氏固然可以兩代不同，即使同一個人，氏也可以不斷變化、重疊。士會有十個名字就是例子，他的祖先為帝堯之後，姓祁，在周宣王時，士會的四世祖杜伯無罪被誅，其子奔晉，生蒍（音偉）。蒍是士會的祖父，為晉士師，得以官職為氏。士蒍生成伯缺，成伯缺生士會。士會除保有祖父的士，先後受封隨、范兩個采邑。所以他有三個氏：士，來自祖先的官職；隨、范則來自自己的封地。會是名；季是排行；武則為諡號。

　　但別以為所有周人都有氏，這是貴族名流才有的，下層百姓其實並沒有。有身份的周人但稱氏，再加名即可，無需稱族。否則士會加上祁姓，豈非有二十個名字？不過仍不能混淆。《史記》介紹孔子：「**其先宋人也，……字仲尼，姓孔氏。**」這是漢人做法，姓氏不分。孔子既是宋人之後，應是子姓，孔氏。《史記》寫老子，也說「**姓李氏，名耳，字聃**」。不過到了屈原，則云：「**屈原者，名平，楚之同姓也。**」這就對了。楚的祖先族姓羋，羋音米。

　　至於女子，為了確保同姓不婚，必須稱族，往往族氏聯稱，例如「齊姜」。這是個以男姓為中心的社會，齊姜並沒有留下自己的名字，彷彿女子只有家族的姓氏，沒有自己獨立的身份。「齊姜」這個貴族女子嫁給魯君，則稱「魯姜」，死後倘有「文」這樣的諡號，則又可稱為「文姜」。即使是買回來的侍女，也要查核族名，查不到呢？就問鬼神：占卜。

原文

無駭卒 [1]，羽父請謚與族 [2]，公問族於眾仲 [3]。

眾仲對曰：「天子建德 [4]，因生以賜姓 [5]，胙之土而命之氏 [6]，諸侯以字為謚，因以為族 [7]。官有世功，則有官族 [8]。邑亦如之 [9]。」

公命以字為展氏 [10]。

——《左傳》隱公八年，公元前 715 年

注釋

[1] 無駭卒：無駭，魯大夫。卒，死亡。

[2] 羽父請謚與族：羽父，即公子翬（音揮），姬姓。魯世襲貴族，史家斷定其為人陰險，為求大宰（執政之職），向攝政的魯隱公提出刺殺太子允（又名軌，隱公之弟，後來成為魯桓公），隱公拒絕。他反而向允讒害隱公，並於隱公十一年（公元前 712 年）弒隱公。謚，音試，天子、貴族死後的封號；這裡用作動詞。春秋初期，卿大夫獲賜氏者不多，故羽父有此請求。

[3] 公問族於眾仲：公，魯隱公（公元前 722 年至公元前 712 年在位），姬姓，名息姑，魯國第十四代國君，魯惠公庶子。魯惠公死，其正室所生子名允年幼，由庶兄息姑攝政，在位十一年。當羽父自薦刺殺允，隱公斷然拒絕，反被羽父誣陷害死。眾仲，魯大夫，姬姓，眾氏，博學通識，曾為隱公解說祭祀時天子用八佾舞，諸侯用六佾舞，大夫四佾舞，士二佾舞。

[4] 天子建德：天子，周天子。建德，建立有德行的人為諸侯。

[5] 因生以賜姓：此句有不同解說。生，一指出生之地。按照他出生的地方賜予姓，如姜姓，乃居於姜水之故。另一則解為其祖先孕育的經過，如周始祖棄，其母踐踏巨人腳跡，懷孕以生棄，故周姓姬。

[6] 胙之土而命之氏：胙，以土地賜給功臣。分封土地給有功的臣子，並賜給他氏名。

[7] 諸侯以字為謚，因以為族：諸侯以他的字為謚號，後人就因此而為氏族。諸侯之子稱公子，公子之子稱公孫，公孫之子不可再稱公孫，乃改以其祖父之字為氏。

[8] 官有世功，則有官族：先世為官而有功者，則以官名為氏族。

[9] 邑亦如之：封在采邑的也是這樣。

[10] 公命以字為展氏：展氏，無駭是公子展之孫，隱公以公子展的字作為其後人的氏。

04

一個失常失信的領導

——公孫無知之亂

　　春秋五霸之首，是齊桓公，他得國的過程，曲折而驚險；任用管仲，也成為歷史的美談。故事要從齊國第十四代君主襄公說起。

　　《左傳》魯莊公八年（公元前 686 年）有一段寫齊國公孫無知的政變，寫得很精彩，堪稱史傳敍事代表作之一。齊襄公是一個荒唐的暴君，而且任性妄為，舉措漫無準則。他派連稱、管至父出外駐守葵丘，兩人很不願意。襄公就推塞說：守一年，瓜熟時去，明年瓜熟，就派人換班（「**瓜時而往，及瓜而代**」）。可是到瓜熟了，並無換防的着落。兩人請求，又不許。於是忿而謀反。

　　《左傳》補敍一筆：襄公的父親是僖公，僖公的同母弟夷仲年有一個兒子叫公孫無知，甚得僖公的歡心，夷仲年早死，僖公就給予無知等同太子的待遇，林琴南所謂「**怙寵**」（《左傳擷華》）。這令襄公不高興；登位後把堂弟無知的優待收回。作者沒有交代無知的感受，也不必交代，因為下文接着是連、管二人拉攏他策動政變。這可知特權不能因私愛而發；至於本來不應得的，得了卻被取回，如果沒有妥善處理，撫平心理，就出問題。何況，收回特權，可又不是出於公心。此外，作者補充：連稱在宮中有一個堂妹，不獲寵愛。無知就教唆她刺探襄公的動靜，並且承諾：事成就娶她做夫人。人物像穿珠，一個穿起另一個，或因君主失信，或失去地位、失寵，互相勾結貫穿，在內在外，都是失意人，都有病，但病源則出自一個失常失信的領導。

不要以為這些人不重要，不，一個都不能少，他們嚴重影響其後整個國家的發展。這一段，俐落地呈現宮廷的爭鬥，是政變的根由。

下文寫襄公還洋洋得意地出外遊玩、打獵。他見到一隻大野豬。隨從說：這是公子彭生。襄公大怒，說：彭生也敢出現！拔箭射牠。牠竟像人那樣直立啼叫。襄公嚇得墜落車下，傷了腳，丟了鞋子。趕回宮廷後，行色匆匆，大概就疏於防守，責成管鞋的侍從費去找鞋子；他只關心鞋子。找不到，就鞭打費，打到披血。費跑出宮外，剛巧遇上叛賊。叛賊要把他綁起來。他說：我幹什麼要抵抗哩！解開衣服，讓他們看背上的傷痕。叛賊相信他。大家都吃盡這個暴君的苦頭，當然同一陣線。他請求讓他先進宮內打探。誰知他進去後，卻把襄公藏起來，再出外和賊人搏鬥至死。另一個侍從也鬥死在堂階前。入內，把在床上佯作襄公的另一個殺了。叛賊看看，並不像人君（「**非君也，不類**」）。發覺襄公在門戶下的腳，於是把他殺了；另立公孫無知為君。

《左傳》又補敍一筆：襄公登位之初，政令、言行都違悖常理，鮑叔已認定這樣的國君，令民眾怠慢放肆，禍亂將生，——國君如此，其實也「**不類**」。為了避禍，鮑叔侍奉襄公的弟弟公子小白避到莒國去。小白，即後來的齊桓公。禍亂爆發後，管仲和召忽也侍奉襄公的另一個弟弟公子糾逃到魯國外戚去，因為糾的母親是魯人。鮑叔和管仲，各為其主，顯然也想到亂後的殘局，為齊國保存命脈，因為襄公並無子嗣。《左傳》這一年的收結是，公孫無知也不是好東西，虐待齊的大夫雍廩。下一年，起首就說雍廩把無知殺了。於是君位空缺，由糾和小白兩哥兒爭逐，這是後話。

《左傳》這一段，三百七十多字而已，敍事綿密、含蓄、曲折，出現的人物有十九個之多（賊當一個計），卻無臃腫淤塞之弊。開初寫襄公言而無信，對下屬又極暴劣，鞋子而已，自己丟失，侍人找不到，就加以虐打。天曉得鞋子也是會報復的，引出他暴露了受傷的腳。這個侍從，以為他同樣會趁勢作反了，卻又出人意表，臨危安排

調動，犧牲護主。別以為小人物沒有忠義。襄公的出遊、受傷，我們意會到，應是連稱的堂妹打的報告。其中寫彭生化豬，——在隨從口中，人直而啼，是密實的敘事裡通靈之筆，為全篇加添神采，看似魔幻，卻並非毫無根據。這彭生是誰？《左傳》較前的篇幅，桓公十八年（公元前694年）寫魯桓公猝死，原來有一段慘劇。桓公和夫人姜氏曾訪齊國，這位夫人是齊襄公的妹妹，卻與襄公通姦。這次隨丈夫回到外家省親，兄妹舊情復熾，被桓公知悉，大為震怒，責備姜氏。姜氏向齊襄公訴苦，襄公在酒宴後派彭生為魯桓公駕車。在車上發生什麼事，《左傳》之妙，是留給讀者想像，總之，桓公就死在車上。試看三家先後不同的寫法：

「使公子彭生乘公，公薨於車。」（《左傳》）

「使公子彭生送之（桓公），於其乘焉，搚幹而殺之。」（《公羊傳》）

「使力士彭生抱上魯君車，因拉殺魯桓公，桓公下車則死矣。」（《史記》）

魯桓公的死法是如此這般逐步落實的。司馬遷一向富於想像，更改「公子」為「力士」。徒手殺人，豈能不是力士，何況他被想像為碩大的野豬？於此可見大史家的邏輯，再補一句「下車則死矣」，則不免把話說盡，一句裡既「魯君」、「魯桓公」，又「桓公」。《左傳》此文則絕無廢詞，尤其是第二段寫政變，用了許多短句，緊張、急湊，而無需主詞。事後魯人聲討齊襄公，襄公嫁禍彭生，把他殺了謝罪。這位力士，奉命殺人，卻做了代罪。大家心裡呼冤，卻說不得。難怪大豕突然出現，有人衝口而出，以為是彭生冤魂，而襄公也心裡有鬼。他是幕後黑手，至死仍以為自己可以躲藏起來，由下屬替死，但終於被找出痛腳。研究《左傳》的學者，絕少稱美大豕這一筆。而這一筆，實是全篇的樞紐。大豕的形象，不妨用近代心理學大師榮格

（C. G. Jung）的「集體無意識」（collective unconscious）解釋，而不要以為是作者的迷信。

西周初，周公與姜太公協力為武王開國，分別封於魯、齊，當年的周成王慰勞二公，曾定盟約，期許兩國「**世世子孫無相害**」（《左傳》僖公二十六年）。結果兩個異姓兄弟的子孫，在東周之後不斷鬩牆，魯桓公時曾因紀國的糾紛，先後與齊數戰。桓公的訪問，本意是重修彼此正常的關係，卻因為不正常的關係，令兩國又緊張起來。不過，卻因此造就了小白，佔先了哥哥糾登位而開齊的盛世。

原文

齊侯使連稱、管至父戍葵丘[1]。瓜時而往，曰：「及瓜而代[2]。」期戍[3]，公問不至[4]。請代，弗許；故謀作亂。

僖公之母弟曰夷仲年，生公孫無知，有寵於僖公，衣服禮秩如適[5]。襄公絀之[6]。二人因之以作亂[7]。

連稱有從妹在公宮，無寵。使間公[8]，曰：「捷，吾以女為夫人[9]。」

冬十二月，齊侯游於姑棼[10]，遂田於貝丘[11]。見大豕[12]，從者曰[13]：「公子彭生也。」公怒，曰：「彭生敢見！」射之。豕人立而啼。公懼，隊於車[14]，傷足，喪屨[15]。反[16]，誅屨於徒人費[17]。弗得，鞭之，見血。走出，遇賊於門，劫而束之[18]。費曰：「我奚禦哉[19]！」袒而示之背[20]，信之。費請先入。伏公而出[21]，鬥，死於門中。石之紛如死於階下[22]。遂入，殺孟陽於床[23]。曰：「非君也，不類[24]。」見公之足於戶下，

遂弒之，而立無知。

　　初，襄公立，無常[25]。鮑叔牙曰：「君使民慢[26]，亂將作矣。」奉公子小白出奔莒[27]。亂作，管夷吾、召忽奉公子糾來奔[28]。

　　初，公孫無知虐於雍廩[29]。

—— 《左傳》莊公八年，公元前 686 年

注釋

[1] 齊侯使連稱、管至父戍葵丘：齊侯，齊襄公。連稱、管至父，皆齊大夫。戍，出外駐守。葵丘，今山東省臨淄市附近。

[2] 及瓜而代：及，到了。瓜，指瓜熟。代，替代。指瓜熟時出戍，翌年瓜熟時，讓他們替換回來。

[3] 期戍：到了接替換防的時候。期，音基，動詞。

[4] 公問不至：公，齊襄公。問，音訊。公問，指襄公通知換防的消息。

[5] 衣服禮秩如適：適，同「嫡」，指公孫無知的待遇，一如嫡子襄公。無知稱為公孫，是指屬齊莊公之孫。

[6] 襄公絀之：絀，同「黜」，罷免、取消。

[7] 二人因之以作亂：因，依靠、依憑。之，公孫無知的代詞。

[8] 使間公：使，差使。間，刺探；動詞。

[9] 捷，吾以女為夫人：捷，成功。吾，公孫無知自稱。女，同「汝」，即你。夫人，諸侯正妻。

[10] 齊侯游於姑棼：姑棼，即薄姑，今山東省博興縣。棼，音焚。

[11] 遂田於貝丘：遂，於是。田，通「畋」，打獵；動詞。貝丘，今山東省博興縣南。

[12] 大豕：大野豬。

[13] 從者曰：從者，侍從。從，音眾。

[14] 隊於車：隊，同「墜」，墜落。襄公墜落車下。

[15] 喪屨：喪，失去。屨，音句，鞋子。

[16] 反：通「返」。

[17] 誅屨於徒人費：誅，責。誅屨，指責成侍從尋覓鞋子。徒人，即侍人，徒實「侍」字之誤。費是侍人的名字。

[18] 劫而束之：劫，劫持。把費劫持而綑綁起來。

[19] 我奚禦哉：奚，為什麼。我為什麼要抵抗呢？

[20] 袒而示之背：袒，袒露。解開衣服顯示背上的傷痕。古人鞭撻多施之於背。

[21] 伏公而出：伏，匿藏。把襄公藏起來，自己再出宮外。

[22] 石之紛如死於階下：石之紛如，也是襄公侍人名。

[23] 殺孟陽於床：孟陽，同是襄公侍人名，睡在床上假扮襄公。

[24] 不類：類，類似。不類，指不像襄公。

[25] 無常：指襄公言行不照常規，沒有準則，令人莫知所措。

[26] 君使民慢：慢，輕忽，對人對事態度輕忽傲慢。指襄公令國民輕忽傲慢。

[27] 奉公子小白出奔莒：鮑叔侍奉公子小白奔逃到莒國，鮑叔是小白的老師。莒，音舉，今山東省莒縣。

[28] 管夷吾、召忽奉公子糾來奔：管夷吾、召忽侍奉公子糾投奔魯國來。兩人是糾的老師。

[29] 公孫無知虐於雍廩：雍廩，齊大夫。齊襄公虐待雍廩。翌年，即莊公九年，《左傳》起首云：雍廩報復把無知殺死了。

05

讓賢、信賢的大氣度

——齊桓公和他背後的男人

　　春秋時期萬方矚目的巨星是齊桓公，登位的過程很驚險，在位又四十二年長（公元前 685 年至公元前 643 年），五霸之中成就最高。其成功的背後，有兩個男人：管仲和鮑叔。

　　桓公的長兄齊襄公因無道無信被殺，國君被殺，古人稱弒。弒他的人不久又被殺。襄公並無子嗣，君位於是由襄公兩位弟弟爭奪。哥哥糾是魯君的外甥，得管仲、召忽的輔佐，由魯國派軍隊護送回國。弟弟小白得朝中重臣國、高二氏的支持，並由鮑叔輔佐，得朝臣通報，馬上從莒國趕回來。一個有外援，另一個有內助。看來誰先回到國都，誰即登位。

　　從地理上看，莒在齊之下，比魯更近於齊。管仲一伙於是想到分出一隊魯軍截擊小白，就是拖延一下對手也好。兩軍在半途遇上，管仲發箭，但聽得小白慘叫一聲倒在車上。管仲派人馳告公子糾：對手解決了。車隊也就再不用趕急，結果走了六天才到達臨淄，心情應該是變輕鬆愉快的。但豈知這時小白已經成為齊桓公。原來管仲的箭，只射中小白腰帶的帶鈎，大難不死，他將計就計，佯作中箭。這是小白一生最關鍵的一次裝死。箭中鈎帶是大幸，但也虧他臨急智生，化危為機。

　　《國語・齊語》記小白登位後，任命鮑叔做太宰。鮑叔辭謝了，反而推薦政敵管仲。他自稱只是平庸之臣，要治理國家，還是應該任

用管仲。他說了一番話，列舉五點自己比不上管仲的地方：一、善待百姓；二、維持政權；三、以誠信取得百姓信任；四、制定禮儀為天下法；五、指揮作戰，增強民勇。桓公說：我可幾乎死在這個人箭下呵。鮑叔答：這是為主盡力；倘若赦免他，他同樣會效忠於您。桓公接受了。

這段對答，有謙讓，真的謙讓，讓出一人之下萬人之上的權位；而且眼光銳利，——當然，鮑管本來是知交，幾經波折，他深知老友的才能。不過格於形勢，各為其主而已。普通人充其量會說，管仲也是人才呵，可以擔當重要的職位，什麼的局長之類。可鮑叔斬釘截鐵，管仲是全才：安民、得民、執政、制禮、軍事，都比我優勝。桓公呢，也不簡單，能泯私仇，與其說是對管仲，毋寧是對鮑叔的信任，絕對的信任。這其實冒了天大的險；對他來說，管仲的才能是未經考驗的，甚至是不好的：和鮑叔合作做生意，多分利益；替鮑叔謀事，把事情弄得更糟；做官多次被逐；當兵又屢屢臨陣脫逃。倘去求職，還有更糟的履歷麼？不過，種種惡行，都出於他的自述，這在西方，可當是幽默的自嘲。人而能自嘲，至少有清醒的好處。中國文學，極少自嘲之作，也沒有懂得欣賞自嘲的讀者。更多的是自誇、自戀。

無論如何，容納異見，唯賢是用，許多領袖都會說。有些人也果然做到，但做得徹底，把最大的權責委託給要殺自己的人，把個人和國家的命運付託給政敵，我不知道是否還有同例。戰國時廉頗、藺相如「將相和」的美事，美則美矣，仍然遠甚不如。這兩人，大氣度、大氣魄，終於下開齊國空前絕後的盛世。

餘下的問題是：管仲在敵國手中，如何爭取過來？桓公問，魯國的謀臣施伯知道我會任用管仲，一定不會給予，怎麼辦呢？向魯國要人，鮑叔答：理由是要當着群臣的面前，把他殺掉，以儆效尤。這麼說就會讓人。

魯莊公問施伯的意見，果如所料，施伯洞悉桓公不是要殺管仲，而是要用他當政。施伯也真有眼光，指出「**夫管子天下之才也**」，齊

得到管仲，將對魯構成威脅。不如把他殺了，把屍體給他們吧。幸好齊使警告，倘不能生得管仲而當着齊國群臣的面殺掉，等於沒有答應我們的請求。言下，拒絕齊國，會給魯國好看的。魯只好把管仲送給齊國。桓公為表尊重，親自到城郊迎接。要補充的是，魯軍送公子糾回國失敗，曾與齊交戰，魯戰敗。魯自知非齊的敵手，這才不得不應齊的要求，同時把公子糾清除。這也解釋，既知管仲之才，何以不敢收為自用？公子糾之死，說明舊社會政治的殘酷，權鬥失敗，沒有好下場，哪怕是父子兄弟。民主社會呢，選輸了，眼下大家對你執政不爽罷了，沒有什麼大不了。你可以成為監察，可以東山再來。但在古代，鬥輸了，卻要付出血的代價，連帶協助的召忽也以義殉。管仲沒有追隨，這個「天下之才」，要是後來並無成就，固然辜負了大家的期望，也予人貪生怕死之譏。如今，証明那是胸懷大志的表現。我們也會婉惜，召忽應該也是不壞的人才呵。

《史記》寫管仲對鮑叔有一番精彩的感恩之言，「生我者父母，知我者鮑子也」，真摯感人，聲情俱茂，世稱「管鮑之交」，這是中外古代文獻裡最值得稱道的友情。《管子・大匡》記管鮑被分別任命為公子老師時，鮑叔被派給小白，他認為小白不成器，稱病不出。還是管仲曉以大義，分析三位公子的前途，指出公子諸兒「長而賤」（諸兒後來成為齊襄公），而國人討厭公子糾的母親，也不喜歡糾，反而憐惜小白無母，斷定小白「為人雖無小智，惕而有大慮」，糾即使得立，也不會濟事云云。《管子》一書是後人編定的，但也未必全無根據。

同時也要補充，唯賢是用，是齊開國的祖訓，從姜太公以來，即成君主的開明傳統，桓公是典範。到了戰國，有齊威王、宣王，都能秉承傳統。齊國於是出了各種人才：管仲、晏嬰、鄒忌、鄒衍、淳于髡，產生人才匯聚、自由爭鳴的稷下學宮；此外，還有軍事大家孫武、田穰苴、孫臏等等，至今仍然影響海內外。當然，尚賢的結果，到頭來難免會被異姓的能者取代。但兄弟相殘，同宗操戈，東周以後史例

實在太多，公子糾和小白的爭鬥即是其中一例。血緣，絕不可靠。政治上近親繁殖的結果，要不產生低能弱智，就是血緣稀釋，三代之後即成陌路。而齊亡，是六國最後的一個。

戰國時代列國爭逐求存，特別重才，不管出處，只要有才，就受到重用，哪怕才能只是雞鳴狗盜，也供養起來備用。權貴都有養士之風，多者甚至食客三千，最著名的是所謂戰國四公子：齊孟嘗君、趙平原君、楚春申君、魏信陵君。人才當然良莠不齊，主張也有別，既有鼓吹縱橫之術的蘇秦、張儀之流，讒巧黑白，只為名利財富，可也有顏斶、魯仲連一流人物，並不肯奉承權勢。一般而言，出自齊、魯、燕的人才，較講求原則，有更多的人文精神。

試舉重才的兩例。《史記》有一段齊威王和魏惠王（梁惠王）討論國寶的對話，很有意思。話題由梁惠王提起，他自稱有十顆直徑一寸，能照亮前後十二輛車的明珠。我們是區區小國，你們呢，可是堂堂大國呵。齊威王答：我的寶物和你的不同，我的寶物是守南城的檀子，是守高唐的盼子，是守徐州的黔夫，是國內防備盜賊的種首。這些明珠，為我照亮千里，又何止照亮十二輛車。人才，才是真正的國寶。

齊的傳統是這樣，被當是南蠻的楚人呢？《國語‧楚語》也記了晉定公（公元前 509 年至公元前 476 年在位）時，楚大夫王孫圉訪問晉國，和趙簡子討論國寶的對話。趙簡子身佩寶玉，咯咯作響，他很自鳴得意，問起王孫圉楚國的寶物白玉珩。王孫圉毫不客氣，指出楚晉心目中的寶物並不相同，楚國所寶的是賢才，他同樣列舉了好幾個名字。至於喧鬧的美玉，他說，楚雖蠻夷，並不當是寶。《國語》和《史記》兩段物事不同，但內容相彷彿，不過《國語》記載在前，文字較疏直，是司馬遷參考過，再細加潤飾麼？

原文

一

桓公自莒及於齊[1]，使鮑叔為宰[2]。辭曰[3]：「臣，君之庸臣也。君加惠於臣，使不凍餒[4]，是君之賜也。若必治國家者，則非臣之所能也。若必治國家者，則其管夷吾乎[5]？臣之所不若夷吾者五：寬惠柔民[6]，弗若也；治國家不失其柄[7]，弗若也；忠信可結於百姓[8]，弗若也；制禮儀可法於四方[9]，弗若也；執枹鼓立於軍門[10]，使百姓皆加勇焉，弗若也。」

桓公曰：「夫管夷吾射寡人中鈎[11]，是以濱於死[12]。」

鮑叔對曰：「夫為其君動也[13]，君若宥而及之[14]，夫猶是也[15]。」

桓公曰：「若何[16]？」

鮑叔對曰：「請諸魯[17]。」

桓公曰：「施伯[18]，魯君之謀臣也，夫知吾將用之，必不予我矣。若之何？」

鮑子對曰：「使人請諸魯，曰：『寡君有不令之臣在君之國[19]，欲以戮之於群臣[20]，故請之。』則予我矣。」

桓公使請諸魯[21]，如鮑叔之言。

莊公以問施伯[22]，施伯對曰：「此非欲戮之也，欲用其政也[23]。夫管子，天下之才也[24]，所在之國，則必得志於天下[25]。令彼在齊，則必長為魯國憂矣[26]。」

莊公曰：「若何？」

施伯對曰：「殺而以其屍授之[27]。」

莊公將殺管仲，齊使者請曰：「寡君欲親以為戮，若不生得以戮於群臣，猶未得請也[28]。請生之[29]。」

於是莊公使束縛以予齊使，齊使受之而退。

比至[30]，三釁三浴之[31]。桓公親逆之於郊[32]，而與之坐而問焉[33]。

——《國語·齊語》

注釋

[1] 桓公自莒及於齊：莒，音舉，諸侯國名，今山東省莒縣。及，到達。

[2] 使鮑叔為宰：鮑叔，名叔牙，齊大夫。宰，太宰。這是說桓公任命鮑叔為輔助國政的太宰。

[3] 辭曰：辭，推辭。

[4] 使不凍餒：餒，飢餓。意思是使我不用受寒挨飢。

[5] 則其管夷吾乎：管夷吾，即管仲，字夷吾。這句意思是說君王若要找一定會治理好國家的人，那麼非管夷吾莫屬了。其，表揣度。

[6] 寬惠柔民：意思是對百姓寬厚有德，使百姓柔順。

[7] 治國家不失其柄：柄，政權。能治理國家而不會失去政權。另一說柄指根本。

[8] 忠信可結於百姓：結，團結。講求誠信，能團結百姓。

[9] 制禮儀可法於四方：法，效法。制定的禮儀，受各國效法。

[10] 執枹鼓立於軍門：枹，鼓槌。軍門，古時作戰，立旌為門，以壯軍威。意為站在軍門外面，拿着鼓槌擊鼓。

[11] 夫管夷吾射寡人中鈎：鈎，指腰間的皮帶鈎。這事是：齊國的公孫無知殺了齊襄公（齊桓公之兄諸兒），自立為君，管仲輔齊公子糾逃到魯國。齊人殺了公孫無知，小白和鮑叔牙由莒回國。魯莊公也派兵護送公子糾回國，並囑管仲堵截小白歸路。管仲在途中遇到小

白，發箭射中了小白腰間的帶鈎。

[12] 是以濱於死：濱，同「瀕」，接近。

[13] 夫為其君動也：動，動作，引申為效力。他那是為他的主人公子糾效力。

[14] 君若宥而及之：宥，寬赦。君若寬恕他，使他回來。

[15] 夫猶是也：猶是，像這樣。意為他也會像效忠於公子糾那樣效忠於你。

[16] 若何：怎麼辦呢？意為用什麼辦法才能使管仲回來呢？

[17] 請諸魯：諸，「之於」的合音。向魯國請求放人。

[18] 施伯：魯國大夫。

[19] 寡君有不令之臣在君之國：令，好。不令之臣即有罪之臣。

[20] 欲以戮之於群臣：戮，殺。想在群臣面前把他殺掉。

[21] 桓公使請諸魯：使，遣使；動詞。桓公遣使之於魯國求取管仲。

[22] 莊公以問施伯：「以」後省語「之」，此事。莊公就此事詢問施伯。

[23] 欲用其政也：政，執政，作動詞。

[24] 天下之才也：指治理天下的賢人。

[25] 則必得志於天下：得志，得償志願。他所在的國家，一定會得償稱霸的意願。

[26] 則必長為魯國憂矣：長，長期。憂，憂患。他必將成為魯國長期的禍患。

[27] 殺而以其屍授之：授，交給。殺了他而把屍體交給齊國。

[28] 若不生得以戮於群臣，猶未得請也：如果不能帶活的回去，不能在群臣面前殺他示眾，等於我們的請求沒有獲得回報。

[29] 請生之：生之，使之生。生，動詞。請讓他活着回去吧。

[30] 比至：等到。指等到返回齊國。

[31] 三釁三浴之：讓管仲薰香三次、沐浴三次。釁，同「薰」。之，管仲的代詞。

[32] 桓公親逆之於郊：逆，同「迎」。

[33] 而與之坐而問焉：同他坐在一起，向他請教。

原文

二

　　管仲曰：「吾始困時，嘗與鮑叔賈[1]，分財利多自與，鮑叔不以我為貪，知我貧也。吾嘗為鮑叔謀事而更窮困[2]，鮑叔不以我為愚，知時有利不利也。吾嘗三仕三見逐於君[3]，鮑叔不以我為不肖，知我不遭時也[4]。吾嘗三戰三走[5]，鮑叔不以我為怯，知我有老母也。公子糾敗，召忽死之[6]，吾幽囚受辱，鮑叔不以我為無恥，知我不羞小節而恥功名不顯於天下也[7]。生我者父母，知我者鮑子也。」

——《史記‧管晏列傳》

注釋

[1] 嘗與鮑叔賈：嘗，曾經。賈，做買賣，動詞。

[2] 吾嘗為鮑叔謀事而更窮困：謀事，謀劃事情。窮困，困厄，猶言失敗。

[3] 吾嘗三仕三見逐於君：三，泛指多次。仕，做官；動詞。見逐，被君主驅逐。

[4] 知我不遭時也：遭，遇上。時，時機。

[5] 吾嘗三戰三走：走，逃跑。指多次作戰都在陣上逃跑。

[6] 召忽死之：召忽為公子糾而死。

[7] 知我不羞小節而恥功名不顯於天下也：羞，以……為羞。恥，以……為恥。羞、恥，都當動詞用。

原文

三

　　威王二十三年，與趙王會平陸 [1]。二十四年，與魏王會田於郊 [2]。魏王問曰：「王亦有寶乎？」

　　威王曰：「無有 [3]。」

　　梁王曰：「若寡人國小也 [4]，尚有徑寸之珠照車前後各十二乘者十枚，奈何以萬乘之國而無寶乎 [5]！」

　　威王曰：「寡人之所以為寶與王異。吾臣有檀子者 [6]，使守南城 [7]，則楚人不敢為寇東取，泗上十二諸侯皆來朝 [8]。吾臣有肦子者 [9]，使守高唐 [10]，則趙人不敢東漁於河 [11]。吾吏有黔夫者，使守徐州 [12]，則燕人祭北門，趙人祭西門 [13]，徙而從者七千餘家。吾臣有種首者，使備盜賊，則道不拾遺。將以照千里，豈特十二乘哉 [14]！」

　　梁惠王慚，不懌而去 [15]。

——《史記 · 田敬仲完世家》

注釋

[1] 與趙王會平陸：趙王為趙成侯。平陸，今山東省汶上縣以北。齊威王與趙成侯在平陸會面。

[2] 與魏王會田於郊：田，同「畋」，打獵。在郊野中聚會打獵。兩王通過打獵，從事社交，一如今人邊談生意邊打高爾夫。

[3] 無有：沒有。

[4] 若寡人國小也：若，好像。梁惠王自稱國家細小。

[5] 奈何以萬乘之國而無寶乎：擁有萬輛軍車的大國怎麼卻沒有珍寶呢？周代制度，王畿千里，擁有一萬輛兵車。所以以萬乘比喻大國。乘，四匹馬駕的一輛車；音盛。

[6] 吾臣有檀子者：檀子，齊國大臣，姓檀，子是男子美稱。

[7] 使守南城：南城，齊國城邑，今山東省費縣西南。

[8] 泗上十二諸侯皆來朝：泗上，指泗水流域地區。十二諸侯，指位於泗水流域的邾、莒、宋、魯、鄒、蔡等小國。

[9] 吾臣有朌子者：朌子，即田朌，齊國大臣。朌，音分。

[10] 使守高唐：高唐，齊國城邑名，今山東省高唐縣東北。

[11] 則趙人不敢東漁於河：東漁於河，到東邊河水來捕魚，意即趙人不敢到東面侵犯齊國。

[12] 使守徐州：徐州，戰國齊邑，即今河北省大城縣。

[13] 則燕人祭北門，趙人祭西門：祭，祭祀。北門、西門，均為齊國徐州的城門。 燕人和趙人畏懼齊國，所以來城門外祭祀禱告。

[14] 豈特十二乘哉：豈特，豈止是，不僅是。

[15] 不懌而去：不懌，不高興。懌，音亦。

06

霸主的晚節

——齊桓公葵丘之會

一

　　齊桓公取得權力，並得管仲輔政，既大事改革，又開展外交活動。四、五年後，齊國一躍而成舉足輕重的大國。桓公的霸業，到會盟諸侯於葵丘，周天子派大使出席，達最高峰（魯僖公九年，公元前651年）。但也正是這時候，桓公的霸業開始走下坡。葵丘之前，前後會盟諸侯九次，孔子所謂「**九合諸侯，一匡天下**」，為先秦霸主之中最頻繁。桓公在位四十三年，其實是個名利心、權力欲極強之人，好處是能用管仲，但管仲一去（公元前645年），其晚節尤其不保。葵丘之會前，九次會盟諸侯為：

　　一、北杏之盟（魯莊公十三年，公元前681年）；

　　二、鄄之盟（魯莊公十五年，公元前679年）；

　　三、幽之盟（魯莊公十六年，公元前678年）；

　　四、第二次幽之盟（魯莊公二十六年，公元前667年）；

　　五、犖之盟（魯僖公元年，公元前659年）；

　　六、召陵之盟（魯僖公四年，公元前656年）；

　　七、首止之盟（魯僖公五年，公元前655年）；

　　八、寧母之盟（魯僖公七年，公元前653年）；

　　九、洮之盟（魯僖公八年，公元前655年）。

　　參加會盟的諸侯，主要是魯、陳、宋、鄭，並非一級強國。其中鄭在東周初當齊、晉、秦、楚未起時曾小盛，但其後即成晉楚磨心；宋在襄公時曾想稱霸，無奈有心無力，被楚一擊即潰。只有召陵之會，楚使來了，但並不等於楚臣服於齊。這是由於齊與聯軍伐楚的盟國蔡，繼而要伐楚。何以伐蔡？說來兒戲。桓公的夫人蔡姬是蔡穆侯之妹，他一次和蔡姬夫人在苑囿裡泛舟，蔡姬不停搖蕩小舟，把桓公嚇個半死，桓公制止她，她就是不肯停。桓公發怒把她遣回娘家，但尚未斷絕關係，蔡君卻把她轉嫁，桓公因此興兵。對照《左傳》和《史記》就同一事件的寫法，對學習寫作，大有助益。《左傳·僖公三年》是這樣的：

　　齊侯與蔡姬乘舟於囿，蕩公，公懼，變色，禁之，不可。公怒，歸之，未之絕也。蔡人嫁之。

　　《史記·齊太公世家》是這樣的：

　　二十九年，桓公與夫人蔡姬戲船中，蔡姬習水，蕩公，公懼，止之，不止，出船，怒，歸蔡姬，弗絕。蔡亦怒，嫁其女。桓公聞而怒，興師往伐。

　　《左傳》以二字句為主，是連串動作的白描；能加以搖蕩，應是小船，自以舟較予人輕的語感。輕舟常用（《莊子》的「芥舟」），輕船則甚少見。《史記》加添了「蔡姬習水」，是合理的推想，不過也可以是蔡姬的刁蠻使性。一個警察自殺，身旁遺下佩槍，除非經過驗屍証明，總不能斷定就是吞槍。桓公有三位夫人，蔡姬是其中一個。「蔡亦怒」一句則有助我們理解「蔡人嫁之」的強烈反應。

　　齊軍到來，楚成王遣使與管仲交涉，這是《左傳》著名的論辯。管仲振振有詞，數楚國不貢周室，又令周昭王葬身漢水的罪狀。楚成

王承認沒有進貢不對，至於昭王一去不返，你不如向水邊的居民查問（「**昭王之出不復，君其問之水濱**」）？恐怕要把名相管仲氣壞。盟軍到了召陵，楚派屈完到來斡旋，桓公讓他看看盟軍的軍容陣勢，屈完卻沒有被嚇倒，反而說靖綏諸侯，如果用的是德行，誰敢不服呢？要是用武力，則楚國之防有方城山，有漢水，能攻得下麼？看來楚已足以抗衡了。既沒有必勝把握，只好讓楚參加盟會，然後撤兵。這就是召陵之盟的真正內容，表面上，是楚也認同齊的地位。五年之後，葵丘之會所以重要，是周天子也派使出席，等於正式給予桓公一個霸主的名銜。

二

葵丘之會在同一年舉行了兩次；第一次有周使在場，周非諸侯國，或者當是盟會的熱身。第二次周使也去了，不過提早離場。第一次聚會在夏天，周襄王派太宰孔蒞臨，隆而重之。原來襄王登位，實有賴桓公的協助。他做太子時，不為父親惠王所喜。惠王想改立寵妃的兒子王子帶。桓公號召諸侯在首止會盟，並邀太子參加，用意是聲援他接位。這時候的周室，已無力駕馭諸侯了，惠王只好暗中策動鄭國退出盟會。鄭國退出後，卻遭齊聯軍攻伐。

周襄王成功登位後，當然感激齊桓公。第一次葵丘之會其實等於慶功宴，安定周室的諸侯都來了。太宰孔代表周天子送祭肉等禮物給桓公。《左傳》記載此事，文章雖短，仍讓我們看到春秋時天子與諸侯之間的禮數、辭令；其中也有微妙的筆觸，令人莞爾，也足以深思。

太宰孔說：天子祭祀了文王、武王，派孔賞賜伯舅胙肉。言猶在耳，齊桓公就急忙走到階下，準備再拜稽首（「**齊侯將下拜**」）。太宰孔說：還有王命未完（「**且有後命**」）。我們可以想像這位老霸主的窘態，妙在下文和他俐落的動作形成反差。太宰孔說：由於伯舅年紀老邁，重加慰勞，加賜一等，不用下拜。

桓公答：天子的威嚴就在面前，小白豈敢貪天子之命而不下拜呢？恐怕會跌落階下，令天子蒙羞呵。仍然下臺跪拜，再登上臺階受禮。

「且有後命」的插句，真是妙筆，在平淡中加添戲劇的張力，有點反高潮。《國語・齊語》的記載大致相同，但在關節眼上有別：

> 葵丘之會，天子使宰孔致胙於桓公，曰：「余一人之命有事於文、武，使孔致胙。」且有後命曰：「以爾自卑勞，實謂爾伯舅，無下拜。」
> 桓公召管子而謀，管子對曰：「為君不君，為臣不臣，亂之本也。」
> 桓公懼，出見客曰：「天威不違顏咫尺，小白余敢承天子之命曰『爾無下拜』，恐隕越於下，以為天子羞。」遂下拜，升受命。賞服大輅、龍旗九旒、渠門赤旂，諸侯稱順焉。

大輅（音路），指天子車乘；龍旗九旒，旗幟名，繪繡龍形，旒，乃旗下垂掛飾物，音流。渠門、赤旂也是旗名，赤旂則上繫赤色大旗；旂，音旗，都屬大車上的飾物。用今人的用語，是天子送一部名貴房車給桓公。從行文看來，乏味得多。其中聽了宰孔的話，居然要召管仲商量應對，要管仲以為不可亂君臣之禮，才再出答謝。我們很難相信這個敢違抗周惠王的霸主真的會「懼怕」由他扶持的小天子。同樣的一句「且有後命」，於是變得了無掛搭，落空了。把桓公的窘態削去；收結云：諸侯都稱合禮。《左傳》寫桓公來下臺階下拜稽首，登堂又再拜稽首，然後受禮。稽首，是跪拜時頭着於地，是臣事君最隆之禮，此所謂「禮之正也」。《史記》已減殺了。

《左傳》下文寫秋天時另一次葵丘之會，通過宰孔之口，正式批評桓公。這次周使宰孔先退，途中遇到因病遲到的晉獻公，竟對他說不必赴會了，「齊侯不務德而勤遠略」，然後舉了例証。可見《左傳》和《國語》，並非同一手筆。即使《國語》，其中〈晉語〉與〈齊語〉

也有分別，〈晉語〉載宰孔的批評：桓公把施恩當是放債。《公羊傳》亦云：「葵丘之會，桓公震而矜之，叛者九國。」《史記・齊太公世家》則云：

> 三十五年夏，會諸侯於葵丘。周襄王使宰孔賜桓公文武胙、彤弓矢、大路，命無拜。桓公欲許之，管仲曰：「不可。」乃下拜受賜。
>
> 秋，復會諸侯於葵丘，益有驕色。周使宰孔會。諸侯頗有叛者。晉侯病，後，遇宰孔。宰孔曰：「齊侯驕矣，弟無行。」從之。

司馬遷對漢以前的古人，褒貶並不隱晦；《左傳》作者呢，往往融褒貶於敘事，字裡行間，態度自見，雖云紀實，但材料的選擇與剪裁，即是態度的表現。敘倘不足，則乾脆引君子，或孔子之言評斷。不過叛者為誰，都沒有交代。《史記》接着寫桓公發表一番豪情壯語，更以三代，——夏禹、商湯、周文、武自比：「昔三代受命，有何以異於此乎？」還要封泰山、禪梁父，只是管仲勸阻，借以只有得到遠方的珍奇物才能進行，這才作罷。這些，未必都是史實。但周使宰孔的說話，一定有感而發，因為不無鼓勵晉叛之嫌。

盟約的內容，史傳不載，見於《孟子》和《穀梁傳》，主要是：「誅不孝；無易樹子；無以妾為妻。」其他如「尊賢、育才，以彰有德」等等，屬官樣文章。「誅不孝；無易樹子；無以妾為妻」，都是針對晉的問題。但晚年的齊桓公都犯上了，針對的晉，反而不在場。

齊桓公死前還有三次與諸侯會盟，但已「頗有叛者」。他可說是會盟之王，其霸業延續數十年，比較後來的晉文公要長久得多。不過晉文公即位時，已是個小老頭。而且，齊桓公沒有管仲之助，肯定難以成就大業。管仲與子犯，各為其主，但才能明顯有高下之別。只是樹蔭越大，一旦失去，曝曬也越烈。桓公身邊有三個寵臣：易牙、開方、豎刁，不但不是好東西，更是變態的怪物。這三個人，一個殺子，一個棄親，一個自宮，其實都為了討好作主的一個（「適君」），平

日總算受管仲的約束。管仲病重時，桓公曾問他們誰可接任輔政。管仲數了他們一頓：

易牙為了迎合君主，殺了自己的兒子，不合人情，不可任用（「**殺子以適君，非人情，不可**」）。開方背棄父母來迎合君主，不合人情，難以親近（「**倍親以適君，非人情，難近**」）。至於豎刁，為了迎合君主而閹割自己，不合人情，同樣難以信任（「**自宮以適君，非人情，難親**」）。

管仲死後，齊桓公還是重用這三個佞臣，國勢已不如前。佞臣當道，君主豈能卸責？齊桓公好色，——在一夫多妻的舊社會，我沒有讀過不好色的君主，但好色而至於淫亂倫常，則是社會問題，作為領導，尤其敗壞時代風氣。後世如《新語》的陸賈、《漢書》的班固都加以針砭。他的三個正妻，都沒有兒子。十多個兒子，都來自他的六個寵妾。管仲死後，這些公子哥兒開始爭逐權力。齊桓公本來要立太子昭，死前又想改立公子無詭。他一去世，易牙即帶兵入宮，豎刁做內應，誅殺群臣，立公子無詭。太子昭則逃亡宋國。

因為都忙於私鬥，宮內無人，齊桓公屍身沒人負責，竟就擱了兩個多月，腐爛生蛆，蛆蟲之多爬出宮外。直到無詭登位，才入棺報喪。再由宋襄公號召諸侯，護送太子昭回國。到齊人殺死無詭，內亂平息，桓公才得以入土，但那已是他死後十個月了。所謂死得其所，主要是時間問題，而非空間。周公在討伐三監時死不得；桓公倘死在管仲之前，悲劇也許不會發生。誰知道呢？人生最後的一筆，再已無改正餘地，要寫好它，公眾人物的晚節，尤其不可亂寫。至於我們，活在當下，可也要時刻保持謙遜，慎辨對錯。

原文

一

夏，會於葵丘[1]，尋盟[2]，且修好，禮也。

王使宰孔賜齊侯胙[3]，曰：「天子有事於文武[4]，使孔賜伯舅胙[5]。」

齊侯將下拜。孔曰：「且有後命[6]。天子使孔曰：『以伯舅耋老[7]，加勞，賜一級[8]，無下拜。』」

對曰：「天威不違顏咫尺[9]，小白，余敢貪天子之命，無下拜[10]？恐隕越於下[11]，以遺天子羞。敢不下拜？」下，拜；登，受。

秋，齊侯盟諸侯於葵丘，曰：「凡我同盟之人，既盟之後，言歸於好[12]。」

宰孔先歸，遇晉侯[13]，曰：「可無會也。齊侯不務德而勤遠略[14]，故北伐山戎[15]，南伐楚[16]，西為此會也[17]。東略之不知[18]，西則否矣。其在亂乎[19]！君務靖亂[20]，無勤於行。」

晉侯乃還。

——《左傳》僖公九年，公元前 651 年

注釋

[1] 會於葵丘：葵丘，宋國地名，今河南省民權縣東北。

[2] 尋盟：尋求聯盟。

[3] 王使宰孔賜齊侯胙：王，周襄王（？至公元前 619 年）。宰，太宰，掌周室事務。孔，太宰周公之名，食邑於周，姬姓，周氏。齊侯，齊桓公。胙，音造，祭祀用的肉。按周禮，祭肉只賜給同姓，不贈異姓。齊桓公姓姜，這是特隆的禮遇。

[4] 天子有事於文武：有事，指文王、武王的祭祀。周朝以祭祀和戰爭為兩大國事：「國之大事，在祀與戎。」

[5] 使孔賜伯舅胙：周禮同姓不婚，只與異姓諸侯，如姜齊、子宋、嬀陳通婚。故稱年長的齊桓公為伯舅，以示尊重。

[6] 且有後命：且，尚且，還有。

[7] 以伯舅耋老：耋，音秩，古代以七十或八十歲為耋。這裡泛稱年老。

[8] 加勞，賜一級：勞，慰勞。級，等級。加倍慰勞，賜加一等級。

[9] 天威不違顏咫尺：天威，天子的威嚴。違，離開。顏，指天子的顏面。咫尺，八寸為咫，泛指距離甚短。

[10] 無下拜：無需下拜。周人向天子下拜，其實有三個步驟：先走下兩階之間，再拜稽首，然後登堂，又再拜稽首，方可受禮。故下文云：「下，拜；登，受。」

[11] 恐隕越於下：隕越，墜落、跌下。恐怕跌落臺階之下。

[12] 言歸於好：言，語助詞，無義。

[13] 遇晉侯：晉侯，晉獻公。

[14] 齊侯不務德而勤遠略：務，致力。略，攻伐。齊桓公不致力於德行而經常向遠方攻伐。

[15] 故北伐山戎：桓公二十三年（公元前 663 年），山戎攻燕，桓公出兵援燕。

[16] 南伐楚：僖公四年（公元前 656 年），桓公出兵擊潰蔡後，攻打楚。楚成王派屈完到齊軍拜會桓公，訂下召陵之盟。

[17] 西為此會也：晉在齊西邊，葵丘之會本來要結盟的對象是晉。

[18] 東略之不知：不知桓公下一步會否東伐淮夷、東夷。

[19] 西則否矣。其在亂乎：西指晉，西邊晉除非有亂事，不然不會出師了。

[20] 君務靖亂：亂，指晉君要平定內亂；其時晉獻公長子申生已死，驪姬子立為太子，見下篇。

原文

二

是時周室微，唯齊、楚、秦、晉為強。晉初與會，獻公死，國內亂。秦穆公辟遠[1]，不與中國會盟[2]。楚成王初收荊蠻有之[3]，夷狄自置[4]。唯獨齊為中國會盟[5]，而桓公能宣其德，故諸侯賓會[6]。

於是桓公稱曰[7]：「寡人南伐至召陵，望熊山[8]；北伐山戎、離枝、孤竹[9]；西伐大夏[10]，涉流沙[11]；束馬懸車登太行[12]，至卑耳山而還[13]。諸侯莫違寡人[14]。寡人兵車之會三[15]，乘車之會六[16]，九合諸侯[17]，一匡天下[18]。昔三代受命[19]，有何以異於此乎？吾欲封泰山，禪梁父[20]。」

管仲固諫，不聽；乃說桓公以遠方珍怪物至乃得封，桓公乃止。

—— 《史記·齊太公世家》

注釋

[1] 秦穆公辟遠：辟，通「僻」，偏僻。秦穆公在偏僻遙遠的地方。

[2] 不與中國會盟：中國，指中原地區。

[3] 楚成王初收荊蠻有之：指楚成王平定楚地的各部族，而佔有那些地方。

[4] 夷狄自置：自置，自己置身會盟之外。

[5] 唯獨齊為中國會盟：只有齊國主持中原地區諸侯的會盟。

[6] 故諸侯賓會：賓會，順從地來赴會。

[7] 於是桓公稱曰：稱，聲稱、表白。

[8] 望熊山：古代祭祀山川稱望，遙望而祭，故云。熊山，今河南省西部盧氏縣、洛寧縣南。

[9] 北伐山戎、離枝、孤竹：離枝，古國名，今河北省遷安縣西。

[10] 西伐大夏：大夏，地名，今山西省太原市南。

[11] 涉流沙：流沙，沙漠，今山西省平陸縣東。

[12] 束馬懸車登太行：束馬懸車，包裹馬腳，掛牢車子，以防滑入山澗，因山路險隘之故。太行，山名，綿延河南、河北、山西三省。

[13] 至卑耳山而還：卑耳山，即辟耳山，今山西省平陸縣西北。

[14] 諸侯莫違寡人：沒有人違背我的命令。

[15] 寡人兵車之會三：因戰爭而會盟三次。

[16] 乘車之會六：非戰事的會盟六次。

[17] 九合諸侯：合，會合。古代形容多次，往往用三、六、九等數字來表達，不必拘泥。

[18] 一匡天下：匡，匡正。指桓公洮之會匡正周襄王繼天子位一事。

[19] 昔三代受命：三代，指夏、商、周。三代賢君受天命治理天下。

[20] 吾欲封泰山，禪梁父：築壇祭天，上報天廷，稱封。古人以為泰山最高，祭泰山成為帝王祭天地的大典。梁父，山名，在泰山南坡，今山東省新泰縣西。在泰山下梁父山上祭地，向地報功，稱禪。這所謂「封禪」。後來秦始皇、漢武帝都曾到泰山封禪，刻石紀功。

原文

三

四十一年，秦穆公虜晉惠公[1]，復歸之。是歲，管仲、隰朋皆卒。

管仲病，桓公問曰：「群臣誰可相者？」

管仲曰：「知臣莫如君。」

公曰：「易牙如何[2]？」

對曰：「殺子以適君[3]，非人情，不可。」

公曰：「開方如何[4]？」

對曰：「倍親以適君[5]，非人情，難近。」

公曰：「豎刀如何[6]？」

對曰：「自宮以適君[7]，非人情，難親。」

管仲死，而桓公不用管仲言，卒近用三子，三子專權。

——《史記 · 齊太公世家》

注釋

[1] 秦穆公虜晉惠公：晉獻公死後，秦穆公送夷吾還晉，立為君，是為惠公。此前，夷吾曾答應事成之後，割西河之地給秦國，後悔約。秦穆公一怒之下伐晉，虜惠公。其後惠公得以返國，因穆公夫人為惠公堂姊，請求穆公。

[2] 易牙如何：易牙，一作狄牙，雍國人，名巫。長於烹調，善逢迎。

[3] 殺子以適君：相傳齊桓公吃盡天下美味，只歎未嘗人肉，易牙烹其子為羹以取媚齊桓公。

[4] 開方如何：開方，本衛國公子，仕齊。

[5] 倍親以適君：倍，違背、背棄。《韓非子 · 難一》云：「管仲曰……聞開方事君十五年，齊、衛之間，不容數日行，棄其母，久宦不歸。其母不愛，安能愛君？」

[6] 豎刀如何：豎刀，「刀」，一作「刁」，內侍宦官。

[7] 自宮以適君：自宮，自行閹割。

07 衣飾的象徵
——晉大子申生受命出師

　　《左傳》寫人敍事，都很精彩，其中也不乏寫衣飾，但論寫得具體而微，從衣飾反映人的好惡、態度，當無過魯閔公二年（公元前660年），晉獻公派大子申生攻伐赤狄東山臯落氏一章。出師前，獻公賜申生左右不同顏色的衣服、金玦。大子申生的隨從將領議論這些賞賜，各抒己見，詳細地指出其象徵含意：這是獻父厭惡申兒的表示。不是所有賞賜都是好事，有些，其實不懷好意。此文很有意思，也並不多見。

　　此前，獻公要大子申生領兵出征，大夫里克反對，認為不合古制。里克指出：帶兵打仗不是世子該做的事，他的任務，是奉事宗廟、祭祀，並且照看國君的膳食，所以稱冢子；國君外出就留守國家，有人負責留守就跟隨國君。跟隨出國叫撫軍，守護國內叫監國。帶兵打仗，謀劃施令，是國君和正卿的工作。世子不便出師，因為要向上請示就失去威嚴，專擅軍令又變得不孝。國君何必搞壞了任命職官的準則，何必令世子失去威嚴呢？

　　里克的話讓我們看到春秋時候世子的職責範圍。可能還有其他世子不宜出征的理由，里克不便說：例如，一旦戰敗，這位接班人顏面何存？萬一戰死，國家不是失去繼任人麼？為了鍛煉，為了考驗，後世也有太子出征，但先秦則否。春秋時期出征，國君和正卿往往要身先士卒，戰國後才開始躲到宮廷裡，由職業軍人賣命。要解說的是，

春秋時周天子的儲君稱太子，其他兒子則稱王子；諸侯的儲君稱世子，其他稱公子。再下代則稱王孫、公孫。不過戰國後，諸侯擅僭稱王，儲君也稱太子。《左傳》稱申生為大子，因為君位未必由他繼承。

對了，獻公對里克的回答很冷淡：我有好幾個兒子，還沒有決定由哪一個繼任。沒有否定世子的任務，但申生並不必然是世子。問題就在這裡：申生不是嫡長子麼？不是該由他繼位麼？申生知道後，很沮喪，說：我恐怕要被廢了。里克只好安慰他：這是培訓，是教導。要怕的是被認為不孝，而不該是不能立為嗣君。其後，獻公果然受寵妃驪姬唆擺，既立她為夫人，又廢大子申生，而改立驪姬子奚齊，史稱「驪姬之亂」。

大子申生帶領軍隊，晉獻公讓他穿左右異色的衣服，佩帶青銅的玦。狐突駕御主帥的戰車，先友作為車右；梁餘子養為罕夷駕御戰車，先丹木為車右；羊舌大夫為軍尉。《左傳》交代了戰將的職責，就寫他們出師前的討論，彷彿戰前的軍事會議，議論的卻是大子的衣飾。易言之，大家在推測國君的心意。先友說：穿國君一半的衣服，掌握軍權，成敗就在這一仗了，加油啊！分出一半衣服沒有惡意，兵權在手就遠離災禍，與國君親近又遠離災禍，還擔心什麼？這位勇士，大抵見大家憂心忡忡，大力打氣。

還是狐突這位老將心清，感慨地說了一段解讀衣飾的行話：

時令，是事情的徵象；衣服，是身份的標誌；佩飾，是心意的旗幟。如果尊重這回事，就應該在春、夏季發佈命令；賜予衣服，就不要用雜色；使人衷心效命，就要讓他佩帶符合法度的飾物。如今在年終下令，那是要讓事情不順；賜給他異色的衣服，那是要疏遠他；讓他佩帶銅玦，那是有丟棄之心。現在是用衣服疏遠他，用時令阻滯他。雜色，意味涼薄；冬天，意味肅殺；金，意味寒冷；玦，意味決絕。這怎麼可以依靠呢？雖盡力而為，狄人難道可以消滅得了嗎？

玦，是半環形有缺口的飾物，音決，一般是玉器，獻公則送銅玦（「**金玦**」），比較特別。送玦，狐突斷定，是獻公要跟大子決絕；

這是音形的解讀。之前不一定這樣理解，還需結合人事、背景。不過經狐突一說，此後臨別的確不宜給人送玦，因意頭不好。《左傳》同一年，另記狄人侵衛，由於衛懿公好鶴而不恤民，讓鶴坐大夫的車，受命應戰的兵士就嘲諷：派鶴去吧，牠們享有祿位！懿公要兩個兒子防守，給石祁子玉玦，給寧莊子箭矢，說：「**以此贊國，擇利而為之**（拿這些來救助國家，選擇有利的就去做）」。並囑夫人聽從石、寧二子。然則這個玦，只取音義，是決斷之意。將在外，就全權指揮。

後來《荀子·大略》云：「**聘人以珪，問士以璧，召人以瑗，絕人以玦，反絕以環。**」珪、璧、瑗、玦、環，各表不同的心意，看似一錘定音，不能混淆。但也未必。〈大略〉篇乃後學雜錄荀子之語，或已滲入戰國末以至漢以後的想法。司馬遷記項羽、劉邦的鴻門宴，期間，

范增數目項王，舉所佩玉玦以示之者，項王默然不應。范增起，出召項莊，謂曰：「君王為人不忍，若入前為壽，壽畢，請以劍舞，因擊沛公於座，殺之。」（《史記·項羽本紀》）

范增向項羽示意，用目光，以至更誇張地舉起佩帶的玉玦，明顯是要項羽當機立斷。這個玉玦，妙在可以兼有決絕之意，畢竟仍以決斷為主。

無論如何，中國真是愛玉的國家，文明古國都經歷青銅器時期，只有中國，產玉而且愛玉，以玉做各種飾物，故珪、璧、瑗、玦、環等，偏旁都從玉，並逐漸賦予不同的含義。古人大抵認為玉能通天地，且能不朽，所以貴族死去會含玉，稱「玉琀」，多作蟬形，取其可蛻變復生之意。《禮記》云：「**古之君子必佩玉。**」先秦愛玉的君子當無過屈原，全身佩玉，遊瑤之圃，甚至食玉英，這些當然是文學的象徵。

珪、璧、瑗、環、玦等，俱多作圓形，除了玦有缺口，其他都以中心的圓孔大小區別。相對於玦，大抵取圓滿之意，沒有起始也沒有

終結。環，與玦相對，則象徵歸還，同樣是音形的取意。古代臣子犯了罪被逐，就留在邊境，三年後看國君給你一塊環，抑或是玦。

《左傳》僖公二十四年（公元前 636 年），載鄭子臧出奔宋國，喜愛聚集鷸的羽毛做冠帽，鄭伯知道後很討厭，差使人把他誘殺了。《左傳》引君子之言，評說：「**服之不衷，身之災也。**」不衷，是指不相稱。鄭子臧之被殺，可能還有其他原因，楊伯峻推想是帶罪出奔，猶不自韜晦且好奇之故。但衣飾不相稱，在古代是會惹來殺身之禍的。

狐突分析的前提，是先看到申生受父親厭棄。他的解說，結合實況，合情合理。於是梁餘子養也補充說：領兵的人，在太廟裡接受命令，在社稷接受祭肉，有規定的衣飾。現在得不到規定的衣飾，而得到雜色衣服，不懷好意可想而知。死後還要落個不孝的罪名，不如逃跑吧。

罕夷說：雜色的服裝不合規定，銅玦表示決絕。那麼回來還有什麼用？國君已經別有想法了。

先丹木說：這樣的衣服，瘋子也不要穿。國君說我們殺光敵人才回來，敵人真可以殺光？即使殺光了，還有國內的讒言，倒不如溜之大吉。

三個都同意臨陣逃走，狐突想走。但羊舌大夫獨排眾議，說：不行。違背命令是不孝，拋棄任務是不忠。雖然明知國君涼薄，不孝不忠仍然不可取，還是為此死戰吧。他畢竟是軍中執法之官。

大子也準備作戰，狐突勸阻說：不行；從前辛伯勸告周桓公說：妾媵等同王后，寵臣等同於卿，庶子等同嫡子，大城等同國都，這就是禍亂的根由。周桓公不聽，所以蒙難。現在禍亂形成，還能肯定會立您為嗣君？試考慮一下：與其危害自身而讓罪過加快降臨，倒不如奉身為孝，不戰而安定百姓。

將士的戰前討論大概如上，或戰或逃，有不同的想法，呈現不同的個性、身份。但對國君賜予衣飾的解讀，經狐突點破，即再無異

議。此文很重要，又別具趣味，可惜一直不獲《左傳》的選家青睞。文中提到大子的任務（「**大子之事**」），與國君、執政有別；又提到任命的時令（「**命之始**」）、衣飾的常規（「**衣之純**」、「**佩之度**」），尤以狐突這個戎人對華夏衣飾含義的分析，排偶疊出，而靈活變化，既細緻，又剔透，簡直是後世英美新批評的細讀法（close reading），尤勝之處是，更能照應人事的背景、文化的底蘊。

狐突本來也是晉始祖叔虞的後裔，同為姬姓，受封到大狐犬戎，與犬戎同化，改姓大狐。狐突的兩個女兒嫁給晉獻公，一個生夷吾，另一個生重耳。因為不合「同姓不婚」的周禮，被認為後代不會昌盛，但都輾轉先後成為晉君。政亂期間，夷吾和重耳都逃亡國外。狐突的兩子狐毛、狐偃則跟隨侄兒重耳流亡，最後協助重耳成為一代雄主晉文公。

大子申生其後打敗了狄人回來，不過受不忠不孝所苦，被逼自殺。《左傳·僖公十年》還記載惠公（夷吾）在移葬申生時，狐突恍惚中遇見申生，並且再為他御駕。申生告訴狐突：夷吾無禮，我已求得天帝的同意，打算把晉國交給秦國，秦國將會祭祀我。狐突回答：神靈不享用別族的祭品，百姓也不祭祀別族的神靈。晉亡了，您的祭祀不是要斷絕了麼？何況，百姓又有什麼罪呢？申生答：那我重新請求好了；七天後，我將附身巫者，可來見我。到了約期，狐突去見巫者，巫者告訴狐突說：天帝允許我懲罰有罪之人，讓他在韓地戰敗。這本來應該是老人家的無意識作祟，夜有所夢，乃日有所思，但後來秦、晉在韓原打仗，惠公果然被俘。這是《左傳》的迷思。

狐突為後世記得的，不幸的是，其外孫夷吾歸國成為惠公，再由夷吾之子繼立為懷公。這位懷公曾下令隨重耳出逃之人歸國，否則誅殺全家。狐突拒絕，說：「**父教子貳，何以事君？**」結果被曾外孫殺害。他其實是解說衣飾的大行家。

原文

　　大子帥師 [1]，公衣之偏衣 [2]，佩之金玦 [3]。狐突御戎 [4]，先友為右 [5]；梁餘子養御罕夷 [6]，先丹木為右 [7]；羊舌大夫為尉 [8]。

　　先友曰：「衣身之偏，握兵之要 [9]，在此行也，子其勉之。偏躬無慝 [10]，兵要遠災，親以無災 [11]，又何患焉？」

　　狐突歎曰：「時，事之徵也 [12]；衣，身之章也 [13]；佩，衷之旗也 [14]。故敬其事，則命以始 [15]；服其身，則衣之純 [16]；用其衷，則佩之度 [17]。今命以時卒 [18]，閟其事也 [19]；衣之尨服 [20]，遠其躬也 [21]；佩以金玦，棄其衷也 [22]。服以遠之，時以閟之；尨，涼；冬，殺；金，寒；玦，離；胡可恃也 [23]？雖欲勉之，狄可盡乎 [24]？」

　　梁餘子養曰：「帥師者，受命於廟，受脤於社 [25]，有常服矣 [26]。不獲而尨，命可知也 [27]。死而不孝，不如逃之。」

　　罕夷曰：「尨奇無常，金玦不復。雖復何為 [28]？君有心矣 [29]。」

　　先丹木曰：「是服也，狂夫阻之 [30]。曰『盡敵而反 [31]』，敵可盡乎？雖盡敵，猶有內讒 [32]，不如違之 [33]。」

　　狐突欲行。羊舌大夫曰：「不可。違命不孝，棄事不忠。雖知其寒，惡不可取 [34]，子其死之。」

　　大子將戰，狐突諫曰：「不可，昔辛伯諗周桓公云 [35]：『內寵並后，外寵二政，嬖子配嫡，大都耦國，亂之本也 [36]。』周公弗從，故及於難。今亂本成矣，立可必乎 [37]？孝而安民，

子其圖之，──與其危身以速罪也^[38]。」

──《左傳》閔公二年，公元前 660 年

注釋

[1] 大子帥師：大子，嫡長子，即世子。帥師，率領軍隊。帥，動詞。

[2] 公衣之偏衣：公，晉獻公。衣，音意，穿着；動詞。偏衣，左右異色的衣服，一半似公服。全句謂獻公讓他穿着左右不同色的衣服。衣服左右異色，加上耳戴金玦，今人看來，一定很新潮、很酷，古人並非如此。

[3] 佩之金玦：佩，佩帶；動詞。玦，音決，形似玉環而有缺口的小飾物，一般為玉器，大多用作耳飾，缺口可能是為了穿戴在耳垂，或者穿上帶子，掛在耳邊。金玦，指青銅製的玦。

[4] 狐突御戎：狐突，晉大夫，乃晉獻公岳父、申生外祖父。主帥的戰車稱為戎車。全句是指由狐突駕御主帥的戎車。

[5] 先友為右：先友，晉大夫。戰車上右邊的持矛對敵作戰，稱車右。

[6] 梁餘子養御罕夷：梁餘子養、罕夷，皆晉大夫。

[7] 先丹木為右：先丹木，晉大夫。

[8] 羊舌大夫為尉：羊舌，名突，是叔向的祖父。尉，軍尉，軍中執法之官，位居軍帥之下，眾官之上。

[9] 握兵之要：掌握軍隊的大權。

[10] 偏躬無慝：慝，音惕，惡意。分得半邊的公服，應該沒有惡意。

[11] 兵要遠災，親以無災：兵權在握，可以遠害；得父親澤，可以無害。

[12] 時，事之徵也：時，時令，指出征的日子。徵，表徵。意謂在肅殺的冬季出征，是國君不懷好意的表徵。

[13] 衣，身之章也：章，標誌。衣服是身份的標誌。

[14] 佩，衷之旗也：佩，佩飾。衷，猶言內心。旗，旗幟，引申為表現。佩飾是內心世界的表現。

[15] 則命以始：命，授命，或指賞賜。意謂授命當在春夏之時。

[16] 服其身，則衣之純：古代軍服，單色為貴，所以說賜予衣服，就用純色。

[17] 用其衷，則佩之度：想使人衷心為我所用，就讓他佩帶合乎常規的飾物。

[18] 今命以時卒：如今在時令將盡的日子發佈命令。

[19] 閟其事也：閟，音秘，閉塞、不通。指不尊重此行軍之事，有意加以阻塞。

[20] 衣之尨服：衣，音意，作動詞，穿着。尨服，雜色服，指偏衣。尨，音茫。

[21] 遠其躬也：疏遠他之謂。反駁上文先友「親以無災」之言。

[22] 佩以金玦，棄其衷也：棄，捨棄，引申為沒有。給他佩帶金玦，是內心沒有誠意。

[23] 胡可恃也：恃，憑藉、依靠。怎麼可以依靠呢？

[24] 狄可盡乎：盡，指殲滅殆盡。這是反詰，指狄人豈能全部殲滅。

[25] 受胙於社：胙，社稷祭祀之肉，指在社稷接受胙肉。古代出兵祭社，再分贈社肉。

[26] 有常服矣：常服，按照規矩的衣服。

[27] 不獲而尨，命可知也：沒有獲得常服，而獲得雜色衣服，國君任命的心意可想而知。

[28] 雖復何為：復，指回歸。雖然回來，又有什麼意思？

[29] 君有心矣：有心，指別有用心。

[30] 狂夫阻之：狂夫，瘋子。阻，阻難、拒棄。瘋子也會拒絕穿着。

[31] 盡敵而反：殲盡敵人，然後回來。

[32] 猶有內讒：讒，讒言，中傷之言。宮廷之內仍然有中傷之言。

[33] 不如違之：違，違背，引申為逃離。

[34] 惡不可取：指不忠不孝俱不可取。

[35] 昔辛伯諗周桓公云：辛伯，周大夫。諗，音審，勸告。周桓公，名黑肩，周朝卿士。

[36] 內寵並后，外寵二政，嬖子配嫡，大都耦國，亂之本也：宮內寵妾與王后相等，宮外寵臣與執政權力相等（指賦予寵臣與正卿同等權力），庶子與嫡子地位一樣（指庶子奚齊、卓子與申生地位相同），大的都城和國都同等規模，這是禍亂的本源。

[37] 立可必乎：立，指立為儲君。還能肯定會被立為儲君？這是反詰。

[38] 與其危身以速罪也：危身，危害己身。這是倒裝句法，句承「孝而安民，子其圖之」，意謂與其危害己身而加快罪孽到來，不如盡孝，不戰而令百姓安定。

08

胡塗父、愚孝子

——晉驪姬之亂

一

晉獻公的父親是武公,是庶宗取代大宗,先後殺了三個晉侯:晉哀侯、繼立的小子侯,以及再由周天子桓王立的晉緡公,可說兇悍霸道。桓王曾出兵聲討,但不成功。西周初,周天子有六軍,大國有三軍,小國二軍,以至一軍。周人編制,以軍統攝師,基本軍位是「伍」(五人),五伍為「兩」(二十五人),四兩為「卒」(一百人),五卒為「旅」(五百人),五旅為「師」(二千五百人),五師為「軍」。一軍共一萬二千五百人。但兵額各國未必相同,有的一軍只有一萬人。春秋初,晉只擁有一軍的兵力,只屬小國,但周天子對諸侯亂政也無可奈何,可見周廷東遷後已無力承擔龐大的軍餉,軍力不斷萎縮。桓王之後的僖王,尤其窩囊,收了武公的賄賂,索性承認他為晉侯。

獻公繼承武公,頗有作為,大抵深知庶族宗親之害,把公子群全部清除。宗室到頭來勢孤力弱,最終受異姓三家瓜分,但那是很後很後的話。目前內廷整頓,可以進而向外擴張。晉獻公擴大兵力為二軍,一口氣吞併了許多鄰近小國,韓非子說他「**併國十七、服國三十八**」,其中包括耿、霍、魏三國。又借道虞國,攻打虢國,真是史無前例的「近交遠攻」,用的是老掉大牙的辦法:攻打人性的弱點:貪婪,給虞君送這送那。這個虞君,這方面的弱點比其他人都大。晉

軍第二次借道滅虢，回師時連虞也滅了。虞國大夫宮之奇曾苦勸國君借不得，提出「唇亡齒寒」的名言。晉國逐漸成為北地的強國。

但獻公老來胡塗，不分皂白，受寵妾擺佈，廢嫡立庶，結果釀成宮廷悲劇。他的夫人齊姜有一子一女，子申生，為世子，征戰時受命分統一軍。女則嫁給秦穆公。獻公另外娶了北狄兩姊妹，姊姊生了重耳，即後來的晉文公；妹妹生了夷吾，即後來晉文公的前任晉惠公。獻公滅驪戎時，取得二姝為妾，種下禍根，當時是公元前 666 年。其中驪姬最受寵愛，也最有心計，生一子奚齊；娣妹生卓子。名字一大堆，不好記；宮廷爭鬥，其實也真是糾纏不清，煩厭醜惡的。

春秋的婚姻，或為征服者的掠奪，像晉獻公之於驪姬，或為政治聯盟，如秦穆公與晉獻公之女伯姬。這麼一來，往好處看，諸夏得以互通，華夷也得以交融。以晉獻公長子申生為例，母親是齊桓公的女兒，他的親妹則嫁到秦國。他自己和兩位異母弟重耳、夷吾，他們的母親則是姊妹，同是狄人。他的另一對異母弟奚齊、卓子，母親既是姊妹也是驪戎。

《左傳》僖公四年（公元前656年）記載了晉國有名的驪姬之亂。獻公夫人齊姜死後，他想改立驪姬為夫人。也許有見於驪姬的問題，稍後齊桓公與諸侯盟於葵丘（公元前651年），其中一句誓詞云：「**毋以妾為妻**」，這，其實周人奉行已久，不過落實明令而已；唐代時且成為律令，直到清代。這也說明妾的地位甚低，不能升格為夫人，生子當然也屬庶出；如今獻公想立妾驪姬為妻，是重大的改變，唯有借助占卜；結果並不吉利。再試占筮，這次吉利了。獻公認為要依從占筮。卜巫提出忠告：占筮用的蓍草不如占卜用的龜甲耐久，龜更有靈性，應遵從龜卜的判斷。何況，卜辭的意思不是很清楚麼？專寵過甚，會變壞，會偷取主人的牡羊；香草和臭草混雜，十年之久還會有惡臭。牡羊，是明喻世子申生。

上古時代，神權與政權結合，問卜的總是一族之長；由專職的卜巫執行。殷人尤其迷信，商王凡事問卜，大如征伐小如牙痛，在台北

故宮的展品可見，現存許許多多的甲骨文，即是問卜的記錄。早期占卜用龜甲、獸骨，叫「卜」。大事用龜甲，小事用獸骨，但也不一定的，再看兆辭判斷凶吉。步驟有五：

一、釁龜（先用血淨龜；用的是龜腹甲）；

二、前辭（刻上問卜人、問卜的時間、地點）；

三、命辭（問題；又稱「貞辭」，「貞」，即是「問」的意思）；

四、占辭（答案；貞問之後，以火灼龜腹甲，呈現裂痕，即為卜兆。解釋卜兆的話叫「繇」）；

五、驗辭（是否應驗？事後補刻）。

今存的甲骨，往往只留下前辭、命辭。烏龜作為人神的中介，卻不是令人羨慕的差事，因為牠們乃從各地被大量收納、宰殺。

後期，大概是商末周初，龜卜之外，引入蓍草占算，叫「筮」，編了卦爻辭，按卦象查檢，從《易經》可見。《易經》據說是周文王被紂王囚於羑里，在憂患之中推演出來的，成為富哲學意味的術數。周人繼承殷人問卜的做法，但顯然已非事事請教鬼神，大抵有疑惑才占問。春秋二百多年，問卜的記錄，《左傳》所記不過五十多宗。有時占卜，有時占筮，有時卜筮並占，也不見得有準則。而且，其中不少無非借助鬼神，使舉措合理化而已。《左傳》載鄖國糾集盟軍攻打楚國，楚大夫屈瑕很擔心，鬥廉提議先發制人，夜襲鄖軍。屈瑕說：占卜問問吉凶。鬥廉答：「**卜以決疑。不疑，何卜？**」（桓公十一年，公元前 701 年）結果打勝了。龜卜和蓍筮二法，照《左傳》來看，仍以龜卜較受重視。所以晉獻公的卜人認為龜卜所得不吉，就不應立驪姬。不過晉獻公早有定見。《尚書・洪範》記箕子向周武王建議治國的大法，其中條列卜筮的原則，內容大致如下：

一、倘由三個卜人占，以多數為依歸；

二、倘有重大的疑問，則國君先自考慮，再聽卿士意見，然後再與庶民商量，最後問卜占卦；

三、倘龜、筮、國君、卿士、庶民全體贊成，好極了，這叫「大

同」；

四、倘國君、龜卜和蓍筮都贊成，而卿士、庶民反對，仍然吉利；

五、倘卿士、龜卜和蓍筮都贊成，國君、庶民反對，也是吉利；

六、倘庶民、龜卜和蓍筮都贊成，國君、卿士反對，也是吉利；

七、倘國君、龜卜贊成，蓍筮、卿士、庶民反對，那麼國內的事吉利，國外的事不吉利；

八、倘龜卜和蓍筮都不合人意，那麼舉事就有凶險。

上述吉利的條件，前提是龜卜贊成；並沒有龜反對，則仍然是吉利的。晉獻公的卜筮，先求龜卜，反對；再求蓍筮，贊成。最後五十根草竟推翻了一隻龜。

以往學者大多認為〈洪範〉為戰國時期作品，因引入人的意志，多少反映東周人的想法。近年以碳14測定為戰國中晚期的「清華簡」，收錄了《尚書》的〈尹至範〉、〈尹誥〉等竹簡，竟與今存古文《尚書》完全不同，或可推斷古文《尚書》乃偽書，或者部份是偽書。不過，春秋時人，如管仲、晏嬰等，以至晉獻公，目的不同，對卜筮已不盡信，甚至不信。無論如何，《左傳》的記載說明，國君反正要立驪姬為夫人，問卜，天曉得，作秀罷了。

二

《左傳》下文寫驪姬與中大夫合謀誣害世子。她對世子申生說：國君夢見你的亡母齊姜，可要快快拜祭她呵。太子如言，去到祖地曲沃拜祭。曲沃是晉獻公祖父的封地，由此起家，齊姜葬於此。之後帶回祭祀的酒肉給父親。這時獻公正在宮外打獵，驪姬就把酒肉放在宮裡過了六天。兩父子沒有碰頭，大抵是驪姬的計算。獻公回來，驪姬在酒肉裡下了劇毒，然後奉上。獻公食用前，先酹酒致祭，地為之墳起；把肉給狗，狗吃了，即死；再試宦官，也死。這時驪姬哭訴：這是太子的陰謀！

驪姬顯然不是要毒殺獻公，目的是嫁禍。《史記》則補充情節：「**獻公欲饗之，驪姬從旁止之，曰：『胙所從來遠，宜試之。』**」司馬遷在這裡那裡替驪姬加鹽加醋，塑造一個奸妃形象，但詭計是否明顯了些？

驪姬的野心，令人懷疑又是否想報復亡國之恨呢？奇怪獻公早年的雄才，能文攻武略，竟也輕信讒言，不加查審，見世子逃出，就把他的老師殺了，不是老胡塗，又是什麼？更奇怪的是申生的反應。他逃回曲沃後，有人提議，向國君辯解吧，國君一定會明辨是非的。他答：君父沒有姬氏，會茶飯不思，我答辯的話，姬氏必定有罪；君父老了，我也不會高興的。那麼，你會流亡國外麼？申生答：君父還沒有明察驪姬的罪過，我蒙受這種惡名出走，誰會接納我呢？最後竟然自縊而死。雖明知這是驪姬的奸計，卻愚孝至此。他其實沒有弄清楚，個人的含冤，事不小，父子之間還有待彌縫；至於國家落入奸邪之手，走向危機，尤其事大。推前一步，撇開這些，這豈止是個人的問題？實關乎是非的原則，「是」棄權，則讓「非」得勢；不是其「是」，就淪為「非」的幫兇。果然，驪姬得勢，要一網打盡，接着誣陷申生的兩個異母弟：他們都有份參與。兩公子馬上分頭逃到自己的采邑，重耳到蒲城，夷吾則到屈城。

也許有人會認為申生生於崇禮尚孝的時代，他品性純良、仁厚，寧願自我犧牲以成全老父對驪姬的寵愛，畢竟值得尊敬。自我犧牲誠然是可敬的，但必須出諸理想、公義，而且必須別無選擇。申生的兩位弟弟，就代表其他的出路。古諺云：「**小杖則受，大杖則走！**」受父親斥打，受得了就受，但當父親盛怒而失去理性，就要逃跑，逃離險境然後再尋求解決的善法。申生也逃，但逃得不徹底。他其實迷了途，走了回頭路。悲劇因祭母的酒肉而起，他含冤泉下，又如何面對亡母？《春秋》經文云：「**晉侯殺其世子申生。**」因申生之死，乃獻公間接逼成，這樣寫是對晉獻公的譴責，然則申生不啻陷父親於不義。至於驪姬的種種，或者說也無非為求自保，想到獻公生前偏寵，招惹

猜忌、不滿、仇恨，照《國語‧齊語》所記，眾大臣里克、荀息等人已私下議論紛紛，有不同的取態；獻公身後則孤兒寡婦，能保安全嗎？然則這是極權社會的悲劇，所有對權力構成威脅的，例必清除。

　　獨裁而極權的社會，其實沒有人是安全的。驪姬的故事，很少人注意那隻試毒的狗，更從來沒有人注意那個試毒的小臣。為什麼這樣說？漢畫像石曾以驪姬置毒為題材，畫面構圖以狗為中心，因為人物都是闊袍大袖，形象相似，要跟其他內容識別，全靠突出這麼一隻中了毒而四腳朝天的狗。只有藝術家才留意這隻狗，但狗也無非是藝術的手段，並不當是生靈。至於那個再次試毒的小臣，是明知有毒，不得不試，則是連狗也不如。他甚至在古代藝術家眼中也沒有地位。

　　《左傳》此文，通過人物的具體言行表現，而無需加以解說、判斷，文字極凝練。凝練的做法，其一是名詞往往當動詞用，用得好，則含意而兼有動態，例如：「公祭之地，地墳。」「墳」字就很精妙。其二，主詞可以不用就不用，很多短句，身份變換，雖然沒有主詞，卻不會張冠李戴，例如這一句：「弗聽，立之。生奚齊，其娣生卓子。及將立奚齊，既與中大夫成謀。」

「弗聽，立之」，主詞是獻公。

「生奚齊，其娣生卓子」，則是驪姬。

「及將立奚齊」，是獻公。

「既與中大夫成謀」，又回到驪姬。

　　今天的語體文作者，唯恐身份產生危機，往往寧濫毋缺，大量揮霍英文的物主代詞（possessive pronoun）「他的／她的／他們的」。身份危機是受不了外來的衝擊，自信不足之故。其實不用怕，只需理順上下文，打好根基就好。古人書寫，誠然限於物質條件，不得不儉省，但不等於說今人就可以浪費。好文章，豈止是因為多寡、快慢的問題？

　　獻公死後，奚齊立，但不足一年就被殺，之後宮廷血腥內鬥，政

權幾經易手。夷吾也一度成為國君。而重耳流亡，從一國輾轉到另一國，十九年後才終於凱旋復國。

原文

　　初，晉獻公欲以驪姬為夫人[1]，卜之[2]，不吉；筮之[3]，吉。公曰：「從筮。」

　　卜人曰：「筮短龜長[4]，不如從長。且其繇曰[5]：『專之渝[6]，攘公之羭[7]。一薰一蕕[8]，十年尚猶有臭。』必不可！」

　　弗聽，立之。生奚齊，其娣生卓子[9]。

　　及將立奚齊，既與中大夫成謀[10]。姬謂大子曰[11]：「君夢齊姜[12]，必速祭之！」大子祭於曲沃[13]，歸胙於公[14]。公田[15]，姬置諸宮六日。公至，毒而獻之[16]。公祭之地，地墳[17]；與犬，犬斃；與小臣[18]，小臣亦斃。姬泣曰：「賊由大子[19]。」大子奔新城[20]。公殺其傅杜原款[21]。

　　或謂大子[22]：「子辭[23]，君必辯焉[24]。」

　　大子曰：「君非姬氏，居不安，食不飽。我辭，姬必有罪。君老矣，吾又不樂。」

　　曰：「子其行乎？」

　　大子曰：「君實不察其罪，被此名也以出[25]，人誰納我[26]？」十二月戊申，縊於新城[27]。

　　姬遂譖二公子曰[28]：「皆知之[29]。」重耳奔蒲[30]，夷吾奔屈[31]。

　　　　　　　　——《左傳》僖公四年，公元前 656 年

注釋

[1] 晉獻公欲以驪姬為夫人：驪姬，晉獻公的寵妃。

[2] 卜之：用龜甲占卜。卜，動詞。之，指以驪姬為夫人一事；代詞。

[3] 筮之：用蓍草占卜。

[4] 筮短龜長：短、長，指靈驗的程度。

[5] 且其繇曰：繇，占卜結果的兆辭。

[6] 專之渝：專之，指專寵驪姬。渝，變。專寵驪姬就會生變。

[7] 攘公之羭：攘，奪去。羭，公羊，這裡暗指世子申生。

[8] 一薰一蕕：薰，香草。蕕，臭草。繇辭協韻，渝與羭，蕕與臭，像詩句。

[9] 其娣生卓子：娣，古時隨嫁的女子，同嫁一夫，年幼的妹妹稱娣。

[10] 既與中大夫成謀：中大夫，晉內廷官吏。成謀，定好計謀。

[11] 姬謂大子曰：大子，即世子申生。

[12] 君夢齊姜：君，國君，指晉獻公。齊姜，申生的亡母。古人夢見先人，例以酒食獻祭，故下句云：「必速祭之。」

[13] 大子祭於曲沃：曲沃，乃晉邑，齊姜廟所在地，今山西省聞喜縣東北。

[14] 歸胙於公：胙，音造，祭祀的酒肉。申生把祭祀的酒肉帶回給獻公。

[15] 公田：田，通「畋」，即打獵。

[16] 毒而獻之：毒，下毒藥；動詞。

[17] 公祭之地，地墳：墳，墳起；動詞。用酒酹地，土地為之墳起，可見毒性甚劇。墳，也呼應祭。

[18] 與小臣：小臣，在宮中服役的小官，或乃宦官。

[19] 賊由大子：賊，謀害；動詞。陰謀出自大子。

[20] 大子奔新城：新城，指曲沃。

[21] 公殺其傅杜原款：傅，師傅、老師。

[22] 或謂大子：或，有人；不是或者。

[23] 子辭：辭，辯白；動詞。

[24] 君必辯焉：辯，分辨、追究是非；動詞。

[25] 被此名也以出：被，同「披」，帶着。此名，指弒父的罪名。出，出亡。

[26] 人誰納我：人誰，即「誰人」，倒裝。納，收容。這是反詰，即沒有人肯收容我。

[27] 縊於新城：縊，上吊而死。

[28] 姬遂譖二公子曰：譖，音浸，誣陷、中傷；動詞。二公子，指重耳和夷吾。

[29] 皆知之：皆，副詞。都知道這陰謀。指人皆知道這是重耳和夷吾的陰謀。

[30] 重耳奔蒲：重耳，晉獻公的次子，申生的異母弟，後為晉文公。蒲，重耳的采邑，今山西省隰縣西北。

[31] 夷吾奔屈：夷吾，晉獻公另一子，申生的異母弟，後為晉惠公。屈，夷吾的采邑，今山西省吉縣。

09

一位公子哥兒的蛻變

——晉重耳史詩式的流亡

一

晉獻公死後,重臣荀息擁立驪姬子奚齊為國君。獻公死前,把奚齊付託給荀息,荀息承諾云:「**竭其股肱之力,加之以忠貞。**」這句後來成為《出師表》之類的套語。但奚齊得位,並不得人心,尤其不得其他重臣之心。里克等人聯合起來,把他殺了。荀息改而擁立驪姬妹妹的兒子卓子,又再被殺;這次荀息見辜負了獻公,也自殺了。由誰接位呢?齊桓公、秦穆公兩巨頭,加上周襄王出面,擁立夷吾,是為晉惠公。這時重耳仍在狄國,堂弟登位,他似乎並非不快樂。

如果不快樂,那只是因為並不能回國,不回也就算了,只是要小心安全,出外打獵時,這裡那裡好像總有一雙殺氣騰騰的眼睛在窺伺。而且,他這個堂弟夷吾是一個十分差劣的君主,一個自私自利、忘恩負義的傢伙。首先,他登位後立即要殺里克,理由很簡單,這個人連殺兩個晉君,難道不會把我也殺了?里克分辯,不殺兩君,你還可以為君麼?「**欲加之罪,其無辭乎?**」這是他伏劍自殺前留下的名句。照《穀梁傳》的解釋,里克所欲立的,實為重耳:「**夷吾曰:是又將殺我也。**」

其次,惠公為了這個王位,不惜割地賂秦,以河東的土地,換取秦穆公的擁護;又答應里克,分他汾陽之邑。但都過橋抽板,拒認承

諾。過了幾年，失收糧荒，向秦借糧，秦穆公接受百里奚的勸諫，答應了，通過水道，輾轉輸糧。可是另一年，輪到秦糧荒向豐收的晉借，惠公竟然拒絕。穆公忍無可忍，發兵攻晉。僖公十五年（公元前 645年），秦晉戰於韓原，晉大敗，連惠公也被擒。秦穆公的夫人乃惠公的異母姊，有賴這位姊姊，帶了四個子女，聲言要是穆公不放惠公，就引火自焚。惠公這才得以放回。穆公夫人曾囑他照顧獻公的一位妃子賈君，並且把其他流亡在外的公子接回國。結果他和賈君私通，又拒納其他公子。

能竭力為主的荀息和里克都死了，其他賢士趙衰、狐偃、賈佗等人又追隨重耳跑了。國家還有希望嗎？還是有的，荒謬的是，當惠公在國外坐牢，國內的大臣反而趁機以其名義改革內政：「作爰田」、「作州兵」。爰田，又作轅田；爰者，易也。這是田制的改革，農民只在自己的土地上輪流換耕，不再重新分配，這是把農民在井田之外開墾的荒地合法化，承認土地的私有權，推動耕者的積極性，政府再從田地徵稅。「作州兵」則是軍制的改革，過去國人之內的區域組織，以五州為鄉，鄉在州之上，由鄉承擔軍務，這次借提升州的地位，讓以往無權當兵的野人可以當兵，等於擴軍。田制的改革是承認現實，促進經濟；軍制的改革，則是回應日漸兵凶戰危的歲月。兩者互相結合，權利和義務，也互相作用。晉的改革，堪稱劃時代，為後來晉文公的稱霸奠下基礎。之後其他各國群起效法，名稱不同，性質其實是一樣的，如魯的「初稅畝」（公元前 594年）、「作丘甲」（公元前 590年）；鄭的「田有封洫」、「作丘賦」（公元前 543年）。春秋是個變革的時代，屬全方位的改革。當然，稅交多了，又要當兵，加重了百姓的負擔。

魯僖公二十三年（公元前 637年），晉惠公卒，由子繼位，是為晉懷公。同一年，宋襄公因泓水之戰受傷，終不治。再早些，僖公九年（公元前 651年），齊桓公在葵丘大會諸侯，成為第一個霸主，這一年，晉獻公因病沒有赴會。流亡在外的重耳就隔岸觀火。懷公為

太子時，其父惠公在韓原之戰後被釋回，乃以他為秦質，其後逃跑回來。登位後，懷公一直對重耳放心不下，為逼令追隨重耳的臣子變節，不惜誅殺這些臣子的親戚，甚失人心；他的私逃，也激怒了秦穆公。晉君的廢立，幕後的黑手，原來是秦穆公；可是父子兩個晉君，到頭來都和秦交惡。於是穆公出兵攻打晉國，並且護送重耳登位。據《國語・晉語》記載，秦穆公曾與臣子討論擁立夷吾抑或重耳，結論是夷吾，理由是倘為仁德就要選重耳，為顯示尊威就要選聽話的夷吾。但夷吾成為了國君，不單不聽話，更言而無信。秦打敗晉後，殺死懷公，扶持重耳即位，成為晉文公。

二

但此前，重耳流亡國外，有十九年之多。《左傳》記春秋五霸，以重耳的篇幅最多，變化也最大，是全書的大手筆。其經歷令人想起希臘史詩的英雄。中國文學並無西方的史詩（epic），——不是指詠史的詩，而是長篇敍事詩，以英雄人物為主角；最初通過口傳，最後寫定。最有名的當然是荷馬的《伊里亞德》（*The Iliad*）、《奧德賽》（*The Odyssey*）。以往認為只是神話、是詩，而不是史，但二十世紀的考古發掘，証明還是有歷史依據的，並非完全虛構。《伊里亞德》講特洛伊之戰，那是美豔的海倫闖的禍，我們多少都聽過「木馬屠城記」的故事。《奧德賽》則敍述戰後那位設計木馬的英雄尤利西斯回鄉，經過種種險阻，表現過人的毅力和意志，本來幾天的旅程，他走了十年。

《左傳》僖公二十三年（公元前 637 年）記載重耳流亡，然後復國，其過程相當「史詩式」，禍亂也源於一個美豔的驪姬，分別在這是歷史敍事，而不是詩，並不牽涉神怪，至少這一篇並不牽涉。《左傳》作者寫得沉雄穩實，波瀾壯闊，是歷史，卻也是敍事文學的傑作。重耳從晉近鄰自己的封地蒲城亡命到母國狄，——在封地和母國都險遭刺客的毒手，再經過衛，到達齊（《國語・晉語》則是先齊後衛）；

再折返西南方的曹、宋，再西征到鄭，然後南下楚，北上西秦。從秦回國。他大致走了中國一個大圈，到過三大強國，幾乎是尤利西斯回家的一倍時間。別忘了，他走的主要是陸路，在二千六百多年前，有些路，恐怕是他和隨從走出來的。

人生經歷種種大波折，感情、心態、價值觀好歹應有所變化。王靖宇認為出亡前後的重耳，基本上還是同一個人，並沒有實質的改變，就人物刻劃而言，是福斯特（E. M. Foster）所謂「扁平」（flat），而不是「圓形」（round）；又或者用韋勒克（R. Wellek）和沃倫（A. Warren）所說的「靜止」，而不是「發展」（《從〈左傳〉看中國古代敘事作品》）。我不敢苟同。《左傳》記重耳的流亡，畢竟是史實，不是小說，不能虛構情節，但作者顯然把他描寫成一個有發展的人物：從一個公子哥兒出發，貪戀、苟安，然後飽嘗炎涼世態，挫折、受辱，經過扶持、激勵，逐漸成長，最終成為老練的君主。他最終變成另外一個人。而且，這許多年的遭遇，作者對素材精挑細選，並不重複，而是逐步深化，有意識地凸顯重耳性格的轉變。晉國內，輾轉傳位好幾個，沒有一個合適的，就好像為等他的大旅行，不能早，也不宜遲，最後通過考驗，獲得王位的繼承權。

史詩往往從中場講起，即英雄陷於苦難時展開。《左傳》僖公二十三年（公元前 637 年）的一段敘事，也是從重耳「**及於難**」開始。他最初回到自己的采邑蒲城，獻公派兵前來攻打，蒲人要對抗，他以為不可，跟君父打仗，是大逆不道，還是逃亡吧。《左傳》僖公二十四年補記獻公曾派寺人（宦官）殺他，被他逃脫，僅僅斬去他的衣袖。然後又追蹤到狄國伺機。

他逃到母親的祖家狄國，追隨他的有趙衰、舅父狐偃、賈佗、先軫等人。狄人討伐廧咎如，取了族長的兩個女兒叔隗、季隗，送給重耳。重耳娶了季隗，叔隗則嫁給趙衰，其後生了趙盾。這裡另提一下，後來執掌晉國政權的趙盾原來是所謂華夷的混血兒，其實重耳和夷吾何嘗不是？舅父狐偃（子犯）根本就是狄人，換言之，晉人早已突

破了華夷之防，是一個民族融合的政權，秦如是，楚如是，後來的吳、越如是。文公後來成為霸主，尊王有之，攘夷則未必。

在狄，重耳一待十二年。久聞齊桓用賢之名，而管仲已死，於是想轉到齊國去。他對妻子說：等我二十五年，不回來就改嫁別人吧。季隗答：我二十五歲了，二十五年後怕已死了，請讓我等你吧。

齊在遙遠的山東，當年諸夏東陲背海的國度，從狄東去，要經過衛國。過衛（公元前644年），第一站就是打擊。衛文公並不禮待他，只好匆匆上路，飢腸轆轆，在衛地五鹿向鄉下人討吃。那鄉下人給他一塊土。真是虎落平陽，他受不得嘲諷、委屈，發怒要鞭打鄉人。鄉人這做法的含意，可以有不同的解讀。這位公子，哪裡知道盤中飧，粒粒皆辛苦。要吃飯麼？你試試自己動土耕作。還是，我們鄉下人吃的，其實也只是這些。抑或是，似不大可能，像子犯的解釋：這是天賜的呵；給你土地，等於給你國家？這個外族的舅父把區區一塊泥土提升，成為象徵，當是一種激勵。這是所謂知大體。重耳叩頭，接受了，載在車上。挨着餓上路。他上了一課。

五鹿斷糧，有一段傳說，隨員介子推（又稱介之推）割下自己大腿的肉讓重耳進食。見於《莊子‧盜跖》：「**介子推至忠也，自割其股以食文公**」云云。傳為美談。實則絲毫不美，而且變態，並不可信。到了《韓詩外傳》，地點改了，且多一重解釋，重耳斷糧，是由於錢財被一個隨從里鳧須偷走了：

晉文公重耳亡，過曹，里鳧須從，因盜重耳資而亡。重耳無糧，餒不能行，子推割股肉以食重耳，然後能行。

介之推割肉不可信，因不見於《左傳》、《國語》、《史記》。〈盜跖〉為《莊子》雜篇，乃後人偽託；即使出自莊子手筆，總是想像多於史實。《韓詩外傳》所記過曹，則是離開齊國之後，獲贈馬匹，大不了吃馬肉好了。《國語‧晉語》的確記了那麼一個保管庫藏的

人物里鳧須，但寫他根本拒絕追隨重耳流亡，遑論跑到曹國盜竊後才再逃走？重耳回國後顯貴，他求見被拒，對通報的人說：「追隨流亡的人牽馬服侍主人，留在國內的人則守護國家，何必怪罪留守在國內的人（「**從者為羈紲之僕，居者為社稷之守，何必罪居者**」）！」此人以居者自辯，以為不追隨流亡，也有貢獻。

到了齊國，齊桓公待他好得多，送他八十匹馬，還把公室的女兒姜氏嫁給他。他對齊國的生活，是蠻愜意的，愜意得不想走了。但第二年桓公過世，孝公接位，齊政變得紛亂，擁護他回國已變得不大可能，隨從認為這樣再就擱下去，不是辦法，在樹下商量，準備離開。談話被一個養蠶女僕聽到，回報姜氏，姜氏為免洩露行藏動向，把女僕殺了。

前文提過晉獻公曾派刺客到蒲城，刺殺重耳。到了晉惠公，也派過同一人到狄伺機下手。這殺手叫披，又叫勃鞮，披就是勃鞮的合音，是一位宦官。負有特殊任務的宦官，精通技擊，一直追殺流亡的異議份子，直是電影的情節；明代的東廠西廠，不過是餘孽。刺客披的故事，本身已令人浮想聯翩。後來重耳成為了國君，他也不避匿，一如里鳧須，要求接見。重耳拒絕了，派人斥責他；指出獻公限他一天到蒲，他當天就到了；令他三天到狄，他兩天就到了。這個殺手並不冷，他對自己的工作多麼熱愛。他反過來教訓重耳：還以為你回國後，懂得怎樣做國君了，仍然不懂，難道就不會再有蒲城狄國那樣的危機？執行國君的命令，不能有二心，這是古訓。然後引齊桓公不記射鉤之仇任用管仲的例子。別以為殺手都不說話，他倒說得振振有詞。文公於是接見了他，因為文公的容人之量，他揭露了惠公舊臣呂甥、郤芮策劃政變的陰謀。

姜氏勸重耳，可不要貪圖逸樂，而忘了遠大的志向呵。重耳不聽。姜氏就和狐偃設計，把他灌醉，然後送他上路。到他驚醒，已在旅途了。他拿起武器追打舅父狐偃，儼然是公子哥兒的脾氣。文章寫得具體細緻。晉國驪姬引起宮廷大亂，父子兄弟相殘，《國語》載晉史官

史蘇曾警告獻公提防驪姬，云：「**亂必自女戎，三代皆然。**」三代夏、商、周之亡，都是女子之故。這是以偏概全，從個別例子上線上綱。試想想，桀、紂、幽三王，沒有「女禍」，是否就可以不亡？而同屬女子，季隗、姜氏，卻能激勵重耳，令他振作。《左傳》寫重耳流亡，出現的女子對重耳都有助益，連無辜犧牲的女僕也是一種成全。女僕這一筆，絕非浪費；大人物之為大人物，是多少小人物鋪墊出來的？從重耳開展征途，何嘗表現什麼鴻圖壯志？不過是落難的公子哥兒，大家當他是晉國君位最大的備選，可是有一個人沒有認真相信，那是重耳自己。

三

他看來需要更大的激勵，要深入到骨髓。他們轉到曹國去，更大的激勵來了，不過從另一個方向：曹共公聽說重耳的肋骨相連，很想親眼看看，就趁重耳沐浴，躲在簾子後面觀看。這是奇恥大辱。

還是曹國大夫僖負羈的夫人，對丈夫說：看追隨晉公子的人，每個都足以為相，這些人才一定能輔佐他取得君位，並且稱霸諸侯，到時討伐對他無禮之人，曹國就會首當其衝了，何不快快表示和共公劃清界線？又是女子的眼光與嘉言。此見春秋的女子，不乏關心國際形勢、事務，而且史傳的作者顯然也同意，許多時候她們比另一半更有識見。僖負羈於是送重耳飯食，盤中奉上一塊玉璧。重耳接受了食物，把玉璧退還，這是周人輕財而重禮之義。這次，可不用狐偃等人的點撥了。

他到宋國，宋襄公同樣送他八十匹馬。然後往西，到鄭國，這次鄭文公對他並不禮待。鄭大夫叔詹勸說：這位晉公子有三樣好條件：一、父母同姓，不會昌盛，父親為周的宗親，同是姬姓，母親狐姬，也姓姬，周人出於血緣的考慮，規定同姓不婚。但重耳還是活下來了。二、他流亡在外已許多年，可是本國一直並不安寧；上天大抵要幫助

他了。三、他一直有三位賢士追隨。鄭晉是同等國，應以禮相待，云云。但鄭文公不聽。一如曹國僖負羈夫人所言，這是從側面補充重耳的優厚條件。

重耳在外國的待遇，禮與不禮，奇異地相間，一起一伏，倘是小說就令人難以置信。而且不禮待他的，都是衛、曹、鄭等小國，——鄭在莊公之後，與晉同等，但已不能與齊、秦、楚匹敵，更每下愈況。小國之小，不僅國土小、財力小、軍力小、膽子也小，在大國之間苟存，只能看風使舵；當晉另有人當權，接待在野的反對派，就殊感不便，這是一種政治考量。為求邀功討好，個別人更會落井下石。在衛地乞討，換來的是鄉人吃不得的一塊土；子犯還可以唸唸有詞，把土塊超渡。在曹，則連個人的尊嚴也被剝去，赤裸裸地被當成異相怪物，這就不止是不禮待而已。

曹共公窺浴的事件，《左傳》的學者將心力關注在「**薄而觀之**」的解釋，甚少討論對重耳一生的衝擊。這種偷窺行為，按理是秘密的勾當，但事前風聞小道消息（gossip），事後也當然到處耳語，成為公開的醜聞，《左傳》（加上《國語》）的作者才會這樣記載；僖負羈之妻會警告重耳將來得志，會誅殺無禮，曹是罪首云云。對此，子犯已無話可說了，也不必說。曹共公的窺浴，無疑輕佻至極，而重耳的身體，成為一個他者，被擺佈、挪用。羞辱，可以激發人為之反抗、奮鬥，也可以令人沉淪自棄，視乎受辱者的人格力量。重耳這次沐浴，真像靈魂的洗禮，已經不再是貪戀逸樂，只求苟安的喪家之犬，而是為了反抗，有了決心，有了目標。

這一筆，也從側面呈現重耳的身體缺陷。老子云：「**禍兮福所依，福兮禍所伏**」，這缺陷，也許令他自卑自棄，甚至自閉；但一旦坦露人前，反而令他義無反顧。曹君躲在簾後的眼睛，毋寧像一面鏡子，這面鏡子，不妨用拉岡（Lacan）的鏡像理論來解讀，此前文公得過且過，自我形象甚低；至此，其能力、願景，以至主體性，通過這面鏡子的反映，才浮現出來。到曹大夫送飯送璧，他再無需請教左右，

接受什麼、拒絕什麼了。

　　至於禮待他的都是大國，那是投資。投資有大有小，投資大，比較激進，當然要求更大的回報。齊桓公是霸主，行將退休，他的投資很保守，但求齊晉重修友好。因外孫申生死後，齊晉失和，不利抗衡秦楚；而且論資排輩，看才能，講人心，晉君之位當以重耳為佳。南方的楚國一向受歧視，對中原躍躍欲試，楚成王最坦白，設國宴款待重耳，本錢不大，可馬上追問：公子回國後，怎樣報答我？這分明是賭徒的心態。重耳答：僕從、美玉、布帛，君王應有盡有；鳥羽、皮毛、象牙、犀皮，貴國都有出產，散佈到晉國去的，不過是剩餘物資，我還能以什麼報答呢？

　　話雖如此，到底怎樣報答我？楚王追問。託君王的福，得以重返晉國，晉楚萬一兵戎相見，我會退避九十里。要是仍然沒有得到貴國罷兵的命令，我只好左手執鞭子和弓梢，右邊掛着弓箭袋，和君王較量了。答的坦白、自信，而且合情合理：你會有九十里的紅利，別要求太多，不會完全沒有風險。重耳經歷種種磨練，已非十九年前以至更早的公子了。事實上，春秋中期以後，晉楚成為兩大強國，連場大戰，是當時重大的國際事件。晉文公也信守承諾，初戰先退避三舍。

　　楚臣子玉看看不妙，這位公子必成楚的大患，提議先把他除了。楚王不答應，說他有大志，而能內斂；能文又有禮，加上獲得賢士之助，這些人既嚴肅，又寬和、忠誠，又有能力，而目前的晉惠公呢，並無親信，國內外人人厭惡。聽說姬姓的，以唐叔的後代衰亡得最晚，大概就靠這位晉公子吧，上天要令他振興，誰能廢掉？違背天命會有大禍呵。於是送重耳到秦國去。還是楚王識大體。值得注意的是，曹國僖負羈夫人、鄭大夫叔詹稱讚的，都是重耳的隨從，而重耳不過獲得上天的眷顧。至此，《左傳》整個重耳的敍事，第一次有兩個人或負或正當他是一個人物，而且是大人物，一個預言他是大患，一個看出他有大志。楚王點出重耳「**廣而儉**」，這是兩種不同的質素。什麼是「**廣**」呢？那是「廣大的志向」，也可以是「心胸的寬廣」，「**儉**」

則是儉樸，引申為收斂，並不放肆。另一句是「**文而有禮**」，是說重耳會說話，又有禮數。能忍，才能負重，他不會是那種說話一句不讓，咄咄逼人的領導，那種領導全身披刺，其實是胸襟狹隘，沒有安全感的表現。此外，他和晉惠公也是不同的對比，惠公為了回國，不惜割地送邑；而重耳則不亢不卑，表現出一個政治家的大度。這時候的重耳，已經不再是那個患了公子病，挨不得餓要鞭打鄉下人、失去樂園就使性子追打舅父的哥兒了。

秦是晉最大的投資者，因東出之路，必須通過晉國。秦穆公曾把資產誤押，血本無歸；夷吾死後，太子圉接位，圉這個字即來自曾為秦國人質，他越獄回家，當然也不會聽話。如今手上另有注碼，那是重耳。穆公先送給重耳女子，不是一個，而是五個，還包括先前送給太子圉的女子，這女子是秦穆公的女兒。圉逃跑回國，成為晉懷王，留下她，故名懷嬴。算起來，重耳實是她的伯父。而且，這次懷嬴是隨嫁的「媵」，地位已不如當初嫁給晉太子。周代諸侯嫁女，例有隨嫁的姪娣為妾，稱「媵」，姪是妻的兄女，娣是妻的妹。古人媵妾甚多，固然是男權社會，也為了多添子孫，可是妻媵權利、地位懸殊，也種下爭權奪利的禍根。由妻變妾，懷嬴不免委屈。根據周禮，新婚之初，媵要為新郎捧匜（盛水、注水器；音宜）洗手。另一邊，女僕（稱「御」）則侍奉新娘洗手。媵，近乎女傭。懷嬴老大不高興，捧着注水器讓重耳洗手時，重耳洗過並不抹巾，把餘水揮去。懷嬴發作了，怒罵：秦晉相等，你憑什麼看不起人家！重耳連忙自囚謝罪。懷嬴表現了秦人強悍、坦率的性格，尤其因為她有一個權重列國的父親。重耳的謝罪也很高調，明顯是做給她那位父親看。

一天，穆公設宴招待重耳，子犯推薦趙衰陪同，因為自己不如趙衰那樣擅長辭令。可見晉的賢才各有專長，也並不相輕。這種宴會，要是不會應對，就丟臉了。怎麼應對呢？不是會說話就行，而是要懂得禮儀，要懂《詩》，因為外交言辭，喜歡引用《詩》句，有正用，有借題發揮。孔子說「**不學《詩》，無以言**」，果然，他準備好了，

在席上賦了〈河水〉這首詩，穆公則賦〈六月〉回應。趙衰像禮賓司，知道詩句的含意，說重耳拜謝君王的恩賜吧，重耳就走下臺階拜謝、稽首。穆公也走下一級臺階辭謝。趙衰說：「君王提出要重耳擔當輔佐周天子的使命，重耳怎麼敢不拜謝？」

重耳流亡的記載，雖是順敘，但重在空間，而非時間，不是平均的流水帳簿。時間也是有作用的，作用在讓我們看到這個人的蛻變。有些地方，躭擱了大段日子，卻寥寥一二事；有些，只旅次一陣，卻濃墨重彩。你以為不重要的事件，其實舉重若輕，含義豐富。當然，有的空白，也有的斷裂。敘事者把一堆複雜的史料，嚴加汰選，呈現一個磅礴的有機體，洵屬先秦史傳敘事散文的傑作。

下文，我們知道，是秦穆公親率大軍送重耳回國；這時候，重耳已經六十二歲了

原文

一

晉公子重耳之及於難也[1]。晉人伐諸蒲城，蒲城人欲戰，重耳不可，曰：「保君父之命而享其生祿[2]，於是乎得人。有人而校[3]，罪莫大焉。吾其奔也。」遂奔狄。從者狐偃、趙衰、顛頡、魏武子、司空季子[4]。

狄人伐廧咎如[5]，獲其二女叔隗、季隗，納諸公子，公子取季隗，生伯鯈[6]、叔劉，以叔隗妻趙衰[7]，生盾。

將適齊[8]，謂季隗曰：「待我二十五年，不來而後嫁。」

對曰：「我二十五年矣，又如是而嫁，則就木焉[9]。請待

子。」處狄十二年而行[10]。

　　過衛，衛文公不禮焉。出於五鹿[11]，乞食於野人[12]，野人與之塊。公子怒，欲鞭之。子犯曰：「天賜也。」稽首受而載之。

　　及齊，齊桓公妻之，有馬二十乘[13]。公子安之。從者以為不可，將行，謀於桑下。蠶妾在其上[14]，以告姜氏[15]。姜氏殺之，而謂公子曰：「子有四方之志，其聞之者，吾殺之矣。」

　　公子曰：「無之。」

　　姜曰：「行也！懷與安，實敗名。」公子不可。姜與子犯謀，醉而遣之[16]。醒，以戈逐子犯。

　　及曹[17]，曹共公聞其駢脅[18]，欲觀其裸。浴，薄而觀之[19]。僖負羈之妻曰[20]：「吾觀晉公子之從者，皆足以相國。若以相，夫子必反其國。反其國，必得志於諸侯。得志於諸侯而誅無禮，曹其首也。子盍蚤自貳焉[21]。」乃饋盤飧，置璧焉[22]。公子受飧反璧。

　　及宋[23]，宋襄公贈之以馬二十乘。

　　及鄭，鄭文公亦不禮焉，叔詹諫曰[24]：「臣聞天之所啟，人弗及也，晉公子有三焉，天其或者將建諸，君其禮焉。男女同姓，其生不蕃。晉公子，姬出也[25]，而至於今，一也。離外之患[26]，而天不靖晉國[27]，殆將啟之，二也。有三士足以上人[28]，而從之，三也。晉、鄭同儕[29]，其過子弟固將禮焉，況天之所啟乎！」弗聽。

　　及楚，楚子饗之[30]，曰：「公子若反晉國，則何以報不穀[31]？」

對曰：「子女玉帛，則君有之；羽毛齒革，則君地生焉；其波及晉國者 [32]，君之餘也。其何以報君？」

曰：「雖然，何以報我？」

對曰：「若以君之靈，得反晉國，晉、楚治兵 [33]，遇於中原，其辟君三舍 [34]。若不獲命，其左執鞭弭 [35]，右屬櫜鞬 [36]，以與君周旋。」

子玉請殺之 [37]。楚子曰：「晉公子廣而儉，文而有禮。其從者肅而寬，忠而能力。晉侯無親 [38]，外內惡之。吾聞姬姓唐叔之後，其後衰者也 [39]，其將由晉公子乎！天將興之，誰能廢之？違天，必有大咎。」乃送諸秦。

秦伯納女五人 [40]，懷嬴與焉 [41]。奉匜沃盥 [42]，既而揮之。怒，曰：「秦、晉，匹也，何以卑我 [43]？」公子懼，降服而囚 [44]。

他日，公享之 [45]，子犯曰：「吾不如衰之文也 [46]，請使衰從。」公子賦《河水》，公賦《六月》 [47]。趙衰曰：「重耳拜賜！」

公子降，拜，稽首。公降一級而辭焉。衰曰：「君稱所以佐天子者命重耳，重耳敢不拜？」

——《左傳》僖公二十三年，公元前 637 年

注釋

[1] 晉公子重耳之及於難也：及於難，遭遇危難。

[2] 保君父之命而享其生祿：保，依仗、依靠。生祿，指受用父親養生之祿。

[3] 有人而校：校，同「較」，較量，猶言抵抗。

[4] 從者狐偃、趙衰、顛頡、魏武子、司空季子：狐偃，重耳的舅父，又稱子犯、舅犯。趙衰，晉國大夫，字子餘，重耳的主要謀士。顛頡，晉國大夫。魏武子，魏犨，晉國大夫。司空季子，名胥臣，晉國大夫。

[5] 狄人伐廧咎如：廧咎如，部族名，赤狄的一支，隗姓。廧，音牆。

[6] 生伯儵：儵，音由。

[7] 以叔隗妻趙衰：妻，嫁給；動詞。趙衰，衰，音催。

[8] 將適齊：適，去、往；動詞。

[9] 則就木焉：就木，進棺材。

[10] 處狄十二年而行：處狄，住在狄國。

[11] 出於五鹿：五鹿，衛國地名，今河南省濮陽縣南。

[12] 乞食於野人：野人，指城邦之外的鄉下人、農夫，與國人相對。

[13] 有馬二十乘：乘，古時用四匹馬駕一乘車，二十乘即八十匹馬。乘，音盛，名詞。

[14] 蠶妾在其上：蠶妾，養蠶的女僕。

[15] 以告姜氏：姜氏，重耳在齊國娶的妻子。齊是姜姓國，故稱姜氏。

[16] 醉而遣之：遣，送。

[17] 及曹：曹，諸侯國名，姬姓，在今山東省定陶縣西南。到了曹國。

[18] 曹共公聞其駢脅：駢，並排。脅，胸部的兩側。駢脅，指肋骨並列連成一片。

[19] 薄而觀之：薄，即簾子，作動詞，另一解作逼近。

[20] 僖負羈之妻曰：僖負羈，曹國大夫。

[21] 子盍蚤自貳焉：蚤，同「早」。貳，不一致。指何不趁早表示與共公不同的態度。

[22] 乃饋盤飧，置璧焉：饋，音跪，送贈食物。盤飧，一盤飯；飧，音宣。置璧焉，將寶玉放置在盤中。

[23] 及宋：宋，諸侯國名，子姓，在今河南省商丘市。

[24] 叔詹諫曰：叔詹，鄭國大夫。

[25] 姬出也：姬姓父母所生，因重耳父母都姓姬。

[26] 離外之患：離，同「罹」，遭受不幸。

[27] 而天不靖晉國：靖，安定。

[28] 有三士足以上人：三士，指狐偃、趙衰、賈佗。上人，居人之上。

[29] 晉、鄭同儕：儕，相類、相等。

[30] 楚子饗之：楚子，指楚成王，周朝夷狄的首領俱稱為子。饗，設酒宴款待。

[31] 則何以報不穀：不穀，不善；周朝諸侯自稱的謙詞。

[32] 其波及晉國者：波及，流散到。

[33] 晉楚治兵：治兵，演練軍隊。

[34] 其辟君三舍：辟，同「避」。舍，古時行軍走三十里就休息，所以一舍為三十里。

[35] 其左執鞭弭：弭，弓梢。

[36] 右屬櫜鞬：屬，佩帶。櫜，音高，箭袋。鞬，音肩，弓套。

[37] 子玉請殺之：子玉，楚國令尹。令尹乃楚國最高官階。

[38] 晉侯無親：晉侯，指晉惠公夷吾。無親，沒人親近。

[39] 其後衰者也：後衰，衰落得最遲。

[40] 秦伯納女五人：秦伯，秦穆公。納女五人，送給重耳五個女子為姬妾。

[41] 懷嬴與焉：懷嬴，秦穆公的女兒。

[42] 奉匜沃盥：奉，同「捧」。匜，洗手注水的用具。沃，音郁，淋水。盥，音灌，洗手。

[43] 何以卑我：卑，輕視；動詞。

[44] 降服而囚：降服，解去衣冠。

[45] 公享之：享，用酒食宴請；動詞。

[46] 吾不如衰之文也：文，言辭的文采，指擅長辭令。衰，趙衰。

[47] 公子賦《河水》，公賦《六月》：《河水》，詩名，已失傳；《六月》，《詩經·小雅》中的一篇，頌揚尹吉甫伐玁狁的戰功。

原文

二

呂、郤畏逼[1]，將焚公宮而弒晉侯[2]。寺人披請見[3]，公使讓之，且辭焉[4]，曰：「蒲城之役[5]，君命一宿，女即至[6]。其後余從狄君以田渭濱[7]，女為惠公來求殺余；命女三宿，女中宿至[8]。雖有君命，何其速也！夫袪猶在，女其行乎[9]！」

對曰：「臣謂君之入也，其知之矣[10]。若猶未也，又將及難[11]。君命無二，古之制也[12]。除君之惡，唯力是視[13]。蒲人、狄人，余何有焉[14]？今君即位，其無蒲、狄乎[15]？齊桓公置射鈎而使管仲相[16]，君若易之，何辱命焉[17]？行者甚眾，豈唯刑臣[18]？」

公見之；以難告[19]。

三月，晉侯潛會秦伯於王城[20]。己丑，晦[21]，公宮火[22]，瑕甥、郤芮不獲公[23]，乃如河上[24]，秦伯誘而殺之[25]。

——《左傳》僖公二十四年，公元前 636 年

注釋

[1] 呂、郤畏逼：呂甥、郤芮俱為惠公舊臣，為懷公親信，怕受到晉文公逼害。呂甥，又名瑕甥。郤，通「隙」。

[2] 將焚公宮而弒晉侯：公，指晉文公。呂甥、郤芮將會焚燒文公的宮殿，再殺死文公。公、晉侯，皆指文公。

[3] 寺人披請見：寺人，即宦官；名披。

[4] 公使讓之,且辭焉:讓,斥責。辭,辭退、拒絕。

[5] 蒲城之役:指晉獻公命披攻伐蒲城,收捕重耳之役。

[6] 君命一宿,女即至:晉獻公限期第二天到達,你當天就趕到了。女,通「汝」。

[7] 其後余從狄君以田渭濱:田,通「畋」,打獵。後來我和狄君在渭水邊打獵。

[8] 命女三宿,女中宿至:中宿,隔宿。命令你三天到達,你第二天就到了。

[9] 夫袪猶在,女其行乎:夫,語助詞,無義。袪,衣袖。其,還是;副詞,表示命令的語氣。行,離開。全句的意思是被你砍斷的衣袖還在這裡,你還是走開吧。

[10] 臣謂君之入也,其知之矣:入,指回國。我以為你這次回來,已知道怎樣做國君了。

[11] 若猶未也,又將及難:猶,仍然。若果仍然不懂得,那麼又會遭受災難了。

[12] 君命無二,古之制也:二,指二心。執行國君的命令不能有二心,這是自古以來的法度。

[13] 除君之惡,唯力是視:除去國君的惡人壞事,有多少力氣就盡多少力氣。

[14] 蒲人、狄人,余何有焉:你是蒲人抑或是狄人,與我又有什麼相干?指重耳當年只是平民。

[15] 今君即位,其無蒲、狄乎:意指如今你即位為君,難道就不會再有蒲、狄時的危險嗎?

[16] 齊桓公置射鉤而使管仲相:置,棄置,指齊桓公和哥哥公子糾爭王位時,不計較管仲為糾效忠,發箭射他而中衣帶鉤的仇恨,任用管仲為相。

[17] 君若易之,何辱命焉:易,改變,指晉文公對人的態度。全句的意思是你如果改變待人的態度,我就走開,也用不着你的吩咐。

[18] 行者甚眾,豈唯刑臣:行者,指離去的人。刑臣,指宦官。全句的意思是要離去的人很多,豈止我一個。這是反詰。

[19] 以難告:披把呂、郤叛亂的陰謀告訴晉文公。

[20] 晉侯潛會秦伯於王城:潛會,秘密會面。王城,秦地,今陝西省朝邑縣東。晉文公暗中到王城與秦穆公會面。

[21] 晦:農曆一個月的最後一天。

[22] 公宮火:火,燃燒;動詞。

[23] 瑕甥、郤芮不獲公:不獲公,沒有捕捉到晉文公。

[24] 乃如河上:如,往,指呂、郤逃到黃河邊。

[25] 秦伯誘而殺之:秦穆公誘騙他們到秦地,把他們殺死。

10

君王呵你不懂戰爭

——宋楚泓水之戰

一

春秋時期有所謂五霸，但五霸的名單，不盡相同：

一、齊桓公、晉文公、楚莊王、吳王闔閭、越王勾踐。（《墨子》）

二、齊桓公、晉文公、楚莊王、吳王闔閭、越王勾踐。（《荀子》）

三、齊桓公、宋襄公、晉文公、秦穆公、楚莊王。（《史記》）

四、齊桓公、宋襄公、晉文公、秦穆公、吳王夫差。（《漢書》）

戰國時期的荀子、墨子，提名一致。漢以後司馬遷把吳和越刪去，改選宋襄公、秦穆公；班固則改吳王闔閭為夫差，刪去越王，由宋襄公取代。宋襄公？是的，這是漢人為他爭取的。我們的教科書，也照搬司馬遷的說法。

「霸」，如今是一個貶詞，當年並無此意，霸，即伯，等於天子最得力的輔佐。不過能令所有諸侯效命於天子的，依靠什麼呢？武力。稱得上霸主，要內能號召列國尊重周天子，外足以對抗夷狄，所謂「尊王攘夷」。這是因為東周後天子內外都應付不了，須賴有實力的諸侯維持。春秋時尊王，是周天子這張名票，在東周最初六七十年，還可以七折八扣兌現，之後根本就過了期。於是再無霸主了，能者汲汲追求的，是如何「王天下」。東周初，周廷由諸侯的卿士執政，例如鄭國的武王。後來見鄭的權力太大，周鄭因而鬧

翻，甚至兵戎相見。早期的鄭莊公，在五霸逐一興起之前，有小霸的實力，卻並不尊王。

春秋五霸中，只有齊桓、晉文，名正言順。前者在葵丘，後者在踐土，與其他諸侯會盟，受周天子錫命，成為「侯霸」。但受命方式已然不同，齊桓受命，還謙讓一番，下壇跪拜，然後接受祭肉。到了晉文，在天子宴會時，就毫不客氣要求給予自己以天子的葬禮。

齊晉之外，其他人選的變化，多少反映時人的想法。有趣的是，齊晉等所對抗的夷狄，還包括南蠻的楚。在《左傳》裡，楚的君主一直被稱為「子」，等同夷狄。但在春秋前期，楚晉爭霸，萬方矚目，近乎半個世界的大戰。楚莊王一代，國勢尤盛，這時候，楚已融入華夏社會，名膺霸主，先秦已無異議。莊王大軍北上天子之境，曾向慰勞的周使狂妄地查問九鼎的大小輕重。最富爭議的其實是宋襄公，在先秦，他會大比數落後，儘管他很努力參選，自以為應該當選；霸主之名，近乎僭建。漢以後獨尊儒術，反而當選。

司馬遷選霸，改選其中一個宋襄公，我想，影響來自《春秋》三傳的《公羊傳》。《公羊傳》把宋襄公肩比周文王，但恨沒有賢臣輔佐而已（「**臨大事而不忘大禮，有君而無臣，以為雖文王之戰，亦不過此也**」）。《穀梁傳》、《左傳》對此意見不同：襄公小小一個人物，大大的野心；輔佐的都是好臣子，勸他像文王那樣修德，別不自量力；他就是不聽。《公羊傳》闡述《春秋》義理，強調「大一統」之說，最合漢武帝的胃口，要太子攻讀，並且首先進入學官，在三傳裡先領風騷。學官，即是官立學府；其教材，獲得官方肯定。《穀梁傳》也立於學官，但遲到了宣帝。《左傳》更遲，要等到平帝。漢初大學者像董仲舒，無不深研《公羊傳》。司馬遷豈能不受影響？據說《公羊傳》由子夏口授，口口相傳，漢景帝時才用竹帛寫定。從另一角度看，這書別具趣味，一直自問自答；讀書，儼如聆聽古代碩儒講書，《穀梁傳》也相似，但較後出，《公羊傳》云：

此楚子也,其稱人何?貶。曷為貶?為執宋公貶。曷為為執宋公貶?宋公與楚子期以乘車之會……

對學生,——讀者都是學生,諄諄教誨。不過現代的學生很反叛,會反問:從戰國初到西漢初,要經過多少張嘴巴?到變成文字,子夏的遺教還有多少?看《論語》,子夏和與子游就孔子的遺教爭論,孔學一分為八,他又得到老師多少的真傳?

宋襄公一生最重要也是最後的表演是跟楚人的泓水之戰。宋楚何以戰?爭霸。霸主不是齊桓公?人壽有限,權力有時。齊桓公沒有管仲之助,能「**九合諸侯,一匡天下**」?恐怕不能,不,根本不能。管仲一去,即出現亂局。多少英雄都處理不好接班人的問題,桓公如此,後來的趙武靈王如此。為什麼沒有搞好?因為沒有妥善的機制,其結果是父子相殘、兄弟仇殺。歷來如此。齊桓公妻妾甚多,私生活頗受詬病,六個兒子都是庶出。大概齊桓公和管仲都有不祥的預感,死前先把太子託付給宋襄公。兩人先後一去,悲劇馬上上演。太子落難,就逃到乾爹宋襄公那裡去。其中參與爭逐王位的集團裡,有一個叫易牙的傢伙,是個私房名廚,頗受桓公一位愛妾的寵愛。桓公吃盡山珍海錯,偶然表示對人肉的好奇,易牙竟然就把自己的兒子烹了。嗜人肉已夠荒唐,烹親子以取媚,更是人性的慘絕。把這寫成小說,恐怕評論家都說不可信。宮廷政變,霸主當然有責,他既立了太子,吃了人肉後變得反口覆舌,又另立那位愛妾的兒子。

齊太子跑到宋襄公那裡,襄公本來就有意爭承霸主之缺,其時晉、秦尚未興起。魯僖公十八年(公元前642年),他借護送太子復位為名,號召曹、邾、衛等國聯合出兵,攻打齊國。他打勝了,扶立齊太子,是為齊孝公。

這次勝利沖昏了宋襄公,以為自己真配當霸主,把不服氣的滕國國君抓起來。翌年,魯僖公十九年(公元前641年),更殘暴地把鄫國國君當人祭。鄫子為什麼好端端被當作牲畜那樣的祭品?《左傳》

沒有解釋，漢人的《公羊傳》老師說是由於他會盟時遲到。然後圍攻曹國，這次《左傳》解釋了：因為曹國不服氣。

　　他大抵也自覺做霸主，會盟的不能只是三、四流貨色，不好看，想到要借重楚的聲威，可見這個時候楚已臻不容蔑視的大國。魯僖公二十一年（公元前639年）春，他約齊孝公、楚成王到鹿上會面，要求楚召集諸侯，到秋天時在盂地會盟。楚居然同意了。其實大家都知道楚成王弒兄奪位，很滑頭；魯、齊因此託辭缺席。會盟時楚果然帶來了軍隊。宋襄公的庶兄公子目夷（即司馬子魚）曾提出警告，楚乃蠻夷，並不講道義，要他防備。他拒絕了，認為應恪守諸侯會盟不帶軍備之禮；結果被擄去。楚更而進攻宋國，只是攻不下，因為目夷已有守備。楚王見得物無用，在魯僖公調停下，才把他釋放。他跑到衛國去，再由目夷接回。這裡應該為襄公說一句公道：當年宋桓公過世時，他認為目夷仁厚，應由目夷接位。

　　受楚子戲弄，宋襄公當然顏面無存，回來後就找向楚靠攏的鄭國洩憤。鄭國真慘，早年夾於宋楚之間，宋衰落後，則受晉楚爭奪。《左傳》宣公十一年，鄭臣子良就提出：誰打來，就靠攏誰；晉楚無信，我們為什麼要講信呢（「**晉楚無信，我焉得而信**」）？如今小宋要來欺凌，楚救援鄭的方法是，直接攻打宋國。這就產生著名的泓水之戰。

二

　　泓戰之前，大司馬殷殷告誡：上天久已把商人拋棄，宋要復興祖業，已不可能了，還是講和吧。宋乃殷商微子的後人，受封於宋，這地方並無天險，可攻難守。可見周公的心計。子魚領教過楚的軍力，又深知霸業豈是宋國力所能圖的呢。襄公照例並不接納。

　　兩軍在泓水對峙。宋軍在北岸排好陣勢，楚軍則在南岸渡河，子魚提議：敵眾我寡，趁他們未完全渡過，正好迎頭痛擊。襄公答不可。楚人過了河，軍容未整，又勸他出擊。仍然不可。到彼此都準備好，

開打了，宋敗下陣來。宋襄公腿部受傷，而近衛全數陣亡；半年後他也因傷重不治。國人都歸咎宋襄公。

他這樣辯說：君子不會傷害已經受傷的同一個敵人，不會俘虜老者，自古率師打仗，不會逼人於險。我雖是亡國殷商的後人，也不會在敵人未排好陣時擊鼓進攻。說了許多個不會。

但子魚說：君王呵你其實不懂戰爭（「**君未知戰**」）。然後說了許多個可以。當敵人形勢不利，是天助我也，這時候進攻，有何不可！恐怕也未必能勝呢。如今我們面對的是強敵，就是老人，能抓就抓，抓住了就別放過，管他兩鬢斑白！教育戰士以投降為恥，激勵作戰，就是為了殺敵，敵人傷未至死，為什麼不可再殺傷！要是愛護再傷者，就不應打傷他；要是憐惜老人，就應向他們投降（「**若愛重傷，則如勿傷；愛其二毛，則如服焉**」）。趁敵人陷於險阻，利用形勢進攻，可以！趁敵人軍容未整，大力擂鼓進攻，可以！

兩邊的意見，《左傳》都呈現了，但顯然這位戰國時代的作者站在子魚一方。作者寫襄公每一個舉措之後，接着就是子魚、臧文仲等人的批評。沒有一個霸主可以不聽批評。殺鄫子時，子魚勸說：人民，是神的主人，以人為祭，哪一個神會享用呢？當年齊桓公重建三個亡國，義士仍說他德薄。如今一次會盟就殘害了滕、鄫兩個國君。他聽不進去。

圍曹時，子魚又勸他不如退兵自省，學習周文王，修明教化，以德服人。

到鹿上會盟，子魚又說：「**小國爭盟，禍也，宋其亡乎！**」其後在盂地會諸侯，子魚不留情面指責他：「**禍其在此，君欲已甚，何以堪之？**」

受楚國之辱後放回，子魚又指出：禍還未完結，懲罰得還不夠呢。

出兵伐鄭，子魚斷定說：「**所謂禍，在此矣。**」

襄公一意孤行。直到戰敗，受國人斥責，卻說出一套道理：他即使是亡國的後代，仍然謹守君子之禮，不會乘人之危。好像說，為了

守禮，哪怕國家再亡一次。

有人守禮，有人不守禮，可見所謂禮，在春秋時期正當臨界點，受到嚴峻的挑戰。不乘人之危，襄公之後的確仍然不乏其他例子。僖公三十三年（公元前 627 年），晉楚泜水之戰，兩軍隔河相峙，最後楚軍後退三十里，讓對手過河。到晉軍過了河，宣稱楚軍逃走了，於是班師回國。文公十二年（公元前 615 年），晉秦河曲之戰，晉將趙穿拒絕渡河偷襲之議，還振振有詞說：「**死傷未敗而棄之，不惠也；不待期而薄人於險，無勇也。**」這跟宋襄公是同一陣線。結果秦軍逃去，不久又回師襲晉，奪去城池。但晉、楚、秦三國實力相當，之前晉、楚根本無心戀戰；其後晉敗於秦，則是沒有汲取宋襄公的教訓。總是這一條河那一條河，把人對戎禮的看法分開。宋襄公講的禮，並非個人的「**蠢豬式仁義**」而已，傳為春秋末司馬穰苴（田穰苴）著的《司馬法 · 仁本第一》云：

> 　　古者逐奔不過百步，縱綏不過三舍，是以明其禮也；不窮不能，而哀憐傷病，是以明其義也；成列而鼓，是以明其信也。

「**縱綏**」，追趕敗軍之謂。可見這好歹曾經是一種規矩。但別忘了起首說的「**古者**」。如果當下雙方都接受這種規矩，例如約定時間地點、公平決勝等等，無疑賦予戰爭一種遊戲的特質。有些遊戲，玩的是命。荷蘭著名學者約翰 · 赫伊律哈（Johan Huizinga）在《遊戲的人 · 戰爭與遊戲》（*Homo Ludens*）第五章指出中世紀的騎士決鬥，大家看作一場遊戲；但當戰爭一旦不再公平，就失去遊戲的性質了。換言之，不再好玩。國際間的禮，無論是會盟或會戰，必須雙方認同、恪守；並且出於自願才行。一廂情願，單方面地遵守，只會令自己吃虧。宣公二年（公元前 607 年），鄭應楚國之命，攻打宋國，宋大敗。其中宋大夫狂狡出戰，見鄭人掉進井裡，倒戟把他救出來，鄭人脫險後反而俘虜了狂狡。《左傳》引君子的話，批評他失禮，活

該被擒，然後對禮這樣解釋：

> **戎，昭果毅以聽之之謂禮，殺敵為果，致果為毅。易之，戮也。**

這是說：戰爭，發揚果敢剛毅，聽令這種精神叫做禮，殺敵就是果敢，做到果敢就是剛毅；反過來，就要受誅戮。宋襄公講的禮，如果貫徹到底，就不會殘暴弱小，就不會趁齊國喪而攻齊。子魚提醒我們：真的不忍敵人一傷再傷，不如不打仗；對老人慈悲，不如順敬他們。這就不會陷國家於危機、驅人民上戰場。《穀梁傳》批評他「**過而不改**」，甚至「**失民**」，不教民戰，人民都不當他是君。但司馬遷說他「**修行仁義，欲為盟主，其大夫正考父美之，故追道契、湯、高宗殷所以興，作《商頌》**」云云。《商頌》記了「玄鳥生商」的神話，魏源、王國維等人也認定是春秋時期之作，但是否一定是歌頌襄公？這是一個大變革的時代，但書上也並無宋襄公在國內具體興利除弊、改善經濟民生的記載。

無論如何，泓戰失敗，宋從此一蹶不振。難怪戰國的儒家學者孟子、荀子，都不以為宋襄公配稱霸主。戰國後，他講的禮已再無人講。加上戰國時孫子、吳子等兵家興起，兵不厭詐之說抬頭，宋襄公遂淪為笑柄。但在笑聲裡，我們是否應該追問：戰爭是否可以完全不講道德？可以像戰國末秦將白起那樣，把四十多萬降卒坑了？或者像二十世紀日本軍閥在中國動用生化武器？二十一世紀，美軍的虐待伊拉克戰俘？

錢鍾書對狂狡事件另有發揮：「**禮者非揖讓節文**（code of courtesy），**乃因事制宜**（decorum） **之謂；故射儀則君子必爭，戎禮則君子亦殺。**」（《管錐篇》）他說宋襄公其實不知戎儀與戎禮有別，泥於儀而昧於禮。戰爭之禮，就是要殺敵爭勝。

「禮」和「儀」有別，至少《左傳》是很清楚的，昭公五年有一段女叔齊講禮的本末，可資引証。魯昭公到晉國去拜會晉平公，謹小

慎微，十分得體，看來很懂得禮。但晉大夫女叔齊卻一語點破，他懂的是儀，其實並不知禮。禮的末節搞得很周到，禮的本質呢，卻毫無辦法。禮之本是在「**守其國，行其政令，無失其民**」。可如今魯國的處境呢？三桓專政，賢人不用；既違反大國盟約，又欺凌小國。也正是這一年，三桓「四分公室」，把國家的軍隊從三分，再分為四，季氏獨佔其二，孟氏、叔氏各佔其一，魯君得零。國民靠三桓養活，於是只知三桓，不知有君。國家大禍臨頭，昭公卻仍汲汲於奉行微絲小眼的儀式。他點出魯國的問題，這也是孔子將要面對的問題，他時年十四。

十九世紀末二十世紀初德國的著名軍事學家、參謀長施里芬（Alfred von Schlieffen），以制定德國跟俄國和法國東西兩線作戰的策略（所謂「施里芬計劃」）而馳名，對戰爭這樣總結：「**這終究是一個蠢問題：如何打勝。**」當然，話必須說回來，勝利也有長短之別。不擇手段的勝利，是短暫的；在人類歷史上卻是長期、真正的輸家。把禮的本末對立，顯然也有問題。沒有精神本質，只是虛文，下焉者淪為繁文縟節；但沒有具體的表現，則本質豈非遊魂野鬼？禮要通過儀去表現，而表現的形式卻要因時制宜，靈活通變。

原文

一

楚人伐宋以救鄭，宋公將戰[1]。大司馬固諫曰[2]：「天之棄商久矣[3]，君將興之，弗可赦也已[4]。」弗聽。

冬十一月己巳朔，宋公及楚人戰於泓[5]。宋人既成列[6]，

楚人未既濟[7]。司馬曰:「彼眾我寡,及其未既濟也[8],請擊之。」

公曰:「不可。」

既濟而未成列,又以告。公曰:「未可。」

既陳而後擊之[9],宋師敗績。公傷股[10],門官殲焉[11]。

國人皆咎公[12]。公曰:「君子不重傷[13],不禽二毛[14]。古之為軍也,不以阻隘也[15]。寡人雖亡國之餘[16],不鼓不成列[17]。」

子魚曰:「君未知戰。勍敵之人[18],隘而不列[19],天贊我也[20]。阻而鼓之,不亦可乎?猶有懼焉[21]!且今之勍者,皆吾敵也,雖及胡耇[22],獲則取之,何有於二毛?明恥教戰[23],求殺敵也。傷及未死,如何勿重?若愛重傷,則如勿傷;愛其二毛,則如服焉[24]。三軍以利用也,金鼓以聲氣也[25]。利而用之,阻隘可也!聲盛致志,鼓儳可也[26]!」

——《左傳》僖公二十二年,公元前637年

注釋

[1] 楚人伐宋以救鄭,宋公將戰:楚人,楚國的君主是楚成王。宋公,宋襄公,名茲父。

[2] 大司馬固諫曰:大司馬,軍政的主管。這位「大司馬」是誰,加上後文的「司馬」,眾說紛紜,要之有四說,分列如下:
一、司馬遷:大司馬、司馬同為子魚一人。然則「固」為副詞,堅決之意。
二、杜預:大司馬是公孫固,其人為鄭莊公之孫;後文的司馬,則是子魚。
三、楊伯峻:大司馬、司馬同為公孫固一人。
四、周振甫:大司馬是公孫固,字子魚;公孫固、子魚乃同一人。

[3] 天之棄商久矣:商,殷商;宋乃商的後代。上天很久以前就拋棄商朝了。

[4] 弗可赦也已:赦,赦免。那是上天不會赦免的。

[5] 宋公及楚人戰於泓：泓，水名，今河南省柘城縣北。

[6] 宋人既成列：成列，排列成陣。

[7] 楚人未既濟：濟，渡河。未既濟，未完全渡過河。

[8] 及其未既濟也：及，等到。

[9] 既陳而後擊之：陳，同「陣」，當動詞，即排好陣勢。

[10] 公傷股：股，大腿。

[11] 門官殲焉：門官，守衛宮門和城門的官，戰時則保護國君。

[12] 國人皆咎公：咎，歸罪；動詞。

[13] 君子不重傷：重傷，使傷者再次受傷。

[14] 不禽二毛：禽，通「擒」。二毛，頭髮黑白兩色相間，指老人。

[15] 古之為軍也，不以阻隘也：為軍，行軍之道。阻，險阻。隘，狹隘。古代行軍之道，不逼迫敵人於險阻狹隘之地。

[16] 寡人雖亡國之餘：亡國之餘，宋是商的後代，餘，後裔。

[17] 不鼓不成列：鼓，擊鼓，指進軍；動詞。

[18] 勍敵之人：勍，通「勁」，指敵人強勁。

[19] 隘而不列：在阻隘之地還未排好陣勢。隘、列，都作動詞。

[20] 天贊我也：贊，助。

[21] 阻而鼓之，不亦可乎？猶有懼焉：趁對手受阻而擊鼓進攻，不也是可以的嗎？還擔心不能取勝呢。

[22] 雖及胡耇：胡耇，老人；耇，音苟。

[23] 明恥教戰：明白戰敗之恥，教以作戰之法。

[24] 則如服焉：如，即不如，齊人口語；與前句的如字相同。服，屈服。指那還不如向對手屈服。

[25] 金鼓以聲氣也：聲，宣、鼓動。全句指金鼓是用作鼓動士氣。

[26] 聲盛致志，鼓儳可也：致志，達致鼓舞鬥志的目的。儳，音懺，動搖不安。鼓儳，擊鼓進攻動搖的敵人。

原文

二

公如晉[1]，自郊勞至於贈賄[2]，無失禮。晉侯謂女叔齊曰[3]：
「魯侯不亦善於禮乎？」

對曰：「魯侯焉知禮？」

公曰：「何為？自郊勞至於贈賄，禮無違者，何故不知？」

對曰：「是儀也，不可謂禮。禮，所以守其國，行其政令，
無失其民者也。今政令在家，不能取也[4]；有子家羈，弗能用
也[5]；奸大國之盟，陵虐小國[6]；利人之難，不知其私[7]；公
室四分，民食於他[8]；思莫在公，不圖其終[9]。為國君，難將
及身，不恤其所[10]。禮之本末，將於此乎在[11]，而屑屑焉習儀
以亟[12]，言善於禮，不亦遠乎[13]？」

君子謂叔侯於是乎知禮。

——《左傳》昭公五年，公元前 537 年

注釋

[1] 公如晉：公，魯昭公。如，往。

[2] 自郊勞至於贈賄：郊勞，郊外慰勞。贈賄，送贈財物。指從到郊外的歡迎儀式，到相
互送贈禮物，魯昭公一直表現非常得體，毫不失禮。

[3] 晉侯謂女叔齊曰：晉侯，晉平公。女叔齊，晉大夫，即文末的叔侯。

[4] 今政令在家，不能取也：家，指大夫；魯政權由三桓（孟孫氏、叔孫氏、季孫氏）把持。
如今政令出於大夫之家，他無法取回權力。

[5] 有子家羈,弗能用也:子家羈,魯莊公玄孫,女叔齊口中的賢人。指有賢人,而不能任用。

[6] 奸大國之盟,陵虐小國:奸,觸犯。指魯國觸犯大國的盟約,欺侮虐待小國。

[7] 利人之難,不知其私:把別人的危難作為利益,卻不知自己也存在危機。

[8] 公室四分,民食於他:國家的軍隊被三桓一分為四,人民靠三桓養活。

[9] 思莫在公,不圖其終:終,後果。民心不在國君,國君也不考慮後果。

[10] 為國君,難將及身,不恤其所:身為國君,危難將要降臨,卻不會憂慮自己的處境。

[11] 禮之本末,將於此乎在:禮的根本和枝節,就在這些。

[12] 而屑屑焉習儀以亟:屑屑,瑣碎。亟,急切。瑣碎而急切地演習儀式。

[13] 言善於禮,不亦遠乎:遠,指距離禮的本質。說他精通禮,不是距離事實太遠了嗎?

11

二千六百年前平衡權力之計

——燭之武退秦師

　　記敍春秋時期行人之官的外交辭令，是《左傳》的亮點，下開戰國縱橫家說辭的鋪張揚厲。兩者同樣講究說話的技巧，分別是，前者大多不離實情，析之以理；後者則黑白可以顛倒，玩弄修辭如同玩弄魔術。魔術，我們知道，玩的是掩眼法、掩耳法。〈燭之武退秦師〉，是《左傳》芸芸外交辭令中的典範，一言興邦，那是誇張，但一段說話，真的可以挽救一個危在旦夕的國家。

　　晉文公登位的同一年，僖公二十四年（公元前 636 年），周王室發生一件大事：王子帶政變，周襄王逃到鄭地氾去。晉文公帶兵平亂，迎回周王，名聲大振。《國語》載襄王酬謝晉文公，賞賜河南四地。文公敬辭不受，向周天子請「隧」，隧是天子死後下葬的墓道，質言之，他要求死後可以破格使用天子的葬禮。文公登位時，據司馬遷的計算，已六十二歲，算是小老頭，這種要求，其情可感，其行卻僭禮。孔子說他「譎而不正」，譎，是狡詐，請隧即是主要的例証，他已經從一個苟安怕事的公子哥兒，脫胎換骨，成為一個自視極高的雄主。周襄王婉拒了，為此解釋了一番，他的解釋，格於形勢，絕不容易，他從先王說起，運用正反的對比，指出這是僭越。本身就是很精審的外交辭令，顯然經過謀臣商議、囑稿。晉文公無辭以對，只好接受封地。這時候的周天子，也是夠可憐的。周襄王死後，王室無錢安葬，要向近親魯國伸手。請隧之後三十年（公元前 606 年），一向被視為

南蠻的楚王，大軍曾進入周境，問鼎的大小。

晉文公不久即擴充軍備至三軍。因楚伐宋，文公轉而攻打楚的聯盟曹、衛，既救宋，也要雪流亡時在曹、衛的恥辱。晉先後攻下曹、衛，楚卻並不來救，繼續圍宋。

僖公二十八年（公元前 632 年），晉、楚終於在城濮大戰。晉獲勝，繼而與諸侯會盟於踐土，成為齊桓公之後另一位霸主。這是晉文公的事業最輝煌的時期。

又後兩年，僖公三十年（公元前 630 年），晉與秦會師伐鄭。伐鄭的原因，《左傳》作者融入晉的角度，點明：一來報復當年鄭國不禮之仇；二來，因鄭有異心，與楚私通。晉楚城濮之戰時，鄭曾出兵助楚。

接着寫秦、晉的軍隊分駐兩地，前者在新鄭西面，後者在城北，成西北夾擊之勢。行文簡潔，又有深意。其一，伐鄭的原因，按前文所述，對晉是兩個，對秦，只有一個。其次，兩軍分開駐營，各自為戰，並無統一指揮，這成為後來燭之武得以秘密游說秦師的條件。鄭國位處河南中部，在春秋初鄭莊公時期，國勢不弱，其他諸侯未強，可算是小霸，敢向周室挑戰。但此後轉衰，這多少關乎地理的缺點，本國固然難有發展空間，國力一衰，就四面受敵。晉在北面，楚接南疆，西鄰是周廷，周廷之後與秦相通。齊在東北方。東面好些，是陳、曹、宋。簡括而言，鄭最大的問題是，處在晉、楚兩強之間，而春秋時期晉、楚不斷爭戰，鄭國成為磨心。

重耳流亡在鄭國的時候，鄭文公不聽大夫叔詹的勸諫，並不禮待重耳，可見他並沒有政治眼光。如今受兩大國夾擊，誠如佚之狐所言：「**國危矣**」。佚之狐提議找燭之武出使秦營，才可以救亡。燭之武推卻，說自己壯年時，尚且不如人，如今老了，更不中用了。言下之意，年輕時鄭文公不用他，年老了才找他。不辨人才，是領導的絕症。這個鄭文公的確沒有眼光，在位四十五年，眼巴巴看着鄭國日走下坡。幸好這次尚能聽出玄機，連忙低頭認錯：年輕時沒有用燭之武，是自

己之過；但鄭國亡了，對先生也沒有好處呵。燭之武這才答應。這位老臣看來只是宣洩一下抑鬱，老驥伏櫪，壯心未已；國畢竟是要救的。從他一直留神政局，充份掌握國家的處境、國際的形勢可見。於是晚上用繩子把燭之武從城上放下，去見秦穆公，這做法點出鄭城受圍，同時不能讓晉方知道。

讀這文章，先要思考兩個問題：

一、攻鄭，晉一國足矣，為什麼要聯合秦？

二、佚之狐、燭之武都認定要說秦，何以不是說晉？

攻鄭，為什麼要勞師秦？因為城濮大戰時，對手楚國當時率領的是陳、蔡、鄭四國聯軍，而晉也聯合秦、宋、齊四國對抗，那是兩大集團的對壘。如今晉要懲罰鄭，知會秦是禮貌，秦穆公和晉文公畢竟是兩丈婿，文公亦得穆公之助回國。他找到獵物，也不好意思獨享。但純粹這樣看政治是天真。實質是叫背後的秦放心，也可以讓自己放心。秦之所以願意勞師遠征，也正是不想晉國獨大。天真，那是無知的表現，不等於純真，讀春秋戰國的歷史，可以破除天真，列國關係錯綜複雜，互為消長，明白政治絕非簡單的一回事。

何以說秦而不說晉？因為晉攻鄭的理由有二，秦只有一。攻鄭，晉是積極的主力，秦只是配合。聯盟如果有缺口，在秦方。不過，對晉而言，鄭的「無禮」，無非攻伐的藉口罷了。國際關係，為友為敵，或分或合，絕非絕對，也並不保証恆久，絕對而恆久的只是利益，一己的利益是重要之最。對秦而言，鄭的存亡，它何嘗會關心？關心的只是自己的利益。燭之武就抓住了秦晉表面上聯盟，揭露兩者深層的矛盾：利益並不等同，更且彼長此消，互相對立。

明白利益最重要，你就不能動之以情，而唯有說之以利。設想出使的是戰國時的孟子，見秦穆公時說「唯有仁義而已矣」，恐怕鄭已亡了，歷史要重寫。燭之武的說辭，純從秦的利益立說，不惜違反鄭的利益（所以他居然說：如果鄭亡而有利於秦，就麻煩秦軍動手吧），一百二十五字的話語，八次稱「君」，指出亡鄭對秦的害處、存鄭的

好處;再進一步,揭穿晉的野心,徹底分化聯盟。

先從亡鄭的害處說起:這方面,關鍵仍然是地理的因素。事實上,要了解先秦列國形勢、關係,不可不弄清楚它們的地理位置。晉位於西秦東鄭之間。燭之武指出,秦要越過晉境,才能收納遙遠的鄭地(「**越國以鄙遠**」),難度之高,秦君應該心知肚明。把鄭亡了,結果對秦並無好處,只會增益鄰旁的晉,變成晉厚、秦薄(「**亡鄭以陪鄰**」、「**鄰之厚,君之薄也**」),是否划算呢?然則亡鄭對秦未見其利,反見其害。

再說存鄭的好處:可作為秦東出的道主(「**以為東道主,行李之往來,共其乏困**」),提供補給。這點觸動秦的神經,點出了秦長期的夢想。燭之武說得輕描淡寫:「**君亦無所害**」,其實是大有利。而秦要東出爭霸,燭之武無需說明:晉是最大的障礙。兩國早晚要攤牌。事實上,兩年後,晉文公一死,秦穆公即遠襲鄭國而與晉軍戰於殽山。

如果這次的危機得以舒緩,治標而已,還得釜底抽薪,徹底分化兩國才行。他轉而向晉進攻:提醒秦穆公,晉有不守信諾的前科:穆公曾助晉惠公登位,獲得承諾以「**河外列城五**」回報,焦、瑕即其中兩地,但晉馬上就背信食言。這麼一來,秦不守盟約,也就不能見怪。還不止此。他最後警告:晉有擴張領土的大野心,既向東面的鄭,也會向西面的秦;不削弱秦,就不能達致(「**若不闕秦,將焉取之**」)。亡鄭,說得嚴重些,等於亡秦,時間先後而已。

說得頭頭是道,穆公聽得很窩心,與鄭結盟,並且下令三位將軍杞子等人帶兵駐守鄭國,攻鄭,變成守鄭,然後回國。換言之,看來不費一兵一卒,就獲得了鄭國。文章至此,似告一段落,但完不得,還必須交代晉的反應。國舅子犯請求文公攻擊秦師,於是又起波瀾。文公認為不可,說了幾句聽來真是義正辭嚴的話:沒有這位秦穆公出力,我不能有今天的地位。得人家之助而損害人家,是不仁;失去盟友,是不智。以暴亂來改變原來整齊的秩序,並不威武。晉軍於是也

回國去了。

晉文公重耳說得動聽。這時候攻鄭，等於向秦宣戰，這或不可避免，但審時度勢，還不是時候。戰事一起，兩面受敵的是自己。但要下臺，也要下得不失體面。於是滿口仁智武。看，文公表現得多麼老練。他過去的老師子犯，反而成為學生了。

鄭的國難解決了，暫時而已。秦人真的協助鄭國守土？別再天真。留下的杞子等人其實控制鄭北，這是引狼入室，兩年後，成為秦侵鄭的內應。政治的角力，勝負豈能簡單地計算。但形勢危急，能舒緩一下，也只能如此了。

汪榮祖《史傳通說》論《戰國策》云：「**戰國術士所優為者，制人之術有餘，制衡之計不足。**」他認為漢賈誼、宋二蘇，都斥責虎狼之秦，但恨六國未能守約擯秦，其實秦的所為，六國何嘗不想為，是不能為。如果秦不能吞併天下，則或由趙吞併，或由齊吞併，這是未諳制衡之術的緣故。他說：

> **制衡之道**（equilibrium），**貴能以詭譎之術**（subtle manoeuvre），**弱強國、強弱國，以維「諸國勢力之均等」**（a balance among states of approximately equal power），**故有異於合縱連橫之術矣。**

按「**諸國勢力之均等**」之說，引自美國前國務卿亨利・基辛格（Henry Kissinger，一譯季辛吉），其人鼓吹權力平衡（balance of power），認為和平有賴勢力的均等，一方獨大，局勢就不穩了。這所以基辛格有 1971 年破冰訪華之行，拉攏中國以制衡蘇聯。當年看電視轉播，一位曾留學德國修讀歷史的洋老師告訴我們，平衡權力之說，始自十九世紀奧地利首相梅特涅（Klemens Wenzel von Metternich），在歐洲風起雲湧的革命思潮下，他保持各國平衡，遏止了沙皇對歐洲的覬覦。基辛格的博士論文正是研究這位名相。如今看燭之武的說辭，「**亡鄭以陪鄰**」、「**鄭之厚，君之薄**」云云，針砭

厚薄，要維持秦晉兩強的平衡，鄭國一如天平上的砝碼，砝碼雖小，押在遙遠的秦國一頭，牽制了晉這一頭，權力均等，就產生穩定的和平作用。

　　只是晉文公一死，加上鄭地秦將的報訊，秦穆公自以為多了砝碼，才打破這種均衡。

原文

　　　　九月甲午，晉侯、秦伯圍鄭[1]，以其無禮於晉[2]，且貳於楚也[3]。晉軍函陵[4]，秦軍氾南[5]。

　　　　佚之狐言於鄭伯曰[6]：「國危矣，若使燭之武見秦君[7]，師必退。」公從之[8]。辭曰[9]：「臣之壯也，猶不如人[10]；今老矣，無能為也已[11]。」公曰：「吾不能早用子，今急而求子，是寡人之過也。然鄭亡，子亦有不利焉。」許之[12]。

　　　　夜縋而出[13]，見秦伯，曰：「秦、晉圍鄭，鄭既知亡矣。若亡鄭而有益於君，敢以煩執事[14]。越國以鄙遠[15]，君知其難也，焉用亡鄭以陪鄰[16]？鄰之厚，君之薄也。若舍鄭以為東道主[17]，行李之往來[18]，共其乏困[19]，君亦無所害。且君嘗為晉君賜矣[20]，許君焦、瑕，朝濟而夕設版焉[21]，君之所知也。夫晉，何厭之有[22]？既東封鄭[23]，又欲肆其西封[24]，不闕秦[25]，將焉取之？闕秦以利晉，唯君圖之。」

　　　　秦伯說[26]，與鄭人盟。使杞子、逢孫、楊孫戌之[27]，乃還。

　　　　子犯請擊之。公曰：「不可。微夫人之力不及此[28]。因人之力而敝之[29]，不仁；失其所與，不知[30]；以亂易整，不武[31]。

吾其還也 [32]。」亦去之。

——《左傳》僖公三十年，公元前 630 年

注釋

[1] 九月甲午，晉侯、秦伯圍鄭：九月甲午，魯僖公三十年九月初十。春秋時期有公、侯、伯、子、男五等爵位。全句指晉文公和秦穆公圍攻鄭國。

[2] 以其無禮於晉：以，因為；連詞。無禮於晉，倒裝句，於晉無禮。指晉文公即位前流亡國外經過鄭國，沒有受到禮遇。

[3] 且貳於楚也：且，並且。貳，從屬二主。於，介詞。從屬於晉的同時又從屬於楚。

[4] 晉軍函陵：軍，駐軍；動詞。函陵，鄭國地名，在今河南省新鄭市北。晉軍駐紮在函陵。

[5] 秦軍氾南：氾南，古代東氾水的南面，今河南省中牟縣南。氾水已乾涸。

[6] 佚之狐言於鄭伯曰：佚之狐，鄭國大夫。「之」是語助詞，先秦人有此習慣，以「之」介於姓與名之間。

[7] 若使燭之武見秦君：若，假如。使，派。燭之武，鄭國大夫；燭，姓。按燭，原指燭城，在洧水旁。燭之武乃燭城人，以邑為姓。見，進見。

[8] 公從之：從，依從；動詞。

[9] 辭曰：辭，推辭。

[10] 猶不如人：猶，尚且。

[11] 無能為也已：為，做。已，同「矣」，語助詞。全句的意思是不能幹什麼了。

[12] 許之：許，答應。之，代詞，指鄭文公。

[13] 夜縋而出：縋，用繩子拴着從城牆上吊下；動詞。

[14] 敢以煩執事：敢，表示謙遜的副詞。煩，麻煩。執事，執行事務的人，敬稱，這裡指秦伯。全句說得很客氣：大膽地拿亡鄭這件事來麻煩您。

[15] 越國以鄙遠：越，越過。鄙，邊邑，這裡作動詞。越過別國（指晉國）而把遠地（指鄭國）當作邊邑。

[16] 焉用亡鄭以陪鄰：焉，怎麼。陪，同「倍」，增加。全句指怎麼要用滅亡鄭國來增加

鄰國（晉國）土地呢？

[17] 若舍鄭以為東道主：舍，捨棄，動詞。東道，秦在西，鄭在東，後人據此作為主人的代稱。全句指如果放棄滅亡鄭國，（可）以鄭國作為東方道上招待的主人。

[18] 行李之往來：行李，也作「行吏」，外交使節。後世引申作「行裝」。

[19] 共其乏困：共，通「供」，供給。乏困，泛指旅途中缺乏的東西。

[20] 且君嘗為晉君賜矣：賜，恩惠。您曾給予晉君恩惠，指秦穆公曾助晉惠公登位。

[21] 許君焦、瑕，朝濟而夕設版焉：許，答應。焦、瑕二邑，俱在今河南省陝縣附近。濟，渡河；由秦至晉，要渡過黃河。版，築土牆用的夾板；設版，指築牆。全句指晉惠公答應給予秦穆公焦、瑕二邑，早上渡過黃河回國，晚上就做防禦工事。

[22] 何厭之有：厭，通「饜」，滿足。全句是怎麼會有滿足。

[23] 既東封鄭：封，疆界；動詞。全句指在東邊讓鄭成為晉的邊境。

[24] 又欲肆其西封：肆，延伸，擴張。全句的意思是又擴展它西邊的疆界。秦在西邊，指晉國滅鄭以後，必將圖謀秦國。

[25] 不闕秦：闕，通「缺」，減損。全句謂如果不損害秦國。

[26] 秦伯説：説，通「悦」。秦穆公滿心喜悅。

[27] 使杞子、逢孫、楊孫戍之：杞子、逢孫、楊孫，俱為秦大夫。戍，在國外駐守；動詞。

[28] 微夫人之力不及此：微，沒有。夫人，這個人；夫，音扶，指示代詞。全句指沒有這個人出力援助，不會有今天的地位。

[29] 因人之力而敝之：因，依靠。敝，損害。全句指依靠別人的力量，又倒過來損害別人。

[30] 失其所與，不知：與，結交、親附。知，通「智」。全句的意思是失掉自己的同盟，並不明智。

[31] 以亂易整，不武：易，代替。整，整齊，步調一致。全句指用混亂相攻取代聯合一致，並不威武。

[32] 吾其還也：其，表商量或希望的語氣，還是的意思。全句是我們還是回去吧。

12

潛師、哭師、觀師、犒師、敗師
——秦晉殽之戰

一

　　燭之武退了秦師，解了秦晉之圍，鄭的危機算是暫時紓解了。秦三將杞子等人留守鄭地，看似協防，其實是伺機而動。換言之，鄭國前門拒虎，後門進狼。兩年後晉文公過世，晉新舊交替；而鄭文公也死，接位的是鄭穆公。鄭文公五個寵愛的兒子都因罪早死，他一怒之下驅逐眾公子。穆公子蘭是文公庶出子，他到了晉國，對晉文公很恭敬，頗得歡心；他登位成為鄭穆公，曾受晉助。當年晉文公攻鄭，曾帶子蘭隨軍，快到鄭境時，子蘭請求退出，這畢竟是自己的國家。他登位後對秦，並非毫無戒心。因此鄭反而向晉靠攏，而秦鄭，又變得疏遠了。時局就是這樣瞬息萬變，敵友轉眼易位。

　　《左傳》秦晉殽之戰是名篇，但寫法很詭異，事件橫跨兩個年份：魯僖公三十二年（公元前 628 年）、三十三年（公元前 627 年），要連續追讀。國家牽涉四個：秦、晉、鄭、滑；人物不少，如蹇叔、王孫滿、弦高、秦穆公、原軫等，都因此成為歷史上突出的形象。戰事的前因後果、勝負的原由，能從不同的角度刻劃，但戰事的過程，片言隻語而已。每一事件都可以獨立成章，連綴起來，又無不與戰事呼應。

　　第一年魯僖公三十二年，起先的一段寫晉方。晉文公身後歸葬祖廟，柩中竟發出像牛鳴的怪聲。卜筮官要大家下拜，他解說這是先君

靈示,將有大事發生（《左傳》云:「**國之大事,在祀與戎。**」):
秦軍會經過國境,加以伏擊,一定大勝。這麼一小段,寫的是晉,近
乎引子,似與下文不相干,其實一開始就把答案揭示。早一年,晉文
公曾以抵禦狄人為理由,擴充軍備從三軍至五軍。

下文寫秦方,這才正經。主角是蹇叔。事緣留在鄭地戍守的杞
子,遣人回報秦穆公,認為掌握了鄭人北門的管道,如果暗中派軍隊
來襲,鄭國唾手可得(「**若潛師以來,國可得也**」)。大概杞子等人
離家三年,不知何時才可以回國,見晉在奔喪,以為顧不了鄭國,正
是大好機會。這正合穆公心意,主意已定,姑且諮詢一下元老蹇叔。
豈料蹇叔期期以為不可,理由是:

一、勞師遠征(「**師勞力竭**」);

二、行軍敗露,鄭國知所防備,晉國也知 (「**遠主備之**」、「**且
行千里,其誰不知**」);

三、勞而無功,會動搖軍心(「**勤而無所,必有悖心**」)。

穆公不接受,召孟明、西乞、白乙三將,帶兵東出。蹇叔哭着相送,
對孟明說:我看着你們出門卻不會看到你們回來了。穆公大感不滿,
這說法不吉祥,恐怕打擊士氣,派人斥責:你知道什麼!你如果在中
壽死去,你墳上的樹木也該長得可以雙手合抱。蹇叔的兒子也在遠征
軍之列。《史記 • 秦本紀》云:主帥孟明是百里奚的兒子;副帥西乞
術及白乙丙則是蹇叔的兒子。西乞術及白乙丙似非蹇叔之子,二人後
來被俘,並沒戰死。而且看行文語調,蹇叔之子應為征人之一而已,
蹇叔送行時對他說:晉人截擊,一定是在殽山。殽有兩個山陵,南陵
是夏朝先君皋的墳墓,北陵則是周文王避風雨的地方,你會死在這兩
山之間,我會到那裡收你的屍骨。遠攻的是鄭,蹇叔可早預見了晉的
截擊,而且就在殽山之間(「**晉人禦師必於殽**」)。秦軍仍然向東進發。

我覺得此文寫法詭異,是先有卜偃的揭示天機,後有蹇叔的凶耗
預言,卜偃為晉方,蹇叔為秦方,身份敵對,卻互相呼應,而其後又
一一應驗。柩中發出鳴聲像牛,當然怪異,但如果兩相對照,可知秦

軍東出襲鄭，並無私密可言，從西而東，一千五百多里，從冬天走到翌年四月，真是「師勞力竭」，無疑賦予爭逐霸權的晉國伏擊的良機。一切都事先張揚。卜偃之言，不妨理解為借託亡君之命，動員眾將，鼓勵出擊。這寫法，純從史學的立場看，一直被評為迷信。但從文學的角度考量，反而是詭異的想像。莎劇《哈姆雷特》（Hamlet）開場就有鬼魂出現，這鬼魂是哈姆雷特的父親，向兒子揭露被殺的真相。對一個不迷信的民族，這樣寫不會被斷為迷信。至於蹇叔點明秦敗子喪，是老臣的忠言，主張收兵；但這樣對出征的兒子說話，且言之鑿鑿，畢竟少見。

《左傳》魯僖公三十二年，就記這兩段，貌離神合，其實很精彩，全篇貫串的氛圍，是墳墓，是死亡。

二

下文，魯僖公三十三年，先寫一段插曲，又可獨立成章：寫征途上秦軍的表現，也從側面補添了秦敗的原因。軍隊經過周王城的北門，按周禮，戰士要除盔去甲，收起兵器，徒步走過。但秦軍輕浮無禮，御者沒有下車，車上只左右衛士把頭盔除下，既下車又隨即躍登車上，變成耀武揚威，足有三百輛戰車是這樣。既借道行軍，又不守禮，是把周天子不放在眼內。這樣的軍隊，連一個鄭國也勝不了，遑論要應付晉國，以至統一中國。跟我們在西安看到秦兵馬俑的陣勢、戰將的肅穆莊嚴，豈能相提並論？

但周天子呢，莫可奈何。王孫滿年紀尚小，目睹這場面，對周襄王說：秦軍輕狂無禮，一定吃敗仗。輕狂就少謀略，沒禮貌就疏紀律。進入險境而少謀略、疏紀律，怎能不敗？蹇叔和王孫滿，一老一少，或從道理着眼，或照實況觀察，都異口同聲：秦軍必敗。這麼一小段，儼然就是後世《世說新語》的先聲。

秦軍到達滑國，這是另一場可以獨立的戲。鄭國商人弦高正要到

周地做生意，遇上秦軍過境，知道不妙。他送上秦軍四張熟牛皮，再送十二頭牛慰勞，自稱代表鄭君，說：敝國國君聽說你們大軍將要路過國境，敢用區區薄禮來慰勞。敝國並不富裕，不過你們要駐紮在這裡，住一天我們就供給一天的食糧；要走，就準備好那一夜的守衛。

話說得婉轉，但意思很清楚：秦軍的動向鄭已經知悉，早有準備，要怎樣都可以奉陪。另一面，他又馬上派人回鄭國告急。下文另分一筆，寫鄭國接到通報後，鄭穆公派人到客舍查証，果然看到杞子的軍兵已經收拾行裝，厲兵秣馬。穆公於是派皇武子去放言：你們留在敝國很久了，敝國乾肉活肉都要吃光，這是你們該走的時候了。鄭國有個原圃，一如秦國的具圃，你們自己去獵些糜鹿，讓敝國休息一下，怎麼樣？

這其實是逐客令，杞子等人知道事敗，急忙分頭逃出鄭境。

孟明見偷襲鄭國已沒有指望，圍城又後援不繼，只好撤兵。滅了滑國便回師去了。「滅滑而還」云云，說得若無其事。滑國本來不是目標，順手滅掉，真是「強凌弱，眾暴寡」的寫照。

這個章節，增加我們對秦敗的理解，除上述三個原因，還有：

四、秦軍犯了輕浮驕傲的大忌，所謂「驕兵必敗」；

五、秦軍在鄭的內應已逃竄，和晉作戰時再無支援；

六、滅滑畢竟要耗費兵力，同時予晉軍更多準備時間。

還有第七，很重要的一個：犯險。蹇叔已指出晉軍一定會在殽山之間襲擊，這種險，是明知而故犯，這段險路是否非走不可呢？走的時候，是否必須嚴加戒備？行軍而進入峽谷是兵家大忌，《孫子·行軍》云：「**凡地有絕澗、天井、天牢、天羅、天陷、天隙，必亟去之，勿近也。**」

三

另一章節，再轉到晉方去，這是後世電影的分場：晉軍事會議討

論應否截擊秦軍？原軫認為這是天賜良機，不能丟失；縱敵會有後禍。欒枝則代表反方，意見是秦對晉有恩（助文公登位），這時候發兵，對不起先君。原軫答：秦人不為我們的國喪舉哀，反而攻伐我們的同姓國，就是無禮，我們還報什麼恩呢？聽說：一日放走敵人，幾代人受害。為子孫着想，怎能說是忘記先君遺命呢。於是聯合姜戎，晉襄公則把喪服染黑，由梁弘駕車，萊駒做右衛，親自出征。

歷來學者，多認為原軫說得合情合理。但我細讀晉方的會議記錄，秦方該打是一回事，晉出兵的理據，也並不充足。秦打的是鄭，不是晉；所謂同姓之好，兩年前晉圍鄭，何嘗不是同姓操戈？滑國也是姬姓，春秋諸侯豈會為同姓抱打不平？要說血緣，秦穆公與晉襄公，是外祖與外孫。

秦人不為晉國喪舉哀是無禮，則晉國國喪之時出師，是更大的失禮。只有「**奉不可失，敵不可縱**」才是真相。「**奉**」指天賜良機。這個「**天**」，已成為有用的藉口。而另有一語道破：「出於貪婪而勞動民眾（「**以貪勤民**」）。」說的是秦方，其實彼此彼此。難怪孟子說：「**春秋無義戰。**」

因為出師的理據薄弱，我們也就可以理解之前要借重卜偃，說什麼先君遺命，之後原軫，又說什麼違天不祥，裝神弄鬼，目的是動員將士，把攻伐合理化。這是春秋時代的矛盾：一面要搶佔實質利益，另一面又要進佔道德高台。

打仗的具體過程欠奉，只發佈兩個戰果：「**敗秦師於殽。**」「**獲百里孟明視、西乞術、白乙丙以歸。**」《左傳》作者的敍述，顯然以晉為主，秦為客。晉把秦三個將帥俘虜，可說大獲全勝。於是就以黑色喪服安葬了晉文公，這是起首「**將殯於曲沃**」的照應，為了不失良機，晉軍寧願穿着孝服，停柩出師。出師大捷，作者添一筆：晉國從此就改用黑喪服。

四

下一節續寫晉方，又另起波瀾。文嬴向晉襄公求放三帥，說是他們挑撥秦晉的關係。秦君得到這三人，就是吃了他們也不能消恨，何勞晉君？不如讓他們回去受刑云云。文嬴是秦穆公的女兒、晉文公的夫人、襄公的嫡母。晉襄公答應了她。原軫知道後，大怒，指斥：戰士竭力才能把他們捕捉，婦人幾句話馬上就把他們釋放了；毀棄戰果，助長敵人之氣，要亡國了！竟在襄公面前吐唾沫。

原軫盛怒之下，直稱文公夫人為「**婦人**」，又不顧襄公而吐唾，表現了暴烈的個性，果然是虎將的本色；稍後原軫帥師對抗狄人，雖獲勝，自己卻戰死了。襄公派陽處父去追趕。追到黃河邊，他們已在船上。陽處父解下車左邊的驂馬，假晉君名義贈給孟明。孟明叩頭回答：貴國國君不殺我們，這是恩惠，讓我們回到秦國去受刑，如果國君把我們殺死，死了也不會忘記晉君的恩惠。要是由於晉君的好意而獲赦，三年後再來拜謝晉軍的恩賜。

陽處父送馬，是想孟明下船，可孟明怎會上當呢？他說「**三年將拜君賜**」，這是反話，是三年後回來報復。這次失敗，對秦是一大打擊，上下都志切報仇（公元前 624 年），秦穆公親征，過了河就把船焚了，以示決心。後來項羽破釜沉舟，只是依樣畫胡蘆。穆公攻取了兩個晉邑，晉人不出戰，就為死於殽戰的將士建紀念碑，然後回師，東出之路受阻，只好經營西域，「**遂霸西戎**」。

秦穆公穿上素服，在郊外等候戰敗的軍人回來，哭着說：我背棄了蹇叔的勸告，令你們受辱，是我的錯。他並沒有廢棄孟明，仍用他為自己賣命。再強調是自己的過錯，不會因為他們的小過失而掩蓋了大功勞。秦人易哭？不見得。穆公的哭，顯然和蹇叔的哭，有不同的政治含義。

秦穆公和晉襄公也是兩個鮮明的對照。襄公看來優柔寡斷，並無主見，也許還年輕吧，在母親、老臣之間，顯得左右為難，所以原軫

才敢「**不顧而唾**」。相反，穆公卻失諸主見太強，而剛愎自用，不過尚能認錯，勇於承擔，不失王者風範。到頭來，奇妙的是，兩個都穿上喪服，不過一白，一黑。

兩段文章，要留神人物的說話。蹇叔說的，跟弦高、皇武子說的，完全是兩套話語。春秋的外交辭令，在日常話語對照之下，其特色格外分明。此文最具典型，試比較下列數例：

對內：

> **孟子，吾見師之出而不見其入也！**（蹇叔）
> **晉人禦師必於殽。……必死是間，余收爾骨焉。**（蹇叔）
> **武夫力而拘諸原，婦人暫而免諸國，墮軍實而長寇仇，亡無日矣！**（原軫）

對外：

> **吾子淹久於敝邑，唯是脯資餼牽竭矣。為吾子之將行也，鄭之有原圃，猶秦之有具囿也，吾子取其麋鹿，以閑敝邑，若何？**（皇武子）
> **寡君聞吾子將步師出於敝邑，敢犒從者。不腆敝邑，為從者之淹，居則具一日之積，行則備一夕之衛。**（弦高）
> **君之惠，不以累臣釁鼓，使歸就戮於秦，寡君之以為戮，死且不朽。若從君惠而免之，三年將拜君賜。**（孟明）

對內感情噴薄、直率、不加修飾；像蹇叔，聲淚俱下；元老原軫更一時憤激，唾罵君主。對外則迂迴講究、禮節周周，其實棉裡見針。這針，藏頭露尾，就是要讓對手看到。而對外的辭令，又針對不同的對象，同中有異。皇武子是語帶雙關，口頭上抱歉，骨子裡卻截鐵斬釘。孟明則恩怨夾雜，話裡有正有反。其中最有趣的是弦高這個生意人，措辭謙遜客氣，外柔內剛，步步為營而不乏試探，儼然職業外交

家，可見他平日做的是買賣，仍關心國事，絕非唯利是圖。而經濟與政治，從來就息息相關。這也可見春秋時對外的辭令，有一套程式、套語，什麼「**不腆敝邑**」，再加以通變而已。

原文

一

冬[1]，晉文公卒。庚辰[2]，將殯於曲沃[3]；出絳[4]，柩有聲如牛[5]。卜偃使大夫拜[6]，曰：「君命大事[7]：將有西師過軼我[8]；擊之，必大捷焉。」

杞子自鄭使告於秦曰[9]：「鄭人使我掌其北門之管[10]，若潛師以來[11]，國可得也。」穆公訪諸蹇叔[12]。蹇叔曰：「勞師以襲遠，非所聞也。師勞力竭，遠主備之[13]，無乃不可乎？師之所為，鄭必知之，勤而無所，必有悖心[14]。且行千里，其誰不知？」

公辭焉[15]。召孟明、西乞、白乙，使出師於東門之外。

蹇叔哭之，曰：「孟子[16]，吾見師之出而不見其入也[17]！」

公使謂之曰：「爾何知！中壽，爾墓之木拱矣[18]！」

蹇叔之子與師[19]，哭而送之曰：「晉人禦師必於殽[20]。殽有二陵焉[21]：其南陵，夏后皋之墓也[22]；其北陵，文王之所辟風雨也[23]，必死是間[24]，余收爾骨焉。」

秦師遂東。

——《左傳》僖公三十二年，公元前 628 年

注釋

[1] 冬：魯僖公三十二年，公元前 628 年，冬天。

[2] 庚辰：十二月十二日。

[3] 將殯於曲沃：殯，埋棺於墓穴。曲沃，晉舊都，晉祖廟所在，今山西省聞喜縣東北。

[4] 出絳：絳，晉國都，今山西省翼城縣東南。

[5] 柩有聲如牛：柩，有屍的棺。棺中有聲音如牛鳴。

[6] 卜偃使大夫拜：卜偃，掌管卜筮的官，姓郭，名偃。卜偃差使參加殯葬的官員下拜。

[7] 君命大事：君，先君晉文公。大事，指戰爭。古代戰爭和祭祀是大事。

[8] 將有西師過軼我：西師，西方軍隊，指秦軍。過軼，越過。

[9] 杞子自鄭使告於秦曰：杞子，秦國大夫，留守鄭地。從鄭差人回報秦穆公。

[10] 鄭人使我掌其北門之管：掌，掌管。管，鑰匙。

[11] 若潛師以來：潛，秘密地。師，軍隊。

[12] 穆公訪諸蹇叔：諸，「之於」合音合義詞。蹇叔，秦國老臣。

[13] 遠主備之：遠主，指鄭君。備，防備；動詞。

[14] 勤而無所，必有悖心：勤，勞苦。無所，一無所得。悖心，違逆之心，反感。全句是如果勞師遠征而無所得，軍隊一定會產生違逆之心。

[15] 公辭焉：辭，不接受、拒絕。

[16] 孟子：即孟明，秦大夫，姜姓，百里氏，名視，字孟明，傳為秦國元老百里奚之子，為這次秦遠征軍主帥。

[17] 吾見師之出而不見其入也：出，指出征。入，指回來。言下之意，秦遠征軍會有去沒回。

[18] 中壽，爾墓之木拱矣：中壽，六、七十歲。爾，你。拱，兩手合抱；動詞。全句謂如果你僅得中壽，墓上的樹木已高大得可合抱了。穆公諷刺蹇叔年老昏瞶，何不早死；此時蹇叔之年當在中壽以外。

[19] 蹇叔之子與師：與，音預，參與；動詞。蹇叔的兒子在軍隊之列。

[20] 晉人禦師必於殽：禦，抵禦。殽，通「崤」，今河南省洛寧縣西北。指晉軍一定伏兵在殽山。

[21] 殽有二陵焉：陵，大山，殽山有兩陵，南陵和北陵，相距三十里，地勢險要。故此地又名「二殽」。

[22] 夏后皋之墓也：后，國君。夏后皋，夏代君主，名皋，夏桀的祖父。

[23] 文王之所辟風雨也：辟，通「避」，躲避。周文王躲避風雨的地方。

[24] 必死是間：你一定死在這兩陵之間。

原文

二

三十三年春，秦師過周北門[1]，左右免冑而下[2]，超乘者三百乘[3]。王孫滿尚幼[4]，觀之，言於王曰[5]：「秦師輕而無禮[6]，必敗。輕則寡謀，無禮則脫[7]。入險而脫，又不能謀，能無敗乎？」

及滑[8]，鄭商人弦高將市於周[9]，遇之[10]，以乘韋先，牛十二，犒師[11]，曰：「寡君聞吾子將步師出於敝邑[12]，敢犒從者[13]。不腆敝邑[14]，為從者之淹[15]，居則具一日之積[16]，行則備一夕之衛[17]。」且使遽告於鄭[18]。

鄭穆公使視客館[19]，則束載、厲兵秣馬矣[20]。使皇武子辭焉[21]，曰：「吾子淹久於敝邑[22]，唯是脯資餼牽竭矣[22]。為吾子之將行也，鄭之有原圃，猶秦之有具囿也[23]，吾子取其麋鹿，以閒敝邑[24]，若何？」杞子奔齊，逢孫、楊孫奔宋。

孟明曰：「鄭有備矣，不可冀也[25]。攻之不克，圍之不繼[26]，吾其還也。」滅滑而還。……

晉原軫曰[27]：「秦違蹇叔，而以貪勤民[28]，天奉我也[29]。奉不可失，敵不可縱。縱敵患生，違天不祥[30]。必伐秦師！」

欒枝曰：「未報秦施而伐其師，其為死君乎[31]？」

先軫曰：「秦不哀吾喪而伐吾同姓[32]，秦則無禮，何施之為[33]？吾聞之：『一日縱敵，數世之患也』[34]。謀及子孫，可謂死君乎[35]！」遂發命，遽興姜戎[36]。子墨衰絰[37]，梁弘御戎，萊駒為右[38]。

夏，四月，辛巳[39]，敗秦師於殽，獲百里孟明視、西乞術、白乙丙以歸[40]。遂墨以葬文公[41]，晉於是始墨。

文嬴請三帥[42]，曰：「彼實構吾二君[43]，寡君若得而食之，不厭[44]；君何辱討焉[45]？使歸就戮於秦[46]，以逞寡君之志[47]，若何？」公許之[48]。

先軫朝[49]，問秦囚。公曰：「夫人請之，吾舍之矣[50]。」

先軫怒曰：「武夫力而拘諸原，婦人暫而免諸國[51]，墮軍實而長寇仇[52]，亡無日矣[53]！」不顧而唾[54]。

公使陽處父追之[55]，及諸河，則在舟中矣[56]。釋左驂，以公命贈孟明[57]。孟明稽首曰：「君之惠，不以累臣釁鼓，使歸就戮於秦[58]，寡君之以為戮，死且不朽[59]。若從君惠而免之，三年將拜君賜[60]。」

秦伯素服郊次[61]，鄉師而哭[62]，曰：「孤違蹇叔，以辱二三子，孤之罪也。」不替孟明[63]，曰：「孤之過也，大夫何罪？且吾不以一眚掩大德[64]。」

—— 《左傳》僖公三十三年，公元前 627 年

注釋

[1] 秦師過周北門：周北門，周王都城洛邑的北門。

[2] 左右免冑而下：冑，頭盔。戰車上的左右衛脫下頭盔，下車步行。古代戰車上三人，左持弓，右執矛，中御車。諸侯軍隊經過天子之門，左右衛都要脫冑捲甲，收起兵器，下車步行，以示尊敬。

[3] 超乘者三百乘：超乘，跳躍。指左右衛剛脫下頭盔下車，又立即跳躍上車，表現得輕佻無禮。

[4] 王孫滿尚幼：王孫滿，周共王玄孫（曾孫之子），後為周大夫。

[5] 言於王曰：王，指周襄王。

[6] 秦師輕而無禮：輕，輕佻、不莊重，指超乘者。無禮，指僅脫下頭盔而不捲甲束兵。

[7] 輕則寡謀，無禮則脫：脫，粗疏、大意。輕佻狂莽就缺少謀略，沒有禮節就疏忽大意。

[8] 及滑：滑，小國，姬姓，位於今河南省滑縣。到了滑國。

[9] 鄭商人弦高將市於周：市，做生意；動詞。鄭商人弦高將要到周王城做生意。

[10] 遇之：之，秦軍代詞。弦高遇上了秦軍。

[11] 以乘韋先，牛十二，犒師：乘，一車四馬，乘引申為四。韋，熟牛皮。乘韋，即四張熟牛皮。古人送禮，先送薄禮，再進厚禮。犒，音稿，以物資慰勞軍隊；動詞。全句的意思是先送四張熟牛皮，再送十二頭牛，慰勞秦軍。

[12] 寡君聞吾子將步師出於敝邑：寡、敝，俱為謙稱。步師，行軍；步，動詞。全句是我的國君聽說您行軍將會經過我國。

[13] 敢犒從者：敢，膽敢，先秦慣用謙詞。從者，追隨的人，指軍隊。全句指想大膽地慰勞您的軍隊。

[14] 不腆敝邑：腆，音典，富裕。敝國並不富裕。不腆，也是先秦慣用謙詞。

[15] 為從者之淹：淹，停留，引申為耽擱。為了您的軍隊在路上耽擱（句子未完）。

[16] 居則具一日之積：居，住下。積，指食用。全句是住下來的話，就為你們提供一天的食用。

[17] 行則備一夕之衛：行，行動，軍隊上路。上路的話，動身前夕為你們守夜保安。

[18] 且使遽告於鄭：遽，音巨，急促。另一面派人駕驛車快速向鄭國通報。

[19] 鄭穆公使視客館：鄭穆公，鄭文公庶出之子。視，視察。客館，杞子等人所居之所。

[20] 則束載、厲兵秣馬矣：束載，捆束好行裝。厲兵，磨利兵器。秣馬，餵好馬匹。指秦將士已準備好做內應的戰鬥。

[21] 使皇武子辭焉：皇武子，鄭大夫。辭，辭謝，以言辭去着人離開。

[22] 唯是脯資餼牽竭矣：脯，肉乾。資，同「粢」，糧食。餼，音氣，鮮肉。牽，未宰的牲畜。可是因此一切吃食都沒有了。

[23] 鄭之有原圃，猶秦之有具囿也：原圃、具囿，俱為飼養禽獸的園子，類似後世的皇家動物園。

[24] 以閒敝邑：閒，休息；動詞。讓我國休息。連上句的意思是你們自己到園裡打獵，讓我們休息一下。

[25] 不可冀也：冀，希望。

[26] 圍之不繼：繼，後繼支援。

[27] 晉原軫曰：原軫，晉大夫，即先軫。

[28] 而以貪勤民：勤，勞動；動詞。因為貪婪而令人民勞苦。

[29] 天奉我也：奉，給予。這是上天賜予我們的。

[30] 縱敵患生，違天不祥：放走了敵人就產生禍患，違背上天就不吉祥。

[31] 其為死君乎：死君，指死去的晉文公。豈不是忘記了死去的國君？意思是秦對先君有恩，如今攻擊秦軍，等於不顧念先君。

[32] 秦不哀吾喪而伐吾同姓：同姓，指鄭、滑與晉俱為姬姓。秦國不為我們晉國的喪事弔唁，更攻伐我們的同姓國。

[33] 何施之為：施，施恩、恩惠。還說什麼恩惠。

[34] 數世之患也：數世，幾輩子。是幾輩人的禍患。

[35] 謀及子孫，可謂死君乎：為子孫設想，怎能說是忘記先君遺命。

[36] 遽興姜戎：遽，急速。興，動員。姜戎，居於秦晉之間的部族，為秦所逐，與晉友好。

[37] 子墨衰絰：子，晉襄公；文公未葬，故稱子。墨，染黑；動詞。衰，音崔，同「縗」，孝服，白色。絰，麻腰帶。出師打仗，穿白不祥，因此染成黑色。

[38] 梁弘御戎，萊駒為右：御，駕御。戎，戰車。梁弘替襄公駕御戰車，萊駒做右衛。

[39] 辛巳：十四日。

[40] 獲百里孟明視、西乞術、白乙丙以歸：獲，俘獲。三人即前文孟明、西乞、白乙三帥。三將帥被俘，可見秦軍大敗。

[41] 遂墨以葬文公：遂，於是。於是穿着黑色喪服安葬文公。

[42] 文嬴請三帥：文嬴，文公夫人，襄公母親，秦穆公女兒。請，請求釋放。

[43] 彼實構吾二君：構，挑撥、離間。二君，秦、晉兩國國君。他們實在是挑撥我們秦、晉兩國國君的人。

[44] 寡君若得而食之，不厭：寡君，文嬴對君父秦穆公的謙稱。厭，同「饜」，滿足。父王如果得到這三人，就是吃了他們也不滿意。

[45] 君何辱討焉：君，晉襄公。辱，屈尊。討，聲討、責罰。晉君何必屈尊去責罰他們。

[46] 使歸就戮於秦：就，接受。戮，殺戮。差遣他們回秦國去受刑戮。

[47] 以逞寡君之志：逞，滿足。以滿足君父的願望。

[48] 公許之：許，准許。

[49] 先軫朝：朝，朝見；動詞。

[50] 吾舍之矣：舍，捨棄，引申為釋放。之，指三帥。

[51] 武夫力而拘諸原，婦人暫而免諸國：武夫，指將士。力，奮力、竭力。拘，捉捕。原，原野，引申為戰場。婦人，指文嬴，用詞頗失敬。暫，猝然之間。諸，「之於」合音合義。將士竭力把他們從戰場上捉來，一個婦人猝然之間就把他們從國中放走。

[52] 墮軍實而長寇仇：墮，音灰，通「隳」，毀壞；動詞。軍實，軍隊實力。長，助長；動詞。壞了軍隊實力而助長了敵人的仇恨之氣。

[53] 亡無日矣：無日，沒有多少日子，即隨時會亡國了。

[54] 不顧而唾：不顧襄公之面而向地上唾沫，以示強烈不滿。

[55] 公使陽處父追之：陽處父，晉大夫；父，音甫。

[56] 及諸河，則在舟中矣：及，到了。河指黃河。他趕到黃河岸邊時，他們已在船上離岸了。

[57] 釋左驂，以公命贈孟明：釋，解下。左驂，一車四馬，兩旁之馬稱驂，左邊的叫左驂。命，命令。陽處父解下左驂，稱是襄公的命令，要送給孟明。這是藉口，要誘他回來受禮。

[58] 不以累臣釁鼓，使歸就戮於秦：累臣，俘囚之臣。釁鼓，古代凡新製成的鐘鼓，需殺牲塗血其上，再加拜祭。釁鼓，猶言殺戮。

[59] 寡君之以為戮，死且不朽：敝國國君就是把我們殺了，雖死也不忘你們的大恩。

[60] 若從君惠而免之，三年將拜君賜：要是國君依從晉君的恩惠赦免我們，三年後，再來拜謝貴國的恩賜。此為反語，意思是三年後當回來復仇。其後不用三年，公元前 625 年，孟明即帥師伐晉，戰於彭衙，不過秦師再敗。晉人引用此語，稱秦軍為「拜賜之師」。

[61] 秦伯素服郊次：素服，白色喪服。郊次，在郊外等待。

[62] 鄉師而哭：鄉，通「向」，面對。秦穆公對歸來的軍隊哭泣。

[63] 不替孟明：不替，不廢棄、不撤換。

[64] 且吾不以一眚掩大德：一眚，一次過失；眚，音省。況且我不會因為一次過失而抹殺大功績。

13

戰爭，是為了和平

——楚莊公拒建京觀

　　春秋二百四十二年間，據《左傳》所記，有大小戰事四百九十二起，還不包括《春秋》有記而《左傳》沒有的三十九起。平均每年至少兩次，而且一定不止於此，還有那許許多多與周邊少數民族的戰鬥，豈能都計算在內？從西周初眾多的封國，——到底多少個，並不清楚，因為一直封，至宣王還沒有停止。荀子說：「**七十一國**」，顯然遠不止此，司馬遷有所謂「**八百諸侯**」。楊寬認為有千多個，不過能夠考訂的不過一百七十多。無論如何，到了東周，還餘下一百四十多個，到了戰國，主要就留下七個，最後，一個。吞併之劇，簡直生吞活剝。

　　春秋與戰國，據說打仗的目的不同。前者為名，霸主的美名；後者為利，彷彿受自私的基因推動，為了繁殖、擴張，不擇手段地吞併其他。仗的打法也有分別。隨着社會物質的進步、人口的增長（擴大為徵兵制），加上戰爭工具、技術的演進（青銅器變為鐵器），戰國的戰爭，空間更大，時間更久，也更慘烈。春秋的車戰，局限於平原，達到政治目的就算，往往一天內就解決。戰國則為騎兵步卒協作的各種陣法、包圍戰，戰場伸向林藪山澤、江河，動輒以數十萬，以至百萬人，要把對手滅絕。說得坦白些，略地之外，其實是殲敵。這是提出遠交近攻的秦相范雎的理論：「**毋獨攻其地而攻其人。**」在春秋時期，即使是晉楚的大戰，勝負一定就收兵，不為已甚。戰國呢，以秦

趙長平之戰為例，曠日持久，直打到彼此都筋疲力竭，對手投降，就把他們活埋。活埋了多少？四十多萬！

所以，儘管孟子說「**春秋無義戰**」，春秋的戰事，有時還是講禮的，不論真情或假意，又或者對戎禮是否有所誤解。譬如戰爭的時間地點，要彼此同意；倘明知敵方主帥在戰車上，就不可射擊；要逮捕主帥時，也捧觴加璧以進，還口口聲聲抱歉。有時又會信守承諾，接戰之前，先退避三舍（共九十里）。遇到對手國喪，又停止出兵；出兵就不合禮，不合禮就不祥云云。當然，更有因為死守禮儀而招致敗績，像宋襄公那樣。這方面，在討論宋楚泓水之戰時已加以分析。不管怎樣，到了戰國，根本不講。顧炎武說：「**春秋時猶尊禮重信，而七國則絕不言禮與信矣。**」孫武、吳起的兵法流行，都認定戰爭就是「詭道」，最重要的是勝利。而兵凶戰危，國君已絕少親身上陣，戰爭變得專業化，偷詭詐騙，層出不窮，那只有更不義。

春秋時期楚晉邲之戰，楚獲勝之後，楚莊王來到戰場駐紮，和臣子之間有過一段很有意思的對話，表現了春秋一位名君對用兵的態度。打勝了，將軍潘黨要求建立「京觀」，讓後人記得功績。中國古代戰爭有一種很奇怪的做法，勝方喜歡把敵屍堆疊，用泥土覆蓋成高臺，叫「武軍」，再加上說明，以示軍威，則叫「京觀」。京觀無疑屬於古代紀念碑（monument）之類建築，也許粗糙些，因為往往當下就地建成，目的是記功。京觀的做法，一直散見於古代戰爭的記錄，到滿清才明令禁止。

但楚王拒絕了。他解構「武」這個會意字的字源，是「止」和「戈」，把「止」當動詞，就是止息干戈（「**止戈為武**」），這，才是武的真義。這是以戰止戰。換言之，戰爭，是為了和平。其實「止」即趾，「武」的本義是執戈征伐。不過，楚莊王可也不是妄解，因為「足不前行」為「止」。他為了証明言之有據，一再引《詩》，引得很巧妙，那是周武王攻克暴君紂王的頌詩，既暗示自己出戰，是要抗暴，目的達到了，就收起武器，停止戰鬥；天下太平，百姓得享安定、

富足的生活。他接着提出七種武德：「**禁暴、戢兵、保大、定功、安民、和眾、豐財。**」逐步推演，這也是周武王頌詩的涵意。而自己這次勝利，並不符合這七種武德。

勝利有什麼值得耀武揚威的？他說：敵人戰死，己方何嘗不是？令兩國戰士曝屍，本身就很殘暴，就不是「**禁暴**」了。以武力威懾諸侯，就不是「**戢兵**」，以暴以兵，而非以德服人，戰爭又怎會停止呢？戰爭不止，又怎能「**保大**」？晉國這次輸了，不等於就垮了，也就談不上「**定功**」。違背百姓安居樂業、免於惶恐的願望，哪裡算得上「**安民**」？沒有睦鄰的德行，卻在諸侯間強自爭勝，豈能「**和眾**」？乘人之危，趁人之亂而自安，以此為榮，又怎能「**豐財**」？七種武德，始於抗暴，終於和氣生財，始終以百姓的福祉為念。用武的七德，自己一種也欠奉，拿什麼垂範子孫呢？還是建一個祠堂，舉行祭禮，向先人報告戰事完成，這就夠了。

一位剛打了勝仗的領袖，勝而不驕，更不居功，反而內心有愧，尊重對手，提出一套嚴正的戰爭態度。能夠這樣反省，真了不起。最後，從拒絕建立京觀開始，也以澄清建立京觀的目的收結，他改變了京觀的內涵，從記功變為警誡：京觀之設，其實是為了懲戒邪惡的罪行，把罪魁禍首殺掉，再封存示眾，如此而已，並非拿來對付盡忠犧牲的人民。如今晉國，又有什麼大不了的罪行呢？

二千多年來，大小戰爭何曾停止過？人類總找到戰爭的藉口。例如信誓旦旦某國收藏了大殺傷力武器，並且和恐怖頭子勾結，於是出兵。可是戰後証明，都屬子虛烏有。不，這更証明出兵合理，可以防患未然。無辜的平民死傷無數？戰爭嘛，這是替天行道，替受欺壓的人民打倒獨裁政府云云。當年蘇聯的坦克駛進布拉格，也是同一調調：這是為你們好呵，怎麼不感激我們？

戰爭的技術日新月異，戰爭的動機，多少停留在二千五六百年前的戰國。人的理性，足以遠征太空；感性呢，卻一直滯留在石器時代。二千五六百年前，有一位南蠻的領袖卻說出另外一番道理，真是那個

幾乎年年戰爭的時代最有意義的一番話。這種識見來自實戰的體驗，可不是坐在書齋裡的空想，而且一直影響後人習武的觀念。這，的確不是潘黨之流所能了解。我們並沒有忘記，他登位之初，酒色徵逐，因接納諫言，才勵精圖治，「一鳴驚人」。或說這是格於內部不靖，唯有裝獸，以待時勢。但他其後陳兵周天子邊境（公元前 606 年），問鼎大小，狂妄而無禮。他多次攻伐靠攏晉國的鄭國，其實是欺凌。借陳國內亂，把陳滅了，改為楚縣，也因為納諫，才恢復陳國；然而從陳的每鄉帶走一人，聚居一起，命名「夏州」，其實也是為了戰功。這個南方大國，五十三年前，還是齊桓公稱霸時，號召聯軍南下討攘的蠻夷（公元前 650 年）。至此說出「**止戈為武**」，是脫胎換骨，一變而再變？還是，時代畢竟漸漸變了。

　　無論如何，楚莊王人生最後的一次戰役，打得有聲有色，從經典裡翻出新意，而且論說層層緊扣、層層呼應。他沒有為戰爭勝利建立物質的東西，卻留下了「止戈」的名言，傳之更久、更遠。所謂哀矜勿喜，因為戰爭，無論輸贏，總是悲劇。黷武窮兵的國家，誠如元曲所云：「**興，百姓苦；亡，百姓苦。**」

　　二十世紀三十年代，一位法國作家蒙泰朗（Henry de Montherlant）在法國殖民之戰勝利後，呼籲為對手建立塑像，並且舉出凱撒為哀悼龐培之死而蓄鬚；查理五世得知俘獲弗朗索瓦一世後，下令禁止娛樂。他明知道會有貓哭老鼠之譏，但堅持這應該是法蘭西的風格。可惜他不知道在中國的春秋時代，一位楚王早就有過這方面更深刻的論述。

原文

丙辰，楚重至於邲 [1]，遂次於衡雍 [2]。

潘黨曰 [3]：「君盍築武軍 [4]，而收晉屍以為京觀 [5]？臣聞克敵必示子孫，以無忘武功。」

楚子曰 [6]：「非爾所知也 [7]。夫文 [8]，止戈為武 [9]。武王克商 [10]，作《頌》曰 [11]：『載戢干戈，載櫜弓矢。我求懿德，肆於時夏，允王保之 [12]。』又作《武》，其卒章曰：『耆定爾功』[13]。其三曰：『敷時繹思，我徂維求定 [14]。』其六曰：『綏萬邦，屢豐年 [15]。』

「夫武，禁暴、戢兵、保大、定功、安民、和眾、豐財者也 [16]。故使子孫無忘其章。今我使二國暴骨，暴矣 [17]；觀兵以威諸侯，兵不戢矣；暴而不戢，安能保大？猶有晉在，焉得定功？所違民欲猶多，民何安焉？無德而強爭諸侯，何以和眾？利人之幾 [18]，而安人之亂，以為己榮，何以豐財？武有七德，我無一焉，何以示子孫？其為先君宮，告成事而已 [19]。武非吾功也。古者明王伐不敬，取其鯨鯢而封之 [20]，以為大戮 [21]，於是乎有京觀以懲淫慝 [22]。今罪無所 [23]，而民皆盡忠以死君命，又可以為京觀乎？」

祀於河 [24]，作先君宮，告成事而還。

——《左傳》宣公十二年，公元前 597 年

注釋

[1] 楚重至於郊：重，軍隊裝備、糧草的總稱，這裡用作動詞。郊，鄭地，今河南省鄭州市東。

[2] 遂次於衡雍：次，棲止的地方，引申為軍隊駐紮，當動詞。衡雍，也是鄭地，今河南省原陽縣西。

[3] 潘黨曰：潘黨，楚臣。

[4] 君盍築武軍：盍，「何不」的合音字。武軍，與京觀實為一事；收敵屍堆積成小丘，加以封土，稱武軍；在封土之上建說明牌，以誌勝利，則為京觀。

[5] 而收晉屍以為京觀：京，大。觀，館。見上注。

[6] 楚子曰：楚子，楚莊王，親領郊之戰。

[7] 非爾所知也：爾，你。全句指這不是你所知道的。

[8] 夫文：文，文字的結構。

[9] 止戈為武：武字的結構由「止」與「戈」合成，莊王據此認為用武是為了停止（止）戰鬥（戈）。

[10] 武王克商：武王，周武王。

[11] 作《頌》曰：《頌》，見《詩經 · 周頌 · 時邁》。

[12] 載戢干戈，載櫜弓矢。我求懿德，肆於時夏，允王保之：載戢干戈，載，發端語，無義。戢，音輯，收藏、禁止，收起干戈（武器）。載櫜弓矢，櫜，音交，也是收藏之意，跟上句同義。我求懿德，懿，美好，指我追求美德。肆於時夏，肆，佈陳；夏指華夏中國；時夏，猶言這個華夏大地。允王保之，允，信；成就王業而保有天下。

[13] 又作《武》，其卒章曰「耆定爾功」：《武》，見《詩經 · 周頌 · 武》。耆定，達成。耆，音其。耆定爾功，達成你的功績。

[14] 敷時繹思，我徂維求定：見《詩經 · 周頌 · 賚》。《左傳》當是《武》的第三章，是《春秋》的編次與今本不同。敷，或作鋪，同音互通。鋪、繹，都是佈陳的意思。時，是。思，語助詞，無義。我，武王自稱。徂，前往。全句謂我佈陳文王的美德，我去伐紂，是為了尋求安定。

[15] 綏萬邦，屢豐年：見《詩經 · 周頌 · 桓》，《左傳》當是《武》的第三章，也是古今編次不同。綏，安定，萬邦安定，當如後文所云「和眾」。屢豐年，屢獲豐年。

[16] 禁暴、戢兵、保大、定功、安民、和眾、豐財者也：這是莊公上文對武的解釋，以及引《周頌》的概括。止戈是禁暴。戢兵即「載戢干戈，載櫜弓矢」。保大則為「肆於時夏，允王保之」。「耆定爾功」即定功。「我徂維求定」則是安民。「綏萬邦」是和眾。「屢豐年」即豐財。後文說這是七種武德。

[17] 今我使二國暴骨，暴矣：第一個暴，通「曝」，曝晒。第二個暴，殘暴。

[18] 利人之幾：幾，危機。利用別人的危機。

[19] 其為先君宮，告成事而已：宮，宗廟。全句謂為楚的先君修建宗廟，祭告完成戰事，如此罷了。

[20] 取其鯨鯢而封之：鯨、鯢，都是大魚，比喻壞人的罪魁禍首。封是殺了而以土掩蓋。

[21] 以為大戮：作為大的殺戮。

[22] 於是乎有京觀以懲淫慝：淫慝，邪惡、不敬；慝，音剔。

[23] 今罪無所：不知罪之所在。意思是晉沒有大罪，無從歸罪。

[24] 祀於河：祭祀河神。

14

坐牢，也要
坐得有骨氣
——楚釋歸晉知罃

　　春秋中期，兩大強國晉楚在邲地大戰，晉敗。晉師之敗，無關國力，而是內部不協，將軍不受令，主帥又不能令之故。晉楚的爭鬥，是春秋前期的主軸，兩國先後打了四場大仗：

　　城濮之戰（公元前632年）；

　　邲之戰（公元前597年）；

　　鄢陵之戰（公元前575年）；

　　湛阪之戰（公元前557年）。

　　邲之戰，是楚唯一的勝仗。但不管勝方是誰，從未能把負方徹底打倒。

　　邲戰之後，晉重新調整，不多久滅了赤狄，又恢復過來；再與齊大戰於鞍，大獲全勝。而期間楚國一代能君莊王過世，共王接位，大抵雙方都覺得要緩和一下緊張的局勢，開始交換戰俘，——相距上次戰爭，其實也有九年了，這是楚國讓俘虜知罃回晉的背景。

　　晉人先釋放善意：提出歸還楚重臣襄老的遺骸，以及莊王的兒子穀臣，以換回晉卿知莊子的兒子知罃。晉將知罃在作戰時受傷被俘；其父知莊子後來升為晉軍副帥。楚人把知罃放回，頗有籠絡的意味。釋放前，楚共王接見知罃，《左傳》成公三年（公元前588年）記載了這麼一段君主與囚犯的著名對答。

　　這是一次政治交換，楚王當然想換得更多。他的問題有三，一個

接一個，逐步進逼。這有點像什麼的面試，但你不是求職，你原來的工作，如果還有工作，不在此，而在彼；你也並非求釋，要証明自己行為良好，不，你明知自己無非是要兌換的籌碼，令兩國關係「正常化」，可對方仍然是主，而且是一國的君主，你仍然是囚客，處處被動，說話必須有分寸，搞得不好，激怒了主人，換囚計劃泡了湯，自由得而復失，更辜負兩國修好之責，這可承擔不起。另一面，自己好歹是個有頭面的將領，父親又是副帥，可絕不能奴顏軟骨，有失國格。這真難乎其難。

楚王首先問：埋怨我嗎？有點像試探。知罃不能答怨。儘管當時還沒有日內瓦善待戰俘的公約，但由於身份特殊，雖是戰犯，一定受到禮遇，箭傷也治好了。知罃答：兩國交戰，各盡所能，只怪自己能力不足，成了俘虜，君王不殺，這是恩惠，又豈敢埋怨任何人呢（「**又誰敢怨**」）？

既然不怨，引出第二個問題：那麼感激我嗎？知罃答：雙方各為社稷，如今達成諒解，重建友好，這可與自己無關，又怎敢感激任何人呢（「**其誰敢德**」）？

再追問：你回去後，怎樣報答我？看來這才是楚王提問的目的。知罃答：臣不當怨楚（第一個答案），君也不施德（第二個答案）；受和施都不相稱，無怨無德，於是得出第三個答案：不知應該怎麼回報（「**不知所報**」）。

楚王大抵也覺得他一直沒有正面回答問題，堅持要他說說怎樣報答，要求一些具體的承諾。知罃自然很清楚，他一直在耍太極，以四兩撥千斤。這次再沒有回避，直接、鄭重地回答：回國後，無論被國君或家君判刑處死，已算不朽，死而無怨。要是幸得赦免，再奉命守土，到時跟君王在戰場上相遇，不敢逃避，一定周旋到底。他的收結很有力：對國家沒有二心，盡臣子之禮，說回報，這就是我的回報了。

言下之意，對自己的國家有二心，只顧私人恩怨，就不合禮了。堂堂一國之君，豈會逼人作違禮的勾當，不論對自己的抑或對別國的

臣民？春秋時期的人，我們指出過，還是講禮的，至少表面如此，不會為失禮而爭辯。楚王的問題其實是三十五年前的翻版，當年晉文公重耳落難在楚，楚王就問他怎樣報答自己。重耳答：要是將來兩國兵戎相見，晉軍會「**退避三舍**」。重耳後來果然實踐諾言。春秋人還是相信這種承諾的，到了戰國，蘇秦、張儀之流就陰謀暗算，毫無誠信可言。兵家也說：不厭詐。

　　許多年過去，晉楚彷彿重複部份的歷史，不過知罃的身份不是賓客而是囚犯。他當然可以虛與委蛇，敷衍一下。但他很正派，義正辭嚴，而且始終不亢不卑，到最後還連消帶打。同樣坐牢，在春秋與戰國，顯然有別。他「**不怨**」、「**不德**」，但幸得不死，的確是要回報的，報的可是自己的國家。他其實已兩次提到「**君之惠**」，但打仗時嚴守本份，竭盡所職，這才算尊重對手。這是一切競爭的倫理。至於獲得善待、釋放，可也不是單方面的，他是楚公子的交換生，然則既非私怨，也說不上私恩。相對之下，楚王的「**怨我**」、「**德我**」、「**報我**」，落得多麼偏私？

　　話說有技巧，背後還得有嚴正的思維，否則只是擅說，而不是善說。楚王只好承認：「**晉未可與爭。**」看歷史的發展，晉楚終究還不免鷸蚌之爭，爭到兩敗俱傷，一個被三家分割，另一個讓吳人得利。但人貴自重，人必自重然後人重之。所謂自重，是指珍惜一己完整的人格，不做損害這人格之事。一個賤視自我人格的人，則牢獄處處，可以坐名的牢、利的牢，可以坐妒忌的牢、面子的牢。因為自重，同時就會重人，這是互為因果。但自重與重人，分寸並不容易掌握，前者不要變成自我中心，後者不可奴顏屈膝，而要平等地看待自己和別人。自重的另一面是：不要自棄。這樣子的人，雖在牢獄，仍是自我主宰的自由人。

　　《左傳》這段記載，除了首尾的敍述交代，通篇一問一答，從對話推動情節，看似白描，並無文學的增飾，卻呈現人物鮮明的性格，有戲劇的張力。從形而下的身份角度看，知罃是客，楚王是主；就

形而上的精神境界而論，則知罃反客為主，最終佔據了道德的高臺。倘嫌什麼形而上形而下過於抽象，那麼不妨從臺下觀眾看戲劇表演設想，很明顯，排場十足的楚王，其實只是綠葉，一身囚衣的知罃才是牡丹。而這戲劇，一如莎劇，訴諸觀眾的聽覺，我們聆聽主角的答辭，沉實有力，軟中帶硬，委婉裡都是機鋒；而且，有層次地深化。

知罃可說雖囚不辱，毫不失禮。他自稱沒有怨，真的沒有怨麼？對這種可能要陷他於不義的問話，他是報之以德。楚王在自己的國土裡上了俘虜一課：你可以禁錮人的肉身，但禁不了人的靈魂。我們呢，二千五百年後也上了自由人的一課。

當然，公平地說，楚國對這位俘虜，畢竟並沒有暴虐欺凌，也許因為囚犯是要人吧；把人逮了，當政治工具，許多年來有否改變呢？知罃與楚王答問之後數年，楚國也有一個鍾儀，反過來成為晉國的戰俘，因為不改楚冠楚樂，不忘故土，同樣受到稱頌。

原文

晉人歸楚公子穀臣與連尹襄老之屍於楚[1]，以求知罃[2]。於是荀首佐中軍矣[3]；故楚人許之。

王送知罃，曰：「子其怨我乎？」

對曰：「二國治戎[4]，臣不才，不勝其任，以為俘馘[5]。執事不以釁鼓[6]，使歸即戮[7]，君之惠也。臣實不才，又誰敢怨？」

王曰：「然則德我乎？」

對曰：「二國圖其社稷，而求紓其民，各懲其忿[8]，以相宥也[9]。兩釋纍囚[10]，以成其好。二國有好，臣不與及[11]，其

誰敢德 [12]？」

王曰：「子歸，何以報我？」

對曰：「臣不任受怨，君亦不任受德 [13]；無怨無德，不知所報。」

王曰：「雖然，必告不穀 [14]。」

對曰：「以君之靈，纍臣得歸骨於晉，寡君之以為戮，死且不朽。若從君之惠而免之，以賜君之外臣首 [15]；首其請於寡君，而以戮於宗 [16]，亦死且不朽。若不獲命 [17]，而使嗣宗職 [18]，次及於事，而帥偏師，以修封疆 [19]。雖遇執事，其弗敢違 [20]。其竭力致死，無有二心，以盡臣禮。所以報也。」

王曰：「晉未可與爭。」重為之禮而歸之 [21]。

——《左傳》成公三年，公元前 588 年

注釋

[1] 晉人歸楚公子穀臣與連尹襄老之屍於楚：歸，歸還。公子穀臣，楚莊王的兒子；邲之戰，為晉荀首箭傷，被俘。連尹襄老，連尹是楚官名，襄老是人名；被荀首射死。邲，音必。

[2] 以求知罃：求，索取。知罃，是晉上卿荀首的兒子，在邲戰中被楚國俘虜。荀首，即知莊子，封於知，以封邑為氏，故知罃又叫荀罃。

[3] 於是荀首佐中軍矣：是，時候。於是，這個時候。佐中軍，擔任中軍副帥，佐用作動詞。晉有上、中、下三軍。

[4] 二國治戎：治戎，治兵。意思是交戰。

[5] 以為俘馘：馘，音隙，割下敵方戰死者的左耳，用來報功。這裡與「俘」連用，指俘虜。

[6] 執事不以釁鼓：釁鼓，取血塗鼓，意思是處死；釁，音印。

[7] 使歸即戮：即戮，接受殺戮。

[8] 各懲其忿：懲，戒、克制。忿，怨恨。

[9] 以相宥也：宥，音又，寬恕、原諒 。

[10] 兩釋纍囚：纍，繫。兩國各釋放囚俘。

[11] 臣不與及：與及，參與其中，相干，牽涉。

[12] 其誰敢德：連上句，意思是兩國都是各為社稷，本不為己而和，不敢歸德於誰。

[13] 臣不任受怨，君亦不任受德：任，擔當。兩句意思是知罃不當受怨楚之名，楚君也不當受施德之名。

[14] 雖然，必告不穀：雖然，雖是如此。不穀，猶言不善，春秋人慣用的自我謙稱。

[15] 以賜君之外臣首：外臣，外邦之臣。對外國君主自稱外臣。首，指荀首；知罃在楚君前直稱其父之名。

[16] 而以戮於宗：宗，宗廟。在宗廟內執行法家。

[17] 若不獲命：不獲命，沒有獲得晉君允許懲罰的命令。

[18] 而使嗣宗職：宗職，家族世襲的官職。

[19] 次及於事，而帥偏師，以修封疆：按次序輪到自己擔當軍職，領軍修治邊疆。偏師，副帥、副將所屬非主力軍隊，也是謙詞。

[20] 雖遇執事，其弗敢違：即使遇到君王下屬帶領的軍隊，也不敢逃避。違，逃避。

[21] 重為之禮而歸之：加重禮儀，把他送回。

充滿魔幻的夢

——晉景公夢見大厲

　　《左傳》記占卜占筮，也寫夢，各種各樣的夢，不少於二十九則，曾有學者把這些夢分類，細分為十一類，包羅甚廣，大如政治、軍事，小如疾病、鬼神、恩怨，等等。而記夢之國，以晉最多，幾佔一半。成公十年（公元前 581 年），記晉景公的夢，可說是《左傳》裡最奇特的夢，一個夢貫串另一個夢，夢與夢相關、夢與現實呼應，寫來妙趣橫生，移到聊齋去，只會增色。

　　晉景公夢見一個厲鬼，散髮拖到地上，捶胸頓腳，對景公說：殺了我的子孫不義，天帝已經允許我報仇！厲鬼搗毀院門，然後寢門，走了進來。景公大驚，躲進內室。厲鬼又搗壞室門。景公醒來，召來桑田的巫師。巫師說出景公夢見的情景。景公問怎麼辦好。巫師答：君王吃不上新麥了。

　　景公生起病來，求助秦國的醫生。秦伯派秦醫緩替景公治病。醫緩未到，景公又夢見了他的疾病變成了兩個童子。一個說：那是個好醫生，恐怕會傷害我們，怎麼避過他呢？另一個說：我們跑到肓上邊、膏下邊，能拿我們怎麼辦？

　　秦醫到來，說：不能治了，病在肓上邊、膏下邊，艾灸不能，針刺不達，藥也到不了，不能治了。景公說：是個好醫生。賞賜他厚禮物，送他回國。

　　六月間，晉景公想吃新麥，派甸人獻上新麥，由庖人烹調。景公

把桑田的巫師召來，把新麥給他看，殺了他。將要進食的時候，肚子發脹，到廁所去，跌死在廁裡。一個宦官早晨時夢見自己揹着晉景公升天，到了下午，他揹着景公出廁所，於是就拿他殉葬。

真是奇異的夢，而且好像是專為寫夢。晉景公先是夢見自己被厲鬼追趕，古人稱子孫斷絕而沒有歸宿的惡鬼為厲。《史記 · 晉世家》云：景公「**誅趙同、趙括，族滅之**」。然則這是為復仇而來的惡鬼。景公召來巫師查問，巫師竟能說出景公的夢中情景，他是從夢中得見的麼？他這樣斷定：景公命不久矣：吃不到新麥了。

一個夢接着另一個夢，而且越夢越奇。景公夢見厲鬼之後生了病，大抵晉醫束手無策，才請求秦國的名醫。良醫未到，他再夢到疾病化身為具體形象的童子，妙在不是一個，而是兩個，因為只有兩個，讀者方能知道他們為了逃避醫師，商議轉移到肓之上、膏之下去。這是「病入膏肓」的由來。良醫也治不了。

後來新麥收成，景公要嘗新，想起巫師的斷言，再把他召來，故意讓他看看自己要吃新麥了，不是說我吃不到麼，我就是不信邪。把他殺了。說了相近的話，說了景公夢中的所見所聞，不過一個是巫，那是超驗的巫言，結果被殺；一個是醫，那是實驗的診斷，結果獲得厚酬。景公表現了他的取捨。這個取捨，很重要，比春秋更遙遠的古代，醫和巫是一人的兩面。春秋之前，鬼神之說是全信；春秋以後則半疑。雖然，他也夢見，那種後世心理學家所說的無意識的本我，知道自己活不了，他其實無需巫師。醫師呢，也無非給他証實而已。他自己認定：「**良醫也。**」還嫌不夠，再由疾病自己証實：「**彼良醫也。**」至於景公的死，同樣呼應夢境。他果然吃不到新麥，而且死得很糟糕。故事的夢還沒有完，作者插敍：另有一個小侍曾夢到揹負景公以登天。就以他作人殉。過去曾有人質疑，國君病，何必如廁，應備有《周禮》所云「褻器」，即「便器」，今人說的「痰盂」。不必，並不等於不可能。

從另一面看，景公對枉滅趙氏，顯然耿耿於懷。他的病，既病在

生理，也病在心理。這位良醫，毋寧像近世心理學的醫師，引導病人把內心深藏的憂慮、恐懼託出，然後予以解釋，讓無意識變成意識。試想想：如果景公沒有把夢境說出來，史官從何得知？巫師本來也有釋夢之責，但他並不解釋，只判斷後果。

《周禮‧春官‧占夢》分別吉凶的夢，有六種，云：「**一曰正夢，二曰噩夢，三曰思夢，四曰寤夢，五曰喜夢，六曰懼夢。**」他的兩個夢，前夢當屬「**懼夢**」，因恐懼而生的夢；後夢則屬「**噩夢**」，因驚愕而做的夢。或者互換、互通，也不必拘泥。小侍的夢，還包括巫人可能有的夢，則是「**寤夢**」，醒時如覺所見的夢。有說病情因噩夢而生，原文只說「**公疾病**」，但病入膏肓，有一個轉移深入的過程，是久病的徵象，噩夢會加深病情，卻不是病因。

《左傳》所記的夢都應驗，肯定是經過選擇。古人對夢的理解，當然不及近代佛洛伊德（Sigmund Freud）、榮格（Carl Gustav Jung）等人的心理學分析那麼深入周延。夢，誠如胡適所云：要有經驗做底子（《嘗試集‧夢與詩》）。《左傳》則把現實與夢顛倒，夢彷彿成為預言。難怪過去有學者說這是《左傳》借助神鬼以揚善抑惡，有勸誡的功能，——不無理想化之嫌，也是一場好夢，未必能圓。

作者寫了這些，說明春秋時代，史和巫仍然緊密難分，並未割離，這是時代的氛圍使然，這是個仍然占卜，仍然占夢的時代，客觀現實和主觀想像，糾纏不清。怪力亂神，只是子所不語，還沒有斷然否定。但畢竟對超驗已半信半疑，而寧願取決於實驗了。不過，就文論文，把懷疑懸置（英國詩人柯立茲 Coleridge 所說的 suspension of disbelief），反而覺得生動傳神，二百字稍多，寫得曲折離奇，充滿魔幻的趣味。

原文

　　晉侯夢大厲被髮及地 [1]，搏膺而踊，[2] 曰：「殺余孫 [3]，不義，余得請於帝矣 [4]！」壞大門及寢門而入。公懼，入於室。又壞戶。公覺，召桑田巫 [5]。巫言如夢。公曰：「何如？」曰：「不食新矣 [6]。」

　　公疾病，求醫於秦，秦伯使醫緩為之 [7]。未至，公夢疾為二豎子 [8]，曰：「彼良醫也。懼傷我，焉逃之 [9]？」其一曰：「居肓之上、膏之下 [10]，若我何？」

　　醫至，曰：「疾不可為也。在肓之上、膏之下，攻之不可，達之不及，藥不至焉 [11]，不可為也。」公曰：「良醫也。」厚為之禮而歸之。

　　六月丙午，晉侯欲麥，使甸人獻麥 [12]，饋人為之 [13]。召桑田巫，示而殺之。將食，張 [14]；如廁，陷而卒 [15]。小臣有晨夢負公以登天，及日中，負晉侯出諸廁，遂以為殉。

——《左傳》成公十年，公元前 581 年

注釋

[1] 晉侯夢大厲被髮及地：晉侯，晉景公，名獳，公元前 599 年至公元前 581 年在位。大厲，指絕後的惡鬼。被，同「披」。

[2] 搏膺而踊：搏膺，捶胸。踊，頓地。激憤的樣子。

[3] 殺余孫：指魯成公八年，晉景公殺趙同、趙括，滅其族的事。此惡鬼，當屬趙氏祖先。

[4] 余得請於帝矣：請於帝，指向天帝請求報仇，獲得准許。

[5] 召桑田巫：桑田，晉邑名，今河南省靈寶縣。巫人來自桑田一地。

[6] 不食新矣：新，指新麥。指景公不會吃到新收穫的麥了。

[7] 秦伯使醫緩為之：秦伯，秦桓公，公元前 603 年至公元前 577 年在位。醫緩，秦國名醫，緩為其名。為，醫治。

[8] 公夢疾為二豎子：豎子，童子。景公夢見疾病化身為兩個童子。

[9] 焉逃之：往哪裡逃躲才好。

[10] 居肓之上、膏之下：古代醫學以心臟與隔膜之間為肓；肓，音方。以心尖脂肪為膏，病毒到了肓之上、膏之下，則針灸與藥力已不能到達。

[11] 攻之不可，達之不及，藥不至焉：攻指艾灸，達指針刺，都不能到，藥也不能至。攻、達、藥，俱作動詞。

[12] 使甸人獻麥：甸人，掌管藉田之官。

[13] 饋人為之：饋人，主持飲食之官。為，烹調。

[14] 張：通「脹」，指肚子脹。

[15] 陷而卒：跌下糞坑而死。

16

聽聽弱勢民族的說話

—— 駒支不屈於晉

利物浦的烏拉圭球星蘇亞雷斯（Suárez）因為在比賽時稱對手為 negro，受罰停賽八場，並罰款。他的解釋是，Negro 一詞在拉丁美洲，普通得很，並不含侮辱成份云云。英國的代表隊隊長泰利（John Terry）同樣因為使用種族歧視的語言侮辱對手，被刑事起訴，儘管罪名並不成立，但英足總早已褫奪他的隊長榮銜，其後罰停賽三場。這是歐洲球壇的現況。二十一世紀了，一方面是嚴禁種族歧視，另一方面，也說明許多年來，即在所謂文明的西方，仍為崇作惡。

我們閱讀古典，其實也處處地雷，由於華夏族在中原地區生活，得地利，經濟發展較佳、文化發展較快，自稱中國，而命名周邊的民族為四夷。四夷主要是東夷、南蠻、西戎、北狄，劃分得很籠統，例如夷有九夷，不一定在東；戎有六戎，在西邊之外，也有的在東、在南。從字源看，夷蠻戎狄，或帶兵器，或與獸同群。照《禮記》九州四海的區域劃分，嚴別華夷。天子直接管轄的區域稱王畿，方千里，再向四方延伸，由近而遠，分九服，每五百里為一服。內六服稱「九州」，或者「中國」，為華夏族所居；外三服則屬蠻夷，稱「四海」，被視為野蠻、不文之地。內外的政治權利絕不平等。

但華夷長期競爭、互動，不可能無視對方，更不可能不受對方影響。如果華夏代表文明，夷狄代表野蠻，則華夷的觀念是流動變化的，其內涵並非一成不變。周初華夷之防，還相當嚴格，看周公的封建，

針對的主要是夷狄，但防不勝防，西周晚期，備受外族入侵的困擾，而終亡於犬戎。春秋霸主興起，尊王攘夷。但夷狄入華，久而久之，部份已歸化華夏，楚蠻即是例子。相反，中國諸夏，如果行徑不合禮，與夷狄有什麼分別？不識一字，仍然可以堂堂正正；受過高深教育，卻可以粗鄙下流，再進而會為自己的惡行狡辯。受過高等教育，並不一定就有教養。觀念的變化，當然不是朝夕之事，到了戰國，則王固然尊無可尊，攘夷也已不能號召。《公羊傳》解釋《春秋》晚期昭公二十三年吳國打敗蔡、陳、許等中原之國時，這樣嚴厲地譴責：「**中國亦新夷狄也！**」

這反映了隨着時勢的變化，所謂「夷狄」，已經從特殊的指定，轉變為普遍的理念，不再是鐵板一塊。誰野蠻，誰就是夷狄，新夷狄。《左傳》襄公十四年（公元前 558 年）記晉范宣子與姜戎駒支的對答，顯示生活方式不同，語言有別，加上物質條件不如，是否就野蠻，不曉是非呢？答案並不是。反而自以為高人一等，而蔑視非我族類，才是真野蠻。這是春秋的中期。早一年（公元前 557 年），吳楚交戰，吳國大敗。這一年，晉卿大夫范宣子應吳國之請召開盟國會議，商討對付楚的策略。晉與吳是盟國，吳向晉申訴，要聯軍出師，范宣子拒絕了，理由是楚正在國喪期間，出兵攻打，並不合禮。這是客觀形勢，其實主觀條件也不容晉軍說打就打。晉承晉文公的餘威，為聯軍之首，不過所領導的，除了齊國，其他只是二、三線國，以至更次等的小國，包括魯、宋、衛、鄭、曹、莒、邾、滕、薛、杞、小邾，國勢已不如前。春秋前半期，主要是晉楚之爭，而楚，正被貶稱為南蠻。南蠻，不是不該打，而是時間、地點以至打的方式要由老大決定。在開會前一天的預備會議（古代原來也有預備會議）上，他譴責了吳國堅持出師乃錯誤的決定，又逮捕了莒國的代表，因莒與楚暗中來往。然後，又打算逮捕戎人的首領駒支，先數落戎人的罪狀。

「**來，姜氏之戎！**」一副我主你奴的口氣。他開始講歷史，先君晉惠公如何有恩於戎人，當年秦人驅逐戎人到瓜州，戎人各部落的頭

領吾離蓑衣草帽，求奔晉國。先君的土地本不多，也拿來跟他分享。可是戎人不知感恩，如今諸侯對我方有異心，大概是由於說話洩露了機密（「蓋言語漏洩」），這一定是戎人做的好事！諸侯異心的原因，只能猜測個大概，至於漏洩了什麼，范宣子也並沒有說明。這罪名是典型的「莫須有」。如今香港不少高官名流被人指責，動輒就自辯罪名是「莫須有」。那是不認真讀書。「莫須」是宋人慣用語，添一「有」字，意思是：「難道沒有」、「豈知沒有」。秦檜誣害岳飛父子搞兵變，韓世忠質問他，他就答：「其事體莫須有？」這是奸臣的反詰：難道沒有？豈知沒有？那是中國的傳統惡法，說你可能有罪，判罪的人不用拿出罪証，反而要你証明自己清白。

莒國與楚國交往，可能通了一些軍事情報。盟國有十四個之多，人事糾葛，國勢不齊，彼此又時有衝突，晉國再難以一一排難解紛，難保其中仍有與楚暗通，這是說：可能有。可能有的另一面，則是可能沒有。如果案件在香港審判，一定利益歸於被告。駒支還可以考慮反告他誹謗。不管如何，范宣子拿自己的附庸來示眾，排出會議之外，肯定是欺小凌弱，借來殺一儆百。文首說「將執戎子駒支」，是先有想法，再羅織罪名。

本文最有意思的是駒支的答辯。先感謝晉惠公分派土地的恩德，飲水不可不思源，但接着指出，那些不過是晉南荒蕪之地，狐狸豺狼出沒之所，戎人必須披荊斬棘，自己開拓。要回顧歷史麼，好的，當年晉文公與秦在殽地大戰，戎人捨命相助，牽制秦的後方，結果打敗秦軍。駒支用了一個充滿民族特色的比喻：像獵鹿，晉人抓鹿頭，我們抓鹿腳，合力把鹿扳倒（「譬如捕鹿，晉人角之，諸戎掎之，與晉踣之」）。打敗強秦，戎人是有分敵之功的，言下之意是，恩其實已報了，為什麼還不免於罪呢（「戎人何以不免」）？而且殽戰以後，晉國每次出師，戎人一定捨命追隨。如今諸侯有離心，恐怕是晉國的官吏，有做得不對的地方吧，怎麼可以歸罪我們呢？

最後，他這樣剖白：我們穿的吃的，和華夏不同，沒有外交往來，

言語不達，還能做什麼壞事呢？不參加盟會就不參加吧，沒有什麼大不了。

真是理直辭嚴，這是野蠻人的說話嗎？最後，駒支還入鄉隨俗，像漢族的行人之官，朗誦《詩經‧青蠅》一詩。引用得恰當動人，暗指有人從中挑撥、中傷，君子不應誤信。范宣子只好謝罪道歉，讓駒支參加盟會。

許多年前，我少午的時代，讀到此文，覺得這個姜氏之戎，真不簡單，真可以「**置以為象**」（屈原語，意思是封他做偶像）。西周時號稱中興的周宣王，晚年跟外族屢戰屢敗，其中一大對手，就是姜戎。現在重讀，加倍覺得駒支不簡單，他的話果然隱藏了玄機，不過我的思考有別於范宣子。駒支既然自稱「**言語不達**」，這麼一段精彩的說話，最後又會引《詩》，徹頭徹尾是中原人的外交辭令，以其人之道還治其人，應該怎樣理解呢？國與國的聚會，——先秦列國那麼多的朝聘、外交活動，各有語言，說的又是什麼話呢？

他們說的是所謂「雅言」，又稱「夏言」，夏是西周王畿一帶的古名，即今陝西。《論語》云：「**子所雅言，《詩》《書》執禮皆雅言也。**」孔子有教無類，類不單指社會階層，還指不同的籍貫、文化背景，他平日大抵用山東魯語，上課則用雅言。然則孔子是一文兩語。「雅」是「正」的意思，雅言是標準「正音」，有類後世的官話，在外交場合，不免南腔北調，仍然可以溝通。官話之外，方言是不禁的。東漢應劭《風俗通》指出「**周秦常以歲八月遣輶軒之使，求異代方言，還奏籍之，藏於秘室。**」輶軒之使，是乘輕車之官，是行人之一。果如所言，則周代不單採詩，也採方言。詩與方言，又往往是同一回事。

雅言輾轉相傳，一直傳到明朝。明成祖從南京遷北京，帶去南京話，滲透、融化，對本來的正音自是很大的衝擊。到了清代，普通話成為官話，有趣的是，清末張之洞負責制定教育綱要時，因應外患深重，指出「**民間各操土音，致有一省之人彼此不通，辦事多不便。因此擬以官音統一天下之語言。**」並且在師範學堂中加入「官

話課」，以培訓師資。一國固然要有通行的語言，但不等說要一言堂，盡廢其他。地方語可以豐富，以至活化通行語。如果我們同意要尊重各種民間文化，就得同時尊重各方之言。一種語言，不單是詞語的組合，而是一種獨特的思維、獨特的生活方式。張氏的話，從另一角度看，正好反映滿清近三百年，官方語言之外，並無剃髮令那樣，盡廢地方言語。

至於駒支的言說，一定經過《左傳》作者的文飾，寫的是應然，未必是實然。無論如何，這位大作家為我們留下少數民族這麼一段既富民族特色，又接通漢文化的說辭；更難得的是，從弱勢社群的角度着眼，啟示後人處理民族問題的態度。其實自周代以來，各族一直在融化，而這，就不止是應然，更是實然了。各族之間，和而不必同，但必須互相尊重。兩種不同的文化相遇，產生的第三種文化，照梁啟超的說法，往往是最美麗的。唐朝就是最好的証明。

原文

十四年春，吳告敗於晉[1]。會於向[2]，為吳謀楚故也。范宣子數吳之不德也[3]，以退吳人[4]。執莒公子務婁，以其通楚使也[5]。

將執戎子駒支[6]。范宣子親數諸朝[7]，曰：「來！姜戎氏！昔秦人迫逐乃祖吾離於瓜州[8]，乃祖吾離披苫蓋、蒙荊棘[9]，以來歸我先君[10]。我先君惠公有不腆之田[11]，與女剖分而食之[12]。今諸侯之事我寡君不如昔者[13]，蓋言語漏洩，則職女之由[14]。詰朝之事[15]，爾無與焉[16]。與，將執女。」

對曰：「昔秦人負恃其眾，貪於土地，逐我諸戎。惠公蠲

其大德 [17]，謂我諸戎，是四嶽之裔胄也 [18]，毋是翦棄 [19]。賜我南鄙之田，狐狸所居，豺狼所嗥 [20]。我諸戎除翦其荊棘，驅其狐狸豺狼，以為先君不侵不叛之臣，至於今不貳 [21]。

「昔文公與秦伐鄭，秦人竊與鄭盟而舍戍焉 [22]，於是乎有殽之師 [23]。晉禦其上，戎亢其下 [24]，秦師不復 [25]，我諸戎實然 [26]。譬如捕鹿，晉人角之，諸戎掎之 [27]，與晉踣之 [28]。戎何以不免？自是以來，晉之百役，與我諸戎相繼於時 [29]，以從執政，猶殽志也 [30]，豈敢離逖 [31]？今官之師旅，無乃實有所闕 [32]，以攜諸侯 [33]，而罪我諸戎！我諸戎飲食衣服不與華同，贄幣不通 [34]，言語不達 [35]，何惡之能為？不與於會，亦無瞢焉 [36]。」賦《青蠅》而退 [37]。

宣子辭焉 [38]，使即事於會，成愷悌也。

——《左傳》襄公十四年，公元前 558 年

注釋

[1] 吳告敗於晉：魯襄公十三年秋，楚共王卒，吳趁機攻楚，卻遭敗績。吳敗，即把戰敗的情況告知晉國。晉吳乃盟國。

[2] 會於向：向，吳地，今安徽省懷遠縣；另一說為鄭地，今河南省尉氏縣西南。

[3] 范宣子數吳之不德也：數，列舉對方的不是處。晉責備吳在楚居喪期間出師為不道德。

[4] 以退吳人：退，摒退、拒絕。晉拒絕為吳人參戰。這是向會的結果，可能其他盟國也不想伐楚。

[5] 執莒公子務婁，以其通楚使也：執，捉拿，因莒和楚暗中交往。

[6] 將執戎子駒支：西周所封小國及夷狄之君稱子。姜戎為晉附庸。駒支為姜戎首領。但

據楊憲益考証，駒支實為外族塞種（Saca）的別稱，塞種又名瓜州戎（見《零墨新箋》）。另見注 [8]。

[7] 范宣子親數諸朝：朝，盟國集會時的臨時佈置，有類朝廷。諸，「之於」合音。晉乃聯盟之首，故由范宣子主持，他親自列舉戎子的罪狀。

[8] 昔秦人迫逐乃祖吾離於瓜州：乃祖，你的祖先。瓜州，一説今甘肅省敦煌縣，另一説為今秦嶺高峰南北兩坡。瓜州戎分兩支，一為姜姓，另一為允姓。

[9] 乃祖吾離披苫蓋、蒙荊棘：苫蓋，以茅草做衣服；苫，音山。蒙，冒。荊棘，多刺的灌木。

[10] 以來歸我先君：來歸附我先君晉惠公。

[11] 我先君惠公有不腆之田：不腆之田，指不多的土地；先秦慣用謙詞。腆，音典，豐厚。

[12] 與女剖分而食之：女，同「汝」，即你。

[13] 今諸侯之事我寡君不如昔者：事，侍奉、追隨。

[14] 則職女之由：職，當。全句是當由於你。

[15] 詰朝之事：詰朝，明早。

[16] 爾無與焉：與，參加。

[17] 惠公蠲其大德：蠲，音捐，昭明、顯示。全句是惠公表現了他高尚的品德。

[18] 是四嶽之裔冑也：四嶽，堯帝時方伯，姜姓；不是指四座山嶽。裔冑，遠代子孫，即後裔。

[19] 毋是翦棄：翦棄，滅絕。此為倒裝句，即毋翦棄是。是，此，這些戎人。全句是不要滅絕這些戎人。

[20] 豺狼所嗥：嗥，音豪，吼叫。

[21] 至於今不貳：全心全意侍奉晉先君，不內侵、不外叛，到今天也沒有異心。

[22] 昔文公與秦伐鄭，秦人竊與鄭盟而舍戍焉：指往昔晉文公與秦結盟攻伐鄭國，秦人和鄭私通，而在那裡戍兵。舍，設置。

[23] 於是乎有殽之師：殽之師，秦晉在殽地交戰。

[24] 戎亢其下：亢，同「抗」，抗擊。

[25] 秦師不復：不復，指（秦軍馬匹）再不回返。意指秦軍戰敗。

[26] 我諸戎實然：實然，實使之然，指我們戎人實使秦軍如此。

[27] 晉人角之，諸戎掎之：角，執其角；動詞。掎，音紀，拖其後腿；動詞。

[28] 與晉踣之：踣，音白，又音剖，同「僕」，跌倒；動詞。三個「之」俱指鹿；代詞。三句中，「角」謂正面迎擊，即上文「禦其上」，「掎」是從後牽制，即上文「亢其下」。

[29] 晉之百役，與我諸戎相繼於時：百役，泛指多場戰役。相繼於時，猶言從未間斷。

[30] 猶殽志也：殽志，助晉之心，跟殽戰一役其心如一。

[31] 豈敢離逷：逷，古「逖」字，遠的意思。離逷，違背、疏遠。

[32] 今官之師旅，無乃實有所闕：官，官家。師旅，一般官員。此乃外交辭令，因不便直斥晉的執政。闕，缺失、過錯。

[33] 以攜諸侯：以，以使。攜，指攜貳、離心。全句指因而使諸侯叛離。

[34] 贄幣不通：贄幣，古人初會時送的禮物。贄幣不通，引申為沒有外交往來。

[35] 言語不達：不達，即不通。

[36] 亦無瞢焉：瞢，音蒙，昏暗，不舒暢，引申為慚愧。

[37] 賦〈青蠅〉而退：見《詩經・小雅》，有句云：「愷悌君子，無信讒言。」愷悌，和睦親愛。駒支誦讀此詩，意謂君子不應相信讒言。

[38] 宣子辭焉：辭，謝，即道歉。

17

國家與國君有別

——晏子不死君難

晏嬰（？至公元前 500 年），字仲平，以幽默機智見稱，真正的才能，是輔政齊王，歷仕靈公、莊公、景公三朝。但他較能發揮影響的，是在景公一朝，是在崔氏、慶氏亂政，而終於前者被殺，後者被逐之後。靈公有易儲之亂，莊公則荒淫無道，被扶持他登位的崔杼（崔武子）所弒。到了景公，亂局稍算清理了，晏嬰成為國相，多方設法，引導景公向善；並且開展內政外交活動，到過晉、魯、楚、吳。由於晏嬰，姜齊得以再維持百多年，才被田齊取代。然而，齊國經過齊桓公，得管仲輔政，一度盛極的國勢至此畢竟已日漸衰落。春秋的霸業，讓給了晉、楚兩國。

崔杼弒莊公後，另立莊公的異母弟，是為景公。而自居相位，慶封為副，逼迫朝臣向他們效忠。莊公與崔、慶都不是好東西，晏嬰的處境十分尷尬，更十分凶險。《史記‧齊太公世家》記兩人擅政後，要所有人發誓效忠：「**不與崔、慶者死！**」晏嬰拒絕，仰天歎說：「**嬰所不獲唯忠於君、利社稷者是從**（我晏嬰只跟從那些忠君利國的人）。」《左傳》的文字原來是這樣的：

> 崔杼立而相之，慶封為左相，盟國人於大宮，曰：「所不與崔、慶者——」晏子仰天歎曰：「嬰所不唯忠於君、利社稷者是歟，有如上帝！」乃歃。

　　今人加添這個破折號很重要，依楊伯峻解釋，崔、慶讀盟辭未畢，晏嬰插嘴把它改了。《史記》是說明，《左傳》則是呈現。慶封要殺他，崔杼說這是忠臣，放了他。然則壞蛋，也有不同檔次。

　　《左傳》襄公二十五年（公元前548年）記載這宗宮廷慘劇，崔杼已殺了八個莊公的得力重臣，也有臣子追隨殉難。莊公死於崔家，——崔家與齊宮接鄰，晏嬰去吊喪，來到崔家門外，真是自投羅網。晏子也會殉難嗎？隨從問。

　　先要交代，崔杼弒君的原由。莊公做世子時，因父親靈公改立愛妾的養子而被廢，但得崔杼之助，趁靈公病危而取回世子的身份，接着登位。兩人的關係，非比尋常，無奈建基於利益，其實很脆弱。此前，齊大夫棠公死後，崔杼往致祭時得見棠公的遺孀棠姜很漂亮，不理反對，要取棠姜為妻。棠姜與崔杼的先祖都是姬姓，《周禮》以為同姓不婚。但棠姜後來又與莊公私通（「**莊公通焉**」）。這個美人，到底怎麼想，我們並不知道，從崔杼到莊公，以至在史家筆下，顯然一直被動，被擺佈，並沒有一己獨立的自由意志。這方面，除了少數，女子絕少做主。即使是被認定禍水的褒姒，正統的史家從沒有從她的角度考量，而任憑後人輾轉道聽塗說，從男性的立場加以想像、渲染。她也是一個人，不過是美人，美麗何罪？與其說這是古代女子的悲哀，不如說這是古代歷史書寫的缺失：只有男子的聲音。

　　莊公不斷借故到崔家，甚至隨便把崔杼的冠帽取走送人。連下屬都看不過眼。為君敗德，敗露後終為崔杼所弒。史官直書「**崔杼弒其君**」，被崔杼殺了，一連殺了三個堅持直書的史官兄弟，最終還是改不了。

　　晏嬰到來拜祭，那好歹是國君，不能沒有表示，他既不認同崔杼，也不同情莊公，可他並沒有龜縮，自動來到案發現場，表現出他的勇氣和識見。勇氣，並不少見，但識見，卻難能而可貴，晏子的識見是超越時代的，至今仍啟人深省。他豈只是為官清廉，克儉自持而已？做官要不貪奢、不僭越、誠而且信，不邪辭詭辯，不過是起碼條件。

《晏子春秋》補充，莊公被弒之前，晏嬰已不受信用，被罷免，他歸還所有的賞賜，先長歎，接着大笑。僕人覺得奇怪，他說：我歎息，是哀傷國君恐不免於禍難；我笑，是高興自己自由自在了，我可以不必從死了。到崔家拜祭，崔杼看見他，質問：子何不死！子何不死！他答：我難道是他的婢女！他上吊我也要跟隨他！然後，《晏子春秋》和《左傳》，是同樣的答問：

像其他一些人那樣，你會殉死嗎？隨從問。

晏嬰答：倘是我一個人的君，我就殉死。

你會逃亡嗎？

倘是我的罪過，我就逃亡。

那你回去嗎？

國君死了，我怎能若無其事回去？人民的君，豈能高踞人民之上？他要主持國政。向君稱臣的人，豈是為了俸祿？他要保養國家。君為國家而死，就為他殉死；為國家而逃，就追隨他出逃。如果君為自己而死，為自己而逃，那麼，不是他的寵倖，誰敢擔當殉死之責？何況，人家擁立了國君又把他殺掉，我怎麼能去死？我怎麼要出走？又回到哪裡去呢？

這段說話，既劃清了自己與莊公的界線，他不是某個君的家臣，他效忠的是國家。看深一層，他其實釐清了三種關係：君與國、君與臣、臣與國。

首先，君與國，二者並不等同，並非法國路易十四所云「朕即國家」。齊從西周初姜太公封國，至此垂數百年；而莊公只是芸芸眾君之一。那是一棵大樹裡的一片葉，樹葉有的健康，有的被蟲蝕。說得殘酷，這片丟落的腐葉，未嘗不可以化作春泥。但傳統社會不見得會這樣區別，尤其是先秦時代。晉獻公逼死太子申生，重病時把寵姬驪姬的兒子奚齊付託給大夫荀息，要他扶持奚齊繼位。荀息答應了，說出這樣的名句：「**臣竭其股肱之力，加之以忠貞。**」公問何謂忠貞，他答：「**公家之利，知無不為，忠也……。**」（僖公九年）這位忠臣，

就不會分忠國之公與忠君之私了。

其次，君與臣，兩者都是為國家辦事，國家由人民組成，然則人民是兩者服務的對象，分工合作，不過君是主理（「社稷是主」），臣為輔佐。君為國犧牲，則臣當共赴國難；君為私利而亡，則只有奴才該死。倘君把國當作私有財產，把國引向危險的方向，則臣也有撥亂返正之責，如果一味奉承吹噓，其實是陷國於不義。世傳孔孟有所謂「君要臣死，臣不得不死」，這是誣語。《論語》、《孟子》，並不見此說。相反，孔子雖然沒有處理當「君不君」的問題，到了孟子，則稱這個「君不君」為「獨夫」，誅殺獨夫，未嘗不可。

最後是臣與國的關係。臣效忠的是國（「社稷是養」），而不是君，更不是劣君。國家的利益是大前提。由此可見，忠君與愛國屬於兩個範疇，並非對立，可也並非必然相連。臣與國之間有一個君，忠君是為了愛國，但當這個君混賬可惡，為了愛國、救國，反而不能忠君。一個建全的國家應該由理性而明辨是非的國民建立。

當君與臣產生矛盾，在私情和公義兩者，如何判斷，如何自處，晏嬰提出了他的準則。這見解，如今也許並不新鮮，在先秦時代，卻是前所未見。其後孟子把這種關係概括：「**民為貴，社稷次之，君為輕。**」這是民本思想，當然並不等於民主。晏嬰無疑表現得更具體。而且，一直要等到二千多年後清代的黃宗羲，才接過來再加以發揮。黃宗羲在《明夷待訪錄・原臣》中的論述，顯然來自晏嬰：

> 緣夫天下之大，非一人之所能治，而分治之以群工。故我之出而仕也，為天下，非為君也；為萬民，非為一姓也。……不然，而以君之一身一姓起見，君有無形無聲之嗜欲，吾從而視之聽之，此宦官、宮妾之心也。君為己死而為己亡，吾從而死之亡之，此其私暱者之事也。是乃臣不臣之辨也。

（譯文：因為天下那麼廣大，不是一個人所能治理的，才讓百官分別管理。所以我們出來做官，是為天下，而不是為君主；是為萬民，

不是為一姓。……如果不是這樣，竟以君一人一姓的利益着眼，君有無形無聲的嗜好欲求，我就奉承聽從，這就是宦官、僕妾的心態。君為自己而死，為自己而亡，我也跟着他身死家亡，這只有他的寵倖才會這樣做。這也就是真正臣子與不是臣子的分別。）

門開了晏嬰進去，頭枕在屍身的大腿上痛哭。起來，照古代禮儀，頓足三次，以示哀傷。然後出去了。他不殉君、不逃亡，只來哭喪，完成就走。有君如此，真可痛哭，但他哭的毋寧是這個苦難的國家。有人對崔武子說：一定要殺掉他。崔武子說：「這是百姓仰望的人，放了能得到民心。」春秋時代，君主的威信日降，但民心還是要講的。

崔杼後來和慶封爭鬥，最終失敗自縊，而慶封出走。晏嬰做齊相，輔佐景公四十年。

原文

齊棠公之妻[1]，東郭偃之姊也。東郭偃臣崔武子[2]。棠公死，偃御武子以吊焉[3]，見棠姜而美之[4]，使偃取之[5]。……莊公通焉[6]；……遂弒之。

晏子立於崔氏之門外。其人曰[7]：「死乎？」

曰：「獨吾君也乎哉？吾死也。」

曰：「行乎[8]？」

曰：「吾罪也乎哉？吾亡也。」

曰：「歸乎？」

曰：「君死，安歸？君民者，豈以陵民[9]，社稷是主[10]。臣君者[11]，豈為其口實[12]？社稷是養[13]。故君為社稷死，則

死之；為社稷亡，則亡之。若為己死，而為己亡，非其私暱[14]，誰敢任之？且人有君而弒之[15]，吾焉得死之？而焉得亡之？將庸何歸[16]？」

門啟而入，枕屍股而哭[17]。興[18]，三踴而出[19]。人謂崔子：「必殺之。」崔子曰：「民之望也[20]，舍之得民[21]。」

——《左傳》襄公二十五年，公元前 548 年

注釋

[1] 齊棠公之妻：棠公，齊國棠邑的大夫，以邑為姓。

[2] 東郭偃臣崔武子：臣，臣屬，動詞。東郭偃是崔武子的車伕。崔武子，齊卿，名杼。

[3] 偃御武子以吊焉：御，駕御馬車；動詞。吊，吊祭。

[4] 見棠姜而美之：棠姜，棠公的遺孀，棠是丈夫的氏，姜是母家的姓。美之，覺得她美麗；美，動詞。

[5] 使偃取之：使，差遣。取，通「娶」。

[6] 莊公通焉：莊公，齊莊公，名光。通，通姦。

[7] 其人曰：其人，指晏嬰的隨從。

[8] 行乎：行，逃亡。

[9] 豈以陵民：陵，居其上。

[10] 社稷是主：社稷，指國家。君是要主持國家的。

[11] 臣君者：為臣於君的人；臣，動詞。

[12] 豈為其口實：口實，指俸祿。

[13] 社稷是養：養，保養。臣是要保養國家（社稷）的。

[14] 非其私暱：私暱，私人的寵倖。

[15] 且人有君而弒之：人，指崔杼。有君，擁立國君。崔杼立君而又弒君。

[16] 將庸何歸：意謂怎能安然歸去。

[17] 枕屍股而哭：枕屍股，頭枕在莊公屍身的大腿上。

[18] 興：哭畢起身。

[19] 三踊而出：踊，跳躍、頓足。頓足三次，然後離開。據楊伯峻注：「古代遭喪，有擗踊之儀。擗猶椎胸，踊猶頓足。男踊女擗，表示哀痛之至。」

[20] 民之望也：望，聲望。指晏嬰在人民心中有聲望。

[21] 舍之得民：舍，即捨，捨棄；動詞。引申為放了晏嬰不殺，可以得民心。

暫別武器
——晉楚弭兵之會

　　打仗打累了，就想停一下，因為誰也不能徹底打垮對方。打仗打得最累的，是晉楚兩大強國，春秋中期，這兩國打了八十多年，互有勝負。打仗的原因，是要爭做盟主。春秋之戰，儘管不義，勝負一分就收手。戰國時期的打仗，才要殲滅對手。打仗的導火線往往是為了爭奪夾縫中的小國。兩大相打，眾小不得不分派效命，最是苦不堪言。兩大願意放下武器，至少暫時，眾小豈敢不同意呢。

　　累了，也有內在的因素作用。晉國有內政問題，六卿擅權。六卿，是指趙氏、韓氏、魏氏、中行氏、范氏、知氏六大卿族。除了趙氏是異姓，其他都是公族。六卿之來，源自晉文公稱霸，晉國不斷擴軍，從二軍增至五軍，到晉景公，更多至六軍。領軍的是卿。春秋時期，文武不分，打仗固然由卿統領，平時則兼司行政，中軍的正卿同時執掌國政。六卿既合作，又競爭。不打，就不必為公家賣命，有利私家發展；發展到最後，由三家把晉瓜分了。楚呢，受興起的吳威脅。晉曾派楚叛臣申巫臣赴吳，教吳人駕御戰車打仗，吳日漸強盛，不斷伐楚；楚兩面受敵。當宋人向戌居中斡旋，提出弭兵，兩國都贊成，儘管不無猜忌。向戌之前，二十九年前，另一個宋人華元，同樣利用個人的交情，調停晉楚講和。好歹和了三年，因楚毀約而重新開戰。這是第二次停戰，一停，直到春秋末期，期間北方只有小戰，再無大戰。戰事轉到南方去了。

《左傳》魯襄公二十七年（公元前 546 年），記載了向戌召開的國際和議，很好看，春秋不乏霸主召開的列國會盟，——不出席會被懲罰，可這一次，由次等國號召，串連溝通，出席的有十四國之多，政治巨頭雲集，是前所罕見的外交盛會，也是前所未見比較詳細的國際會議記錄。這種場面，當然各懷鬼胎，有許多的拉攏、爭持、角力，也有妥協、讓步，只要不是讓得太多。終於達成和約，晉楚都滿意，尤其是楚國，只苦了那些小國，因為以往只需向其中一大朝貢，晉文公稱霸，曾規定附從小國「**三年而聘，五歲而朝，有事而會，不協而盟**」（魯昭公三年）。如今大國弭兵，中原小國要兼侍二主，從此「**僕僕於晉、楚之庭**」；對小國來說，這其實是不平等條約，真是強權的世界。不過看來還是勉強可以接受的，畢竟換來一些安寧的歲月。

文中提及的人物眾多，稱謂也不統一，同一個人，一時稱名，一時稱官職，一分為二、為三，這是讀古書令人頭痛的地方；我列了一個表，幫助閱讀：

角色	國	人物
主催	宋	向戌（左師）、宋公（宋平公）
參與	晉	趙文子（趙武、趙孟）、荀盈（伯夙、大宰）、韓宣子（韓起）、叔向
	楚	公子黑肱（子哲）、令尹子木（屈建）、伯州犁（大宰）
	齊	陳文子（須無）、慶封
	秦	（未提）
	鄭	良霄
	陳	孔奐
	蔡	公子歸生
	曹	大夫
	許	大夫
	魯	季武子、叔孫豹（叔孫）
	衛	石惡
	滕	成公
	邾	悼公

　　起先寫宋人向戌與晉楚兩位執政相善，想到調停諸侯之間罷兵以提高自己的聲望。宋做調解最好不過，宋的國勢不如晉、楚、秦、齊，又稍高於曹、蔡、陳、許。他首先到晉國向趙文子游說。其實早兩年（公元前 548 年），晉趙文子執政，強調禮節，下令減少諸侯對晉的進貢；魯大夫公孫豹去見他，他提出：從今以後，戰爭大概可以稍稍停止了（「**自今以往，兵其少弭**」）。這位趙文子，就是紀君祥元雜劇《趙氏孤兒》的主人翁。這無疑是弭兵的呼籲，停戰的時機成熟了。

　　向戌的說辭，《左傳》作者不寫，這是《左傳》和《戰國策》的分別，沒有把向戌美化成能言善辯的策士，反而指出他「**為名**」（事成之後，他要求宋公封邑）。然後從內部寫，讓同意弭兵的大國解釋同意的原因，這才是關鍵。晉為此開會討論，韓宣子講了一番道理：戰爭殘害百姓、耗費財富、帶來小國的大災難；有人要消除戰爭，雖然不易成功，卻必須答應。不答應，楚國答應了，借來號召諸侯，晉國就會失去盟主的地位。說得動聽，有虛有實，既反戰，又維護晉的利益。於是晉同意了。

　　向戌再到楚國，楚也同意了。到齊國，受到問難，看似有點阻滯。幸好齊大夫陳文子說：晉、楚都贊成了，我們制止得了嗎？況且別人說要休戰，而我們不贊成，民眾可要被騎劫了，民眾還可以為我們所用嗎？於是齊也同意了。再遣使通告秦國，秦也贊成了。先取得四個最強的一等國基本上同意休戰，然後再通告其他小國，在宋國舉行盟會。這期間奔走斡旋，一定花費不少時日。

　　接着的寫法很特別，逐一列出各國代表蒞臨宋國的日子、會議的發展，一如後世某些強調時間因素的危機電影：五月甲辰（五月二十七日）、丙午（二十九日）；六月丁未（六月初一）、戊申（初一），等等，從五月二十七日到七月九日，密集的外交活動，一共四十二天，決定中國往後數十年的命運。日子的的搭搭打出，我們就不斷看到政要受戴墨鏡的保安簇擁，從防彈汽車走出走入。周人其實利用容器漏壺中的水下滴，計算時間。大家都同意休戰，當然好辦，

但不等於說相安無事，再沒有戲劇的張力，實則外弛內張，會上產生四大難題，一個比一個難於解決：

一、晉、楚各有附從國，如何處理？

二、會盟以晉、楚為首，實力同等的齊、秦，如何對待？

三、楚人北上會盟，內藏甲衣，緊張戒備，稍有差池，就會開戰。這所以執政的子木，一直留守陳國，由公子肦與晉趙文子搞定了，才到宋國出席。

四、由誰主盟？晉、楚都爭先歃血。

第一個，向戌走到陳國跟子木商量。子木說：請讓附從晉國與楚國的國家交相朝見（「**請晉、楚之從交相見也**」）。這是說，附從國同時朝見兩國。兩強打生打死，為的無非名利：爭做老大；爭收保護費。所謂弭兵，說穿了，其實是兩個老大平分霸權，同時成為對方地盤的老大，同時收取對方地盤的保護費。兩大再不費兵卒，何樂而不為？於是楚國這個老大說了算。

第二個，向戌請教趙文子。趙文子說：晉、楚、齊、秦，四國實力相等，晉不能指揮齊，一如楚不能指揮秦，如果楚君能夠讓秦君屈尊駕臨敝國朝見，寡君豈敢不求齊君朝見楚？當時秦為楚的盟國，齊為晉的盟國。向戌於是再奔走到陳國，向子木覆話。要動員其他兩強，子木不能決定，要向楚康王請示。這很微妙，晉、楚的兩位執政，一個可以自我作主，見微知著；另一個還得差驛馬快速南下請教君主。楚康王的答覆很決斷：且擱置齊、秦的事，先讓其他國家交相朝見。換言之，齊、秦既然平等，把它們排除出去好了。

兩個問題解決，趙文子和公子肦兩個對手終於在夜裡碰頭，初步統一盟會的措辭。而子木這時也從陳國來到宋國。兩幫人以車子隔離，並沒有建築營壘，晉、楚各處一方。

這產生第三個問題。晉發現楚人衣內穿上皮甲，神色緊張。連楚太宰伯州犁也覺得有問題，堅決請求解甲，以示互信，他認為諸侯之所以歸順楚，是因為楚有信用。子木斬釘截鐵地回答：晉、楚從來就

互不信任，事情對我們有利就行，信有什麼用（「**晉、楚無信久矣，事利而已。苟得志焉，焉用有信**」）！伯州犂討個沒趣，出來對人說令尹子木不出三年就會死掉，為求目的而捨棄信用，怎可以成功，提出「志、言、信」三者互相作用云云，儼然晉人的聲口，一翻查，他果然本來是晉人，晉材而楚用。楚人不肯解甲，趙文子也很擔心，不過叔向一再安慰他說：有什麼好怕的，普通人不守信用尚且會不得好死，會合諸侯而做出不守信用的事，一定不會成功。食言的人不自知病且死，這不是你的問題。用信用召集卻沒有信用貫徹成事，一定不會有人順從。而且我們聯同宋國，人人拚命，就是再多一倍楚人也可以應付，怕什麼呢，事情又不至壞到這個地步。聲稱弭兵來號召諸侯卻發動戰爭，我們反而得益，不用擔心。

的確不至壞到這個地步，只是楚人沒有安全感，根本不講信任，說得好聽，那是務實；晉人則講究原則，停戰就是要互相信任；說得當然更好聽。會盟就在緊張的氣氛下進行。還有一個小插曲。魯國的執政季武子以魯襄公的名義，曾對出席會議的叔孫豹下令：把魯國看成等同邾、滕兩小國。可是在會議上，齊人把邾當屬國，宋人把滕當屬國，兩小都不參加會盟。叔孫豹覺得不對勁，說：邾、滕是別人的私屬，我魯國可也是諸侯國，為什麼要跟它們看成等同！我國要跟宋、衛等同。於是參加會盟。這是違背君令，所以《春秋》不記豹的族名。

好了，餘下第四個問題：歃血為盟，晉、楚都爭先；先，表示是盟主。爭持不下，還是叔向知大體，勸趙文子退讓，說：諸侯歸順晉國，是因為晉的德行，而不是因為晉主持盟會；致力德行吧，不用爭先。於是就讓楚人先歃血。《春秋》把晉國寫在前面，是因為晉有信用。

其後，宋平公以地主設宴同時款待晉、楚的大夫，請趙文子坐客座的首席，算是補償。子木跟趙文子說話，他不能應答；趙讓叔向幫忙，這回輪到子木不能應答。七月九日，宋平公及諸侯大夫在宋國首

都東北城門外簽署盟約。

子木向趙文子查問晉以往執政范文子的德行。趙文子答：先生這個人治家事很妥善，辦國事則對晉人從不隱瞞，他的祝史對鬼神陳述事實，沒有令自己羞愧的話。子木回國後告訴楚王：高尚呵，能令神人都高興，合該光輔五個國君成為盟主。接着又說：晉成為霸主理所當然呵，有叔向輔佐執政，楚無人能夠匹敵，不可以跟晉爭。於是荀盈就來到楚國見証楚康王加盟。

這是《左傳》所記的弭兵之會。兩強的參與，晉最積極，一再退讓；楚起先同意，好像很爽快，實則半信半疑，唯恐失利，遠赴險地，話說得很絕，無非是一種心理防衛機制（defence mechanism）。不過子木回國的匯報，說明楚人也並非毫無理性，一味瞞上爭功；楚畢竟是一個開放，能自省，能融化中原文化的族群。此外，通過楚人之口，也從對面肯定晉人的表現。當然，不是所有晉人都贊成退讓，甚或贊成弭兵的。會盟之後五年，《左傳》記了晉大夫祁午面斥趙文子讓楚人得志是國恥。他反過來肯定戰爭的作用，認為弭兵是對諸侯的騙局。

這本來是一場複雜而枯躁的政治活動，人物多，頭緒繁，可作者順敍得有條不紊，通過綿密的針線、裁剪，無須渲染誇飾，仍然寫出濃厚的趣味。子木和趙文子，一進一退，形成強烈的對照；這種對照，也巧妙地結合內容，一時張一時弛。從事新聞寫作的人，何妨細讀，可以從中得益。不過通讀整個會議記錄，其中有一國缺席，過去地位最高，它曾是這個世界的中心，——諸侯會盟之事，它本來無須參與，但總得有人事前通報，或者事後邀功，如今彷彿把它渾忘了，然則這個中心已經去掉，那是周。

原文

　　宋向戌善於趙文子[1]，又善於令尹子木[2]，欲弭諸侯之兵以為名[3]。如晉[4]，告趙孟。趙孟謀於諸大夫，韓宣子曰[5]：「兵，民之殘也[6]，財用之蠹[7]，小國之大災也。將或弭之[8]，雖曰不可，必將許之。弗許，楚將許之，以召諸侯，則我失為盟主矣。」晉人許之。如楚，楚亦許之。如齊，齊人難之[9]。陳文子曰[10]：「晉、楚許之，我焉得已[11]。且人曰弭兵，而我弗許，則固攜吾民矣[12]，將焉用之[13]？」齊人許之。告於秦，秦亦許之。皆告於小國，為會於宋。

　　五月甲辰[14]，晉趙武至於宋。

　　丙午[15]，鄭良霄至[16]。

　　六月丁未朔[17]，宋人享趙文子[18]，叔向為介[19]。司馬置折俎[20]，禮也。仲尼使舉是禮也，以為多文辭[21]。

　　戊申[22]，叔孫豹[23]、齊慶封、陳須無[24]、衛石惡至。

　　甲寅[25]，晉荀盈從趙武至。

　　丙辰[26]，邾悼公至。

　　壬戌[27]，楚公子黑肱先至[28]，成言於晉[29]。

　　丁卯[30]，宋向戌如陳，從子木成言於楚。

　　戊辰[31]，滕成公至。

　　子木謂向戌：「請晉、楚之從交相見也[32]。」

　　庚午[33]，向戌復於趙孟。趙孟曰：「晉、楚、齊、秦，匹也[34]。晉之不能於齊，猶楚之不能於秦也[35]。楚君若能使秦君辱於敝邑，寡君敢不固請於齊[36]？」

壬申 [37]，左師復言於子木 [38]。子木使馹謁諸王 [39]，王曰：「釋齊、秦，他國請相見也。」

秋七月戊寅 [40]，左師至。是夜也，趙孟及子晳盟 [41]，以齊言 [42]。

庚辰 [43]，子木至自陳。陳孔奐、蔡公孫歸生至。曹、許之大夫皆至。以藩為軍 [44]，晉、楚各處其偏。伯夙謂趙孟曰 [45]：「楚氛甚惡，懼難 [46]。」趙孟曰：「吾左還，入於宋，若我何 [47]？」

辛巳 [48]，將盟於宋西門之外，楚人衷甲 [49]。伯州犁曰 [50]：「合諸侯之師，以為不信，無乃不可乎？夫諸侯望信於楚，是以來服。若不信，是棄其所以服諸侯也。」固請釋甲。子木曰：「晉、楚無信久矣，事利而已 [51]。苟得志焉，焉用有信！」

大宰退，告人曰：「令尹將死矣，不及三年。求逞志而棄信，志將逞乎？志以發言 [52]，言以出信 [53]，信以立志 [54]，參以定之 [55]。信亡，何以及三 [56]？」

趙孟患楚衷甲，以告叔向。叔向曰：「何害也？匹夫一為不信，猶不可，單斃其死 [57]。若合諸侯之卿，以為不信，必不捷矣。食言者不病 [58]，非子之患也。夫以信召人，而以僭濟之 [59]。必莫之與也 [60]，安能害我？且吾因宋以守病 [61]，則夫能致死 [62]，與宋致死，雖倍楚可也 [63]。子何懼焉？又不及是 [64]。曰弭兵以召諸侯，而稱兵以害我 [65]，吾庸多矣 [66]，非所患也。」

季武子使謂叔孫以公命 [67]，曰：「視邾、滕 [68]。」既而齊人請邾 [69]，宋人請滕 [70]，皆不與盟 [71]。叔孫曰：「邾、滕，人之私也 [72]；我，列國也，何故視之？宋、衛，吾匹也。」乃

盟。故不書其族[73]，言違命也[74]。

晉、楚爭先[75]。晉人曰：「晉固為諸侯盟主，未有先晉者也。」

楚人曰：「子言晉、楚匹也，若晉常先，是楚弱也。且晉、楚狎主諸侯之盟也久矣[76]，豈專在晉？」

叔向謂趙孟曰：「諸侯歸晉之德只[77]，非歸其尸盟也[78]。子務德，無爭先。且諸侯盟，小國固必有尸盟者。楚為晉細[79]，不亦可乎？」乃先楚人[80]。書先晉，晉有信也[81]。

壬午[82]，宋公兼享晉、楚之大夫[83]，趙孟為客[84]。子木與之言，弗能對[85]。使叔向侍言焉，子木亦不能對也。

乙酉[86]，宋公及諸侯之大夫盟於蒙門之外[87]。

子木問於趙孟曰：「范武子之德何如[88]？」對曰：「夫子之家事治[89]，言於晉國無隱情[90]。其祝史陳信於鬼神[91]，無愧辭。」子木歸，以語王。王曰：「尚矣哉[92]！能歆神、人[93]，宜其光輔五君以為盟主也[94]。」子木又語王曰：「宜晉之伯也[95]！有叔向以佐其卿，楚無以當之，不可與爭。」

晉荀寅遂如楚蒞盟。

——《左傳》襄公二十七年，公元前546年

注釋

[1] 宋向戌善於趙文子：向戌，宋桓公曾孫，任職左師，在宋國輔政，地位僅次於右師。善，友好；動詞。趙文子（？至公元前541年），晉正卿，執國政；嬴姓，趙氏，名武，字孟，

謚文，本文也稱趙武、趙孟。

[2] 又善於令尹子木：令尹，楚國執掌國政的官職稱「令尹」。子木（？至公元前 545 年），芈姓，屈氏，名建，本文也稱屈建。

[3] 欲弭諸侯之兵以為名：弭，音尾，停止。兵，戰爭。名，名聲。想停止諸侯之間的戰爭從而取得名聲。

[4] 如晉：如，往。

[5] 韓宣子曰：韓宣子（？至公元前 514 年），晉公族，姬姓，韓氏，名起，謚宣，後來繼承趙文子執政。

[6] 民之殘也：殘，殘害。猶言殘害人民。

[7] 財用之蠹：蠹，蛀蟲；音到。猶言耗費財物用品。

[8] 將或弭之：或，有人，指向戌。

[9] 齊人難之：難，不認為容易；動詞。

[10] 陳文子曰：陳文子，齊國大夫，媯姓，媯，音圭，陳氏，名須無，謚文。

[11] 我焉得已：焉得，何能。已，止。

[12] 則固攜吾民矣：攜吾民，帶走我們的人民，貶意。

[13] 將焉用之：將怎麼用民。

[14] 五月甲辰：五月二十七日。

[15] 丙午：二十九日。

[16] 鄭良霄至：良霄（？至公元前 543 年），姬姓，良氏，名霄，字伯有，鄭國的卿。

[17] 六月丁未朔：丁未，初一。朔，每月的第一天。

[18] 宋人享趙文子：享，同「饗」，設宴款待。

[19] 叔向為介：叔向，晉大夫，介，副賓；主賓為趙文子。

[20] 司馬置折俎：司馬，掌會同的官。置折俎，把牲畜分解切割，再放置於俎中。俎，音左，盛牲畜的禮器。

[21] 仲尼使舉是禮也，以為多文辭：舉，記載。是，此、這；指示代詞。多文辭，儀文辭說多，即賓主嫻於辭令。孔子此時不過七歲；應是後來讀到這段史料而作的評語。

[22] 戊申：六月二日。

[23] 叔孫豹：魯公族，姬姓，叔孫氏。

[24] 陳須無：見注 **[10]**。

[25] 甲寅：六月八日。

[26] 丙辰：六月十日。

[27] 壬戌：六月十六日。

[28] 楚公子黑肱先至：楚公子黑肱（？至公元前 529 年），楚共公之子，楚康王、楚靈王弟，名黑肱，字子哲。康王時為大夫，靈王被逐時曾短暫擔任令尹。這次會盟，他是副代表。先至，先期到達，為楚國正式代表令尹子木視察及安排。

[29] 成言於晉：成言，口頭約定。口頭上徵詢晉人和約條件。

[30] 丁卯：六月二十一日。

[31] 戊辰：六月二十二日。

[32] 請晉、楚之從交相見也：從，附從於晉、楚的諸侯國。交相見，附從於晉的，拜會楚；附從於楚的，拜會晉。

[33] 庚午：六月二十四日。

[34] 晉、楚、齊、秦，匹也：匹，匹敵，地位相當。

[35] 猶楚之不能於秦也：不能，無能為力，即不能指使。

[36] 寡君敢不固請於齊：固，堅決。

[37] 壬申：六月二十六日。

[38] 左師復言於子木：左師，向戌。復，再次。

[39] 子木使馹謁諸王：馹，通「驛」，古代專遞的用車。謁，稟告。王，楚康王。

[40] 秋七月戊寅：農曆秋天七月二日。

[41] 趙孟及子晳盟：子晳，即楚公子黑肱。

[42] 以齊言：齊言，統一盟約的用詞。

[43] 庚辰：七月五日。

[44] 以藩為軍：藩，遮罩。這是說以物件做遮罩，並不築造營壘。一說遮罩用的是車駕。

[45] 伯夙謂趙孟曰：伯夙，即荀盈。

[46] 懼難：難，禍害。

[47] 若我何：奈我不何。

[48] 辛巳：七月五日。

[49] 楚人衷甲：在常服裡內藏鎧甲和兵器。

[50] 伯州犁曰：伯州犁（？至公元前 541 年），本屬晉國人，伯氏，名州犁。父伯宗在晉厲公時遭讒殺，州犁流亡楚國，成為大宰。

[51] 事利而已：於事有利就行。

[52] 志以發言：志，意志、思想。說話發自心志思想。

[53] 言以出信：信，誠信。出，表達、顯示。語言顯示人的誠信。

[54] 信以立志：誠信是用心志、想法確立的。

[55] 參以定之：參，同「三」。三者具備才能安定。

[56] 何以及三：承上句，缺少了信，就談不上言、信、志三者的關係了。

[57] 單斃其死：單，音丹，同「殫」，用盡之意。斃，即踣，跌倒。其，將會。意謂無誠信者，將力盡而倒斃。

[58] 食言者不病：食言，說了不算數。不病，不以為病，即不足以造成危害。

[59] 而以僭濟之：僭，虛假。濟，救助。

[60] 必莫之與也：與，參與，也可解作贊同。意即得不到支持。

[61] 且吾因宋以守病：依靠宋來防禦楚給我們的麻煩。

[62] 則夫能致死：夫，指晉軍，猶言人人。則人人能致死一戰。

[63] 雖倍楚可也：倍楚，指楚國兩倍的兵力。

[64] 又不及是：不至於如此。

[65] 而稱兵以害我：稱兵，舉兵。

[66] 吾庸多矣：庸，同「用」，對我有用的地方很多。

[67] 季武子使謂叔孫以公命：公，魯襄公。命，命令、名義。季武子使人以魯襄公謂的名義對叔孫說話。

[68] 視邾、滕：比照邾、滕的地位，向晉、楚納賦。

[69] 既而齊人請邾：齊人請求把邾作為其屬國。

[70] 宋人請滕：宋人請求把滕作為其屬國。

[71] 皆不與盟：邾、滕皆不參加盟會，可免於納賦。

[72] 邾、滕，人之私也：人之私，別人的私有屬國。

[73] 故不書其族：所以《春秋》沒有記載他（叔孫豹）的族名。

[74] 言違命也：這是說他違背國君的命令。

[75] 晉、楚爭先：爭先，爭取首先歃血。

[76] 且晉、楚狎主諸侯之盟也久矣：狎，更替。指晉、楚輪換做諸侯的盟主也有很長時間。

[77] 諸侯歸晉之德只：只，語助詞，無義。諸侯歸順晉，是因為晉有德行。

[78] 非歸其尸盟也：尸，主持。並非因為他是主盟而歸順。

[79] 楚為晉細：楚比晉細小。

[80] 乃先楚人：先，首先歃血；動詞。於是使楚人首先歃血。

[81] 書先晉，晉有信也：《春秋》把晉寫在楚之前，是因為晉有誠信。

[82] 壬午：七月七日。

[83] 宋公兼享晉、楚之大夫：宋公，宋平公。兼享，設宴同時招待。

[84] 趙孟為客：客，客人的首位。

[85] 弗能對：不能回答。

[86] 乙酉：七月十日。

[87] 宋公及諸侯之大夫盟於蒙門之外：蒙門，宋東北城門。

[88] 范武子之德何如：范武子，即士會。

[89] 夫子之家事治：夫子，指范武子。這位先生治理家事有條有理。

[90] 言於晉國無隱情：對晉國人沒有隱瞞事情。

[91] 其祝史陳信於鬼神：祝史，祭祀之官。陳信，陳述事實。

[92] 尚矣哉：尚，通「上」，高尚。

[93] 能歆神、人：歆，高興；動詞。能令人神高興。

[94] 宜其光輔五君以為盟主也：光輔，輔佐。五君，晉文公、晉襄公、晉靈公、晉成公、晉景公。

[95] 宜晉之伯也：伯，諸侯之長，即「霸」。

19

輿論，是我的良藥

——子產不毀鄉校

　　《左傳》襄公三十一年，公元前 542 年，記載了子產不毀鄉校的名篇。注意，是公元前 542 年，距今超過二千五百年。要讀懂此文的意義，先要弄清主人翁子產當年的處境。

　　子產是鄭國的卿大夫，執政的子皮知他賢能，要把政務付託給他，他以鄭國「**國小而偪，族大寵多，不可為也**」推辭。鄭國由六卿掌政，為首的上卿叫當國，其次是為政（聽政）、司馬、司空、司徒、少正。子產當時是少正。上卿子皮說：有我率領百官聽命於你，誰敢冒犯你！我們知道，魯國有所謂「三桓」，三桓孟孫、叔孫、季孫都是魯桓公之子、魯莊公之弟，政權輾轉落入他們手中。子產執政的前二十年，公元前 562 年，魯國就發生「三分公室」，三桓把公室的軍分佔了。國君變成徒有虛名，再無實權。鄭國呢，也有所謂「七穆」，七家擅權的貴族都是鄭穆公的兒子，七穆爭相擅政，到了鄭簡公，操實權的是上卿子皮。子產走上政治舞臺時的局勢、處境和後輩孔子做司寇時相似：內外交煎。外受兩大霸權晉和楚上下逼迫；對兩霸都要朝貢，可靠攏一方，另一方就發怒。內則動亂不止，七穆後人爭權奪利，執政者先後被殺。幸運的是，子產本身也是七穆後人，是穆公之孫，而且獲得強人子皮全力支持。論國勢，則鄭仍勝於魯。周平王東遷，有賴晉和鄭扶持，五霸出現之前，鄭因地利，是最大強國。但莊公之後，因內亂、戰事頻繁，加上其他各國興起，地利變成地害，並

無發展空間，才走下坡。

　　子產上臺後，先要應付那些恃寵驕橫的大族，不得不用藥，可又不能太猛，他恩威並施，封大族的伯石為卿，有任務，先重賞，真是步步為營。然後推行一系列的改革，包括區別城鄉、分別尊卑，又改革田畝溝洫，整頓稅制（「**都鄙有章，上下有服；田有封洫，廬井有伍**」）等等。改革之初，不免移動各種既得的利益。於是有這樣的民謠流傳出來：

> **取我衣冠而褚之，取我田疇而伍之。**
>
> **孰殺子產，吾期與之！**

　　大意是：取了我的衣冠給藏起來，取了我的田地加收賦稅。誰要殺子產，我跟他一起去！褚，是儲藏；伍，是編制，又有說通賦，即賦稅。措辭很憤激，和夏桀時代群眾賭誓：「**時日曷喪，予與汝皆亡！**」差堪彷彿。子產聽到只是聳聳肩。他後來推出「丘賦」，軍稅改由新土地主負擔，加重地主的負擔，卻有利國富兵強。春秋時期，井田制破壞，加上軍事頻繁，各地諸侯不得不重定稅制、強化軍力。承認土地私有，再按土地肥瘠收稅，無非順應時勢。但開初同樣被咒罵：子產父親不得好死，子產則毒如蝎尾。他的回答是：「**何害！苟利社稷，死生以之。**」

　　這是本文的背景。正是這樣的氛圍，大夫然明向他提議：不如把鄉校拆了吧。在鄉校裡議政，其作用近似新文學魯迅筆下《藥》的酒館、老舍筆下的茶館；也像英國的海德公園，甚或香港的維園。這地方，倘不受操縱，其實反映民意。

　　子產怎麼反應呢？他可沒有借刀殺人，把鄉校拆了，然後說：這是然明老兄的意見，把責任推得乾淨。這種做法，我們見得太多了。他反而說：拆不得！古代的鄉校，一如今天的大眾傳媒，兼具多種功能：一、讓群眾消閒、娛樂；二、獲得資訊、教育；三、發表意見，

成為輿論，監察社會、政府。子產說：老百姓是我的老師，他們認為好的，我實行；他們認為壞的，我改正。要減少怨怒，唯有盡力做好，卻沒有聽說可以依仗作威作福。

然後，他把防止人民的意見比喻防止河水，——這是祖先周厲王的教訓，邵公不是說得很清楚麼？鄭國的始封祖鄭桓公，其實是周厲王的少子、宣王之弟，受封於鄭。輿論，不如把它當作治病的良藥吧。

二千五百年前，一位手執生殺大權的貴族，可以有這樣的胸襟、識見。這在西方，也並無前例。可時代進步了嗎？多年來一聽到異議就黑臉，要拆這樣那樣的鄉校、「**作威以防怨**」的大官，真太多太多了。

子產施政三年，漸見成效，人心轉向，民謠改了口風：

我有子弟，子產誨之；
我有田疇，子產殖之。
子產而死，誰其嗣之？

因為經濟好了，稅收多了，國家鞏固起來，在子產執政期間，鄭國沒有再受外國欺凌。還有一事，值得大書特書，子產曾「**鑄刑書**」，是第一個把成文法公諸民眾的人，讓大家有法可循，增加統治的透明。這和讓人民議政、發表意見的精神是一致的。晉國的大夫叔向不同意，寫信警告子產鄭會因此亡國。他堅持公開，拒絕愚民，認為這做法正是為了「**救世**」。

難怪子產一直受讀書人稱頌。唐代韓愈寫了篇《子產不毀鄉校頌》，對他懷念不已。我們的年輕人，不要怕從政，更不要怕做官，但先請背誦子產在《左傳》襄公三十一年的一段話，以示不忘前賢的遺教。

原文

　　鄭人遊於鄉校[1]，以論執政[2]。然明謂子產曰[3]：「毀鄉校，何如？」

　　子產曰：「何為？夫人朝夕退而遊焉[4]，以議執政之善否。其所善者，吾則行之；其所惡者，吾則改之，是吾師也。若之何毀之？我聞忠善以損怨[5]，不聞作威以防怨[6]。豈不遽止[7]？然猶防川[8]：大決所犯[9]，傷人必多，吾不克救也。不如小決使道[10]，不如吾聞而藥之也[11]。」

　　然明曰：「蔑也，今而後知吾子之信可事也[12]。小人實不才[13]。若果行此，其鄭國實賴之，豈唯二三臣[14]？」

　　仲尼聞是語也[15]，曰：「以是觀之，人謂子產不仁，吾不信也。」

——《左傳》襄公三十一年，公元前 542 年

注釋

[1] 鄭人遊於鄉校：鄉校，古時鄉間的公共場所，既是學校，又是鄉人休閑聚會、談天議事的地方。

[2] 以論執政：執政，推行的政事。

[3] 然明謂子產曰：然明，鄭國大夫融蔑，然明是他的字。下文「蔑」即自稱。

[4] 夫人朝夕退而遊焉：夫，音扶，語助詞，無義。退，工作完畢後回來。

[5] 我聞忠善以損怨：忠善，盡力做善事。損，減少。

[6] 不聞作威以防怨：作威，擺出威風。

[7] 豈不遽止：遽，音巨，很快、急速。接上句意思是不曾聽過作威作福可以馬上防止怨怒。

[8] 然猶防川：防，堵塞。川，河流。

[9] 大決所犯：大決，河水大缺口。全句指河水大缺口造成的傷害。

[10] 不如小決使道：道，同「導」，疏通、引導。

[11] 不如吾聞而藥之也：藥之，以之為藥，用它做治病的藥。藥作動詞。

[12] 今而後知吾子之信可事也：吾子，指子產。信，確實。可事，可以成事。

[13] 小人實不才：小人，自己的謙稱。不才，沒有才能。

[14] 豈唯二三臣：二三，這些，這幾位，指鄭國包括然明幾位臣子。

[15] 仲尼聞是語也：仲尼，孔子的字。孔子時年尚小，這話是後加的。

20

分崩離析，中心無力挽

——晏嬰與叔向論末世

Things fall apart; the centre cannot hold.

—— Yeats

一

《詩經》云：「溥天之下，莫非王土。」其實周王的土，分封出去之後，彷彿已分的家產，老頭子尚在，可再收不回來，老頭子仍然健壯，問題不大，他直接管理的王畿地產，仍然方千里。不過一旦生病，加上金融風暴，投資失利，財富就大大貶值，只能靠過年過節親朋戚友微薄的孝敬維持。而世態炎涼，子孫大多不肖；俗語也說：久病無孝子。周的病源，原來就在制度本身。易言之，從分封開始，一面是中心的建立，周天子成為天下的共主；另一面，當周天子把王土分封出去，同時就開始了去中心的歷程。周的歷史，是一段去中心的歷史（decentring history），中心之去，初期很緩慢，並不明顯，到周平王東遷之後不斷加速，到了春秋後期，中心已名存而實亡。

中心的觀念，照甲骨文所見，商人已有：「商受年？……東土受年？南土受年？西土受年？北土受年？」相對於中心，則是東南西北四方。卜辭頗有漢樂府民謠覆杳的味道。周承商，《詩經》和鐘鼎銘文已出現「中國」一詞，意思是天下中心之國。為什麼說去中心的病源竟出在周人建立的制度呢？周人從西陲一個小小的部落出發，打倒殷商，搶得天下之土，是小魚吞大魚，太大了，自己消化不了。周滅商之前據說已佔天下三分之二，那是指追隨者而言，並非實質的管

治。加上交通不便、文化隔閡，只好下放權力，把王畿之外的土地分封給親戚和功臣，讓他們成為周的屏藩；周作為中心，受他們的保護。分封，無疑是必須之惡。如果通過代理的組織，賦予這些代理若干獨立的自主權，再加以有效的監管，未嘗不是可行之法。平心而論，周公旦的構思、設計，可說深謀遠慮。問題在周室的監管是否有效，抑或是短期有效，長期則必然失效？

中心與地方，二者關係的釐定與維繫，有賴宗法制度的建立。宗法制度依據的原則是血緣，親疏嚴別。周天子以鎬京為中心，這所謂王畿，方千里，再從此推出去，給親戚和功臣授土，同時授民。分五個等級，親的公侯可得土地方百里，然後是伯七十里，一般封近王畿；疏的子男五十里，越封越遠。也另外封了若干古聖王的後裔。其中齊與魯封到遙遠的山東，一為大功臣姜太公，一為周公親子，顯然是特殊的戰略考慮，齊是以夷制夷，魯呢，恐怕不無監控之意。二者並不平等，從土地肥瘠看，是揚魯而抑齊。諸侯在封地裡有軍事、行政、司法、財政的權利，各自為政，可說是自治，比高度還要高。而且是世襲的。領導的接班問題，自古至今，始終是一大困擾。宗法制度則確立嫡長子的繼承權，稱為大宗，他的弟弟或者庶母所生的兒子，稱作小宗。周天子是共主，是天下的大宗；他的弟弟或者庶母所生的兒子成為諸侯。諸侯也是封國的大宗，諸侯在封國之內又照共主分封的模式，分封他的弟弟或者庶兄弟為卿大夫，稱為公族，封土則稱為采邑。卿大夫同樣是本家的大宗，其下是士，只封食地，不再獲得土地。士的嫡長子仍為士，其餘則只當平民。可見這是一種由上而下，層層複製模式的統治結構。

西周到底封建了多少，一直有爭論。荀子說分封了七十一國；同姬姓的佔了五十三。顯然遠不止此數。近代學者認為，不少於一千個。因為分封一直沒有停止過。問題就在這裡，為了封賜對周室這樣那樣有功之人，土地不斷分出去，到再無土地了，只能打王畿附近的主意，到最後，唯有改為授田。西周中期以後贈予功臣若干珍寶器

用祭肉之類，就只能送一塊一塊的田，這在青銅器上明顯看到這種變化。得田的功臣，只歎封不逢時，其對周室的效忠，相對地，難保不會減弱了。分土分田，說到底，其實分薄了周天子的經濟來源。一面，你不得不用這個方式來保護自己，另一面，你同時在傷害自己。當然分土分田，只是「代理」而已，並不等於私有，名義上還是屬於周天子的，但隨着井田制破壞，宣王不籍千畝，土地實際上已落入私人的戶口，再收不回來。周天子眼巴巴看着分出的土私自交換，分出的田私自變賣。

獲得土地的諸侯回饋中央，主要有三種義務：保護周室、定期進貢和述職。周天子據說也會各處巡視，像董事長查察業務，但主要還是諸侯按時來朝。《周禮》云：「**諸侯一年不朝，貶官減秩；二年不朝，削地；三年不朝，六軍伐之。**」真要執行，收取進貢，聽取匯報，卻有賴強大的周室。周昭王曾南征楚荊，原因不明，一去不朝應是原因之一，結果溺死漢水，全軍覆沒。從此放棄南方。春秋以後，也有所謂「尊王攘夷」的霸主，以不朝周天子而代理征伐，恐怕是藉口的多，這正足以說明周天子已無力執法。春秋後期，諸侯紛紛改革田制，承認私有；更改革軍制，不斷擴軍，讓野人也可以當兵，打破了「**天子六軍，諸侯三軍**」的規定，以晉國為例，從文公到襄公，不足一百年，即從三軍增至六軍，質和量都勝過周室全盛時期。

何況，中央與地方的維繫，泰半依賴血緣，這是社會學所謂「初級組合」（primary group），是動物包括人類最原始、自然而然的關係。問題在血緣是最經不起時間考驗的，基因畢竟又自私。於是最核心的血親，成為另一潛在危機。周初「三監之亂」，其實已經証明血親並不可靠。即使沒有猜忌，親情也會日漸淡薄，這方面，粵語形容得很傳神：「一代親，二代表，三代嘴藐藐。」嘴藐藐是視如陌路，藐視對方的意思。三代已如陌路、如仇人，也許誇張，但五代之後，很難說還有什麼密切的親情可言。期間又良莠不齊，各自獨立發展，各有競爭的考量。

　　周之為中心，嚴格而言，是心理多於地理。西周的都城，鎬京固然偏處西陲，周公營建的洛邑，也並非建立在華夏早期版圖的中央。地理上先天有兩大缺陷：既遠離東方諸藩，失去它們的支援，東方諸藩只能防遠水，不能救近火；日後又備受西方各外族的威脅，其一來自玁狁，令周室心勞力絀。周平王東遷時，護駕的不是姜太公後人的齊、周公後人的魯，而是晉、鄭，甚至是被視為夷狄的秦。周天子和親鄰的鄭，不多久就關係破碎，要互換人質，甚至兵戎相見，結果戰敗收場。這是周室在中原一大挫折。周的神話，如果有過，無疑已經破滅。至於獲得秦的幫助，不是沒有代價的，周天子要把西面廣大的土地再割讓出去，讓秦稍離中央的糾葛，進可攻，退可守，有機會獨霸西戎。但這當然不是免費的午餐，秦人同時接收了犬戎的問題，秦襄公因此戰死了。秦逐漸進佔周的舊都，成為文明與野蠻碰撞出來的新人類，產生《詩經》中最粗獷動人的作品，例如〈蒹葭〉；又記載了中原逐漸已不作興以人殉的惡俗，例如〈黃鳥〉。然後向東，重新一個中心化（recentralization）的歷程，不再分封了，改行郡縣，最終統一成一個更中央集權的中國。

二

　　本來旁邊有強大的對手，可能是好事，可以刺激人的積極性，令人奮發；否則就成壞事。西周自成康之後，領導乏善可陳。到了後期，更是天怒人怨。《詩經》裡怨斥周天子的詩為數不少，例如〈十月之交〉、〈瞻卬〉、〈節南山〉等等，對幽王、厲王的怨恨極深。這可不是官方的書寫。行人採詩，獻之朝廷，不知當權者作何感想？風是採了，或者束之高閣，或者其實已不再採了，只在民間流傳，反正聽不進去。號稱中興的宣王，夾在父親和兒子兩大暴君之間，想有一番作為，南征北伐，〈六月〉讚美尹吉甫「**薄伐玁狁，至於太原**」，但另一面也可見玁狁的壓力。宣王晚年實則屢戰屢敗，犧牲大量人命財

產。而且，作為君主，他也剛愎自用，不聽意見，更因私心而以武力介入魯君的繼承，成為破壞宗法的壞榜樣，大失諸侯之心。他的死亡，是歷史的懸案；一說是被仇家所弒。他的父親厲王被國人驅逐，他的兒子幽王更被他的孫子聯合外族犬戎所弒。借助夷狄取得政權，會受諸侯尊重麼？披髮左衽的外族，到了春秋初期，仍然當是一種禁忌；攘夷，可以拿來作為號召的旗幟。

封建、宗法、井田，是建立中央統治的硬體，周公同時制禮作樂，作為統一意識形態的軟體，這方面才是周公最用心思的地方。禮樂制度的核心是禮，周公制定各階層的禮儀，涵蓋既廣，又具體而微，所謂「禮以節人」，使人情的表達恰如其份，無過無不及，其精神是要建立一套倫理秩序，又是一套政治秩序，要大家知所依循；而以樂引發和諧，同心。《左傳》昭公二十五年（公元前517年）云：「**夫禮，天之經也，地之義也，民之行也。**」但當中央的駕御能力日漸喪失，就不斷發生僭越，終至禮壞樂崩。起先僭越的是諸侯，然後是卿大夫，到最後是家臣。描述權力不斷下移的變化，孔子有幾句名言，最為握要：

> **天下有道，則禮樂征伐自天子出；天下無道，則禮樂征伐自諸侯出。自諸侯出，蓋十世稀不失矣；自大夫出，五世稀不失矣；陪臣執國命，三世稀不失矣。天下有道，則政不在大夫；天下有道，則庶人不議。**（《論語·季氏》）

這是說政治清明，禮樂與征伐都由天子作主；政治混亂，禮樂與征伐則由諸侯作主。由諸侯作主，傳到十代很少不失去；由大夫作主，傳到五代很少不失去；由陪臣執掌國家命運，傳到三代很少不失去。政治清明，則國政不會由大夫掌握；政治清明，則庶民不會議論政治。

孔子當然以天子為中心，他認為權力下移的過程是天子→諸侯→卿大夫→陪臣。轉移的年限是大概的說法，不必拘泥。下移的動因則

是「無道」，我們其實聽到孔子的深歎，他要重建周的典章制度，是不可為而為之。不過，這種轉移，終究是自上而下，是一個統攝全局的中心零碎分拆，一邊在瓦解，另一邊又在重構。由一個大星球，裂變成眾多大大小小的星球，互相碰撞、吞併。原先的一個，反而越縮越小。

本來無道由有道所取代，並非壞事。不過政治無道，由諸侯作主，則吞併很劇烈，不斷征伐，最苦的還是庶民。春秋前期，齊、晉、秦、楚四強各據一方，先後吞併許許多多個小國。齊吞了三十多個；晉吞了二十多個；秦吞了二十多個；最多的是楚，四十多個，而且大多是姬姓。真是弱肉強食，強者的領土不斷擴張。疆土的消長，周室變成弱者。春秋後期，卿大夫作主，其著者是晉的六卿，最後「三家分晉」，齊則田（陳）氏當權，最終取代姜氏；鄭有所謂「七穆」，魯則「三桓專政」，等等。魯昭公曾嘗試奪回權力，後果反而被季氏聯合孟孫氏、叔孫氏把他趕走，死於國外。趙簡子曾詢問史墨，何以國君被逐，百姓反而順服，諸侯親附，為什麼會這樣？史墨答：

> **魯君世從其失，季氏世修其勤，民忘君矣。雖死於外，其誰矜之？社稷無常奉，君臣無常位，自古以然。**（《左傳》昭公三十二年，公元前 510 年）

魯君世世代代放縱安逸，季氏則世世代代努力勤懇，百姓都把國君忘記了，死在國外，誰會憐憫他？然後，他指出從來「**無常奉、無常位**」。至於陪臣，也以魯陽虎之流最可惡，孔子之言有切膚之痛。此前，衛國獻公被逐，晉侯問師曠，衛入是否太過份呢？師曠答得更激進：「**百姓絕望，社稷無主，將安用之？弗去何為？**」（襄公十四年，公元前 559 年）不稱職的國君，要來作甚？不趕走有什麼用？

中心之去，也不單止是政治經濟的轉移，還有文化。平王東遷後，王官失守，典籍外流，到孔子庶人講學，而且議論政治，——他大半

時候是庶人的身份，本身就是中心離散的表徵，所謂「禮壞樂崩」，這是從「**禮樂征伐自天子出**」的角度看，從另一角度，禮失何妨求諸野。禮樂不必在天子的豪宅，而在百姓的茅屋。《詩經》的〈秦風〉、〈魏風〉，以及非正統的〈鄭風〉，都是民間的傑作。《左傳》襄公二十九年（公元前 544 年），記季札訪魯，請觀周樂。這位季札，是南方斷髮紋身的吳人，一邊聽一邊評，表現對周樂深刻的了解。其中他聽了〈小雅〉，說：

美哉！思而不貳，怨而不言，其周德之衰乎！猶有先王之遺民焉。

他聽出了周德的衰敗，最後還看到〈韶箾〉舞，認為「**德至矣哉**」。先王的遺風大抵只有魯仍能保存，禮樂轉移到山東的魯國去了，而知音人竟是一個南人。但魯的上層社會，是否都懂得周禮，還是可疑的。魯昭公五年（公元前 537 年），《左傳》記晉叔齊批評魯侯懂得的其實是微絲小眼的儀，而不是禮，禮的本質是作為政治與人倫的秩序。《左傳》顯然是同意的，引君子之言：「**叔齊於是乎知禮。**」十年後，當周景王怪責晉人不進貢，「**數典而忘其祖**」（昭公十五年，公元前 527 年），叔向的回應是反唇相稽：周天子在后喪時設宴、索賄，自己何嘗守禮？兩年後小國的郯子到魯國來朝，宴會時昭子問起少皞氏的典故，郯子仔細道來，如數家珍，令魯人茅塞大開。時年二十七歲的孔子知道後，要拜會郯子學習，並說：「**吾聞之：天子失官，官學在四夷，猶信。**」

孔子到了三十五歲聽到韶樂，也許是第一次，讚歎不已，「**不圖為樂之至於斯也**」，覺得盡美盡善，三月不知肉味，他在什麼地方聽到呢？齊國。周初，姜太公治齊，把這種宮廷的雅樂帶去，因俗簡禮，結合了地方的色彩，反而打破雅俗森嚴的界限，這時候的韶樂應該比周初豐富。據近人考証，韶樂，其實源自東夷之樂，它經過改造、融合，再回到自己的源頭，重新注入生命，然後成為美善的藝術。

　　所以，庶人不得不議政，尤其是庶人中的菁英，提出建設社會的各種想法，「百花齊放，百鳥爭鳴」，這反而是中華文化最光輝的一頁，對中心而言，卻無疑已分崩離析，這時候，再無力挽既倒的狂瀾了。

三

　　權力下移的具體情況，最好是由當事人和盤托出，說說感受。

　　《左傳》昭公三年（公元前 539 年）齊國的晏嬰和晉國的叔向，在晉君與齊女婚宴會上聚首，兩位顯然是老朋友，談到彼此的情況，談得很坦率、深刻。叔向的政治取態比較保守，他不同意子產鑄刑書，把法律公諸於世，曾寫信表示反對，但他為人正直，孔子稱之為「**古之遺直**」。在晉楚的弭兵之會，他是趙文子的副手，勸趙禮讓，促成和議。晏子則從民眾的利益着眼，提出「**誅不避貴，賞不遺賤**」。這方面的立場不同，對國運的憂慮，卻是相同的。這是真正君子的和而不同。「和而不同」，好像是孔子說的，之前晏嬰就講過和與同的道理，和與同其實有別。同是單一，單一的聲音不是音樂；和則是五味、五音互濟互補，相反而相成，是多樣化的和諧（《左傳》昭公二十年，公元前 522 年）。晏嬰真了不起。

　　叔向問起齊國的情況。晏嬰答：這是末世（「**季世**」），齊國恐怕不保，會被陳氏取代。國君無道，人民都歸附陳氏去了。國君剝削人民，人民所得被國君取走。然後，他舉了具體的例子。齊國原來有四種量器：豆、區、釜、鍾。四升為一豆，各自以四進位，一直升到釜，十釜為一鍾。陳氏的豆、區、釜三種量器，都加大四分之一，鍾的容量就更大了。他借出糧食時用私人的大量器計算，卻以公家的小量器收回。市上售賣山上的木材，不會比山上貴；魚、鹽、蜃、蛤等海產，不會比海邊貴。今人借貸，起碼九出十三歸，他則以七折八扣收回。百姓把勞力所得三分之二被公家取走，只餘下一分維持衣

食。國君的囤積腐壞生蟲，而老人家卻受凍抵飢。都城的市場上，鞋價低，義足貴。百姓痛心疾首。陳氏呢，則安撫百姓，當百姓是父母那樣愛護，歸附他的，就像流水向海。最後，他做了一個比喻：陳氏先祖箕伯、直柄、虞遂、伯戲的幽靈，恐怕已追隨陳胡公和太姬，在齊國接受祭祀了。

叔向說：是的，就是我們的公室，現在也是末世了。戰車不套上馬匹，卿不帶領軍隊，戰車上沒有車右，步兵沒有頭目。他從軍隊廢弛，再說到平民與貴族財富的不勻：百姓窮乏，宮室卻越來越奢侈，路上餓殍隨處可見，寵姬的家卻富豪過甚。百姓聽到公家的命令，像逃避仇寇。欒、郤、胥、原、狐、續、慶、伯八大家族，都降為賤役。政權由韓、趙兩家掌握，百姓無所適從。國君還是不知悔改，以玩樂掩蔽憂忠。公室衰弱，能拖多久呢？《讒鼎之銘》云：人君天未亮就起來努力從事德政，但後世子孫仍然有的懈怠政事。一直不悔改，怎能長久呢？

晏嬰問：那你怎樣打算呢？

叔向答：晉的公族要完蛋了。我聽說過，公室將要衰微，宗族的枝葉先自墜落，公室也隨着為之衰落。最後回答晏嬰自己的境況：我同宗的十一族，存在的只有我羊舌氏罷了，我又沒有兒子，公室沒有法度，我幸得善終，恐怕也難以延續香火了。

兩位都以國君無道，權力下移為末世，表現了沉痛的憂慮。不過叔向的憂，主要還是公族的淪落，包括他自己的身後蕭條。他說話時，晉仍是趙氏、韓氏、魏氏、范氏、中行氏、知氏六卿專政，他預感最終會落入趙、韓二家（看漏了魏）。晏嬰更多的是憂民，他是公僕，而不是公族；他在體制內，卻立足在體制外。百姓獲得陳氏的好處，很好，問題在小恩小惠，收買人心而已，目的是奪權。不過這裡他還沒有直接批評陳氏。晏嬰的話，聽者會問：何不直接向景公反映，勸諫他呢？有的，《左傳》魯昭公二十六年（公元前 516 年），他就曾當面忠告景公，語重心長，說得更清楚：「**陳氏雖無大德，而有施於**

民。豆區釜鍾之數，其取之公也薄，其施之民也厚。公厚斂焉，陳氏厚施焉，民歸之矣。」國君「厚斂」，陳氏「厚施」。他提出守禮才能挽救困局，然後仔細地闡釋禮的好處。

晏嬰跟叔向說話時，陳氏尚未掌握全權。七年後（昭公十年，公元前 532 年），陳無宇把兩個沉迷酒色的執政欒施、高強趕走，晏嬰仍能說服陳氏把所得的采邑歸公。陳齊取代姜齊，是在晏嬰和景公去世以後的事，其時已進入戰國許多年了。有晏嬰在，齊國還差堪維持大國的國勢。然則晏嬰的遠見，又勝人一籌。

魯昭公三年這文章，難得聽到當世兩位名賢的肺腑之言，不是那種外交的客套，更不是策士的花言巧語。我們要留心聆聽兩位的說話：說什麼，同時怎麼說。他們說話平實，沒有誇飾，沒有美化自己，誠懇、具體，既同病相憐，又微妙地各自表述，一個始終關心國家的前途，另一個則悲國家始，悲自己終。無論如何，反映了春秋中後期的歷史變化。晉、齊當時是盟國，又有政治婚姻的維繫，但政局瞬息萬變，佳偶翻成怨偶，例子還會少嗎？他們各自說到本國的危機、後果，那可能成敵人誣告的藉口：洩露國家機密，私通外國。他們絕不天真，老成謀國，老友之前，卻又沒有戒心。這所以說，真正的政治家，並不搞政治；搞政治的是政客。

在《晏子春秋》裡，還收錄了叔向與晏嬰多次的談話，一次叔向問起晏嬰在亂世裡大家都不守道德，國君又邪僻不行禮義，公正與道德陷於兩難，公正就會拋棄人民，保有人民卻會拋棄道德（「**正行則民遺，曲行則道廢**」）。這樣的時代應如何自處呢？。晏嬰答：

> **卑而不失尊，曲而不失正者，以民為本也。苟持民矣，安有遺道；苟遺民矣，安有正行焉。**

他順着「**正行**」、「**曲行**」說，能保持尊嚴就不卑微，行為公正就不枉曲，這是因為以人民為根本。如果保有人民，又怎會拋棄道德；

如果拋棄人民，又怎會有公正的行為呢。這是後世「以民為本」思想的濫觴。

另一次，叔向又問晏嬰怎麼樣的思想才算高尚，怎麼樣的德行才算淳厚。晏嬰答：

> 「意莫高於愛民，行莫厚於樂民。」
> 又問曰：「意孰為下？行孰為賤？」
> 對曰：「意莫下於刻民，行莫賤於害民也。」

晏嬰汲汲以愛民、樂民為念，貶斥刻薄、賤害人民，而且身體力行，這是先秦政治家最動人的話。不恤民，多少解答了末世之由，所以這裡不吝多引。

原文

一

三年春王正月[1]，……。齊侯使晏嬰請繼室於晉[2]。

……既成昏[3]，晏子受禮[4]，叔向從之宴[5]，相與語。

叔向曰：「齊其何如？」

晏子曰：「此季世也，吾弗知[6]，齊其為陳氏矣[7]。公棄其民，而歸於陳氏。齊舊四量，豆、區、釜、鍾[8]。四升為豆，各自其四，以登於釜，釜十則鍾[9]。陳氏三量，皆登一焉[10]，鍾乃大矣。以家量貸，而以公量收之[11]。山木如市，弗加於山[12]；魚鹽蜃蛤，弗加於海[13]。民參其力，二入於公，而衣

食其一^[14]。公聚朽蠹^[15]，而三老凍餒^[16]。國之諸市，屨賤踴貴^[17]。民人痛疾，而或燠休之^[18]。其愛之如父母，而歸之如流水。欲無獲民，將焉辟之^[19]？箕伯、直柄、虞遂、伯戲^[20]，其相胡公、大姬已在齊矣^[21]。」

叔向曰：「然。雖吾公室，今亦季世也。戎馬不駕^[22]，卿無軍行^[23]；公乘無人^[24]，卒列無長^[25]。庶民罷敝，而宮室滋侈^[26]。道殣相望，而女富溢尤^[27]。民聞公命，如逃寇讎。欒、郤、胥、原、狐、續、慶、伯^[28]，降在皂隸^[29]。政在家門^[30]，民無所依。君日不悛^[31]，以樂慆憂^[32]。公室之卑^[33]，其何日之有？《讒鼎之銘》曰^[34]：『昧旦丕顯，後世猶怠^[35]。』況日不悛，其能久乎？」

晏子曰：「子將若何^[36]？」

叔向曰：「晉之公族盡矣。肸聞之，『公室將卑，其宗族枝葉先落，則公室從之^[37]。』肸之宗十一族，唯羊舌氏在而已。肸又無子，公室無度^[38]，幸而得死^[39]，豈其獲祀^[40]？」

——《左傳》昭公三年，公元前 539 年

注釋

[1] 三年春王正月：三年，魯昭公三年，公元前 539 年。

[2] 齊侯使晏嬰請繼室於晉：齊侯，齊景公。晉平公之妾少姜，乃齊女，平公視之如正室，早卒。景公派晏嬰出使晉國，安排再把齊女嫁給平公為繼室。

[3] 既成昏：成昏，猶訂婚。

[4] 晏子受禮：晏嬰接受晉國的宴請。

[5] 叔向從之宴：晉國大夫，羊舌氏，公族，羊舌複姓，字叔向，名肸。肸，音思。

[6] 此季世也，吾弗知：季世，末世、衰微之世。弗知，是古人慣用語，不是不知，而是「不保」，齊國將會不保。

[7] 齊其為陳氏矣：陳氏，即田氏；陳、田古音通，後來陳氏改為田氏。齊桓公十四年，陳厲公子陳完（即田敬仲）因陳國內亂，逃往齊國，為齊桓公工匠。後來陳氏後代不斷強大，傳至田常（陳成子），弒齊簡公，立齊平公，自任國相，專權。至田和，終於在公元前 404 年奪取了齊的政權。

[8] 齊舊四量，豆、區、釜、鍾：量，量器。姜齊舊有豆、區、釜、鍾四種量器，四進位制，後來田齊改為五進位制。

[9] 四升為豆，各自其四，以登於釜，釜十則鍾：四升為一豆，四豆為一區，一區為一豆六升；四區為一釜，一釜為六豆四升。十釜為鍾，一鍾乃六斛四豆：

四升為豆	1 升容量約為 204 至 210 毫升
四豆為區	1 豆容量約為 1,024 至 1,300 毫升
四區為釜	1 區容量約為 4,200 至 4,847 毫升
十釜為鍾	1 釜容量約為 20,460 至 20,580 毫升

[10] 陳氏三量，皆登一焉：陳氏有豆、區、釜三等量器，都比齊的量器增加，以五升為豆，以五豆為區，五區為釜。

[11] 以家量貸，而以公量收之：貸，借出。大豆借出，小豆收回，以私人的量器計算借出，以公家的量器計算收回。

[12] 山木如市，弗加於山：木，木材。如，往。山上的木材到市上售賣，不會貴過山上。

[13] 魚鹽蜃蛤，弗加於海：魚、鹽、蜃、蛤，運到城裡售賣，不會貴過海邊。

[14] 民參其力，二入於公，而衣食其一：人民的勞力分作三分，其二繳給了公家，只餘下其一維持衣食。

[15] 公聚朽蠹：蠹，音到，蛀蟲。公家國庫裡積聚的食糧腐朽、被蟲蛀。

[16] 而三老凍餒：三老指上壽、中壽、下壽的老人。按古禮，這些老人應受到國家的撫恤，如今卻挨凍抵飢。

[17] 屨賤踊貴：屨，音句，用麻、葛編成的鞋子，漢以後稱履。踊，假足。

[18] 而或燠休之：燠，音郁，暖。休，同「煦」。燠休，同義連用。燠休之，指給百姓溫暖，另一解作安慰人的聲音，引申為親切地慰問。

[19] 將焉辟之：辟，同「避」。言無法避免人民歸順陳氏。

[20] 箕伯、直柄、虞遂、伯戲：都是舜的後人、陳氏先祖。

[21] 其相胡公、大姬已在齊矣：相，輔佐。胡公，名滿，箕伯等四人的後代。周初，胡公被封為陳國國君。大姬，即太姬，胡公的夫人。指陳氏祖先的鬼神已在齊國，暗示陳氏即將獲得齊國的政權。

[22] 戎馬不駕：戰馬不用駕兵車。

[23] 卿無軍行：晉軍由卿帶領軍隊。軍行，軍事行動。眾卿已不率領公室的軍隊。

[24] 公乘無人：公，公家，諸侯，即晉君。乘，音盛，指戰車；名詞。公家的戰車，已沒有御者和車右。

[25] 卒列無長：卒，百人的行列。無長，指軍的行列，已無可用的長官。連上四句，指晉軍廢弛。

[26] 庶民罷敝，而宮室滋侈：罷，同「疲」。敝，困乏。滋，增多。百姓疲勞困乏，而宮室更加奢侈。

[27] 道殣相望，而女富溢尤：殣，音僅，餓死的人。女富，指受國君寵愛的妻妾。溢尤，過度、過份。指餓死在路上的人處處可見，而嬖寵之家則富裕得太過。

[28] 欒、郤、胥、原、狐、續、慶、伯：八姓皆晉大族，欒枝（欒，音聯）、郤缺（郤，同「隙」）、胥臣、原軫（又稱先軫），五氏皆晉卿。續簡伯、慶鄭、伯宗，三氏皆大夫。

[29] 降在皂隸：皂隸，指低下的役吏。地位下降為低下的役吏。

[30] 政在家門：家門，即私門，大夫之家，相對於公家。指政權落在大夫手中。

[31] 君日不悛：悛，音宣，悔改。國君一直不知悔改。

[32] 以樂慆憂：慆，通「韜」，掩蓋、隱藏。用玩樂來掩蓋憂患。

[33] 公室之卑：公室，指國君。卑，卑微、衰微。

[34] 《讒鼎之銘》：讒鼎，鼎名。

[35] 昧旦丕顯，後世猶怠：昧旦，天將亮之時。丕，大。二句指天未亮即起來工作，可以成就偉大的功業，後世仍然會出現懈怠的子孫。

[36] 子將若何：若何，怎麼辦。你會怎麼辦呢？

[37] 肸聞之，「公室將卑，其宗族枝葉先落，則公室從之。」：肸，叔向自稱。見注 [5]。「枝葉先落」的說法，顯然是當時慣語，《左傳》閔公三年載仲孫湫對齊桓公云：「臣聞之：『國將亡，本必先顛，而後枝葉從之。』」叔向稍加調動。

[38] 公室無度：無度，沒有法度。

[39] 幸而得死：人皆會死，故死並非不幸。得死是死得其所，指善終。

[40] 豈其獲祀：獲祀，獲得祭祀。哪裡還敢希望獲得後人的祭祀？

原文

二

齊侯與晏子坐於路寢[1]。公歎曰：「美哉室！其誰有此乎[2]？」

晏子曰：「敢問何謂也？」

公曰：「吾以為在德[3]。」

對曰：「如君之言，其陳氏乎？陳氏雖無大德，而有施於民。豆區釜鍾之數，其取之公也薄，其施之民也厚[4]。公厚斂焉，陳氏厚施焉，民歸之矣。《詩》曰：『雖無德與女，式歌且舞[5]。』陳氏之施，民歌舞之矣。後世若少惰，陳氏而不亡，則國其國也已[6]。」

公曰：「善哉！是可若何？」

對曰：「唯禮可以已之[7]。在禮，家施不及國，民不遷，農不移，工賈不變[8]，士不濫[9]，官不滔[10]，大夫不收公利。」

公曰：「善哉！我不能矣。吾今而後知禮之可以為國也。」

對曰：「禮之可以為國也久矣，與天地並。君令臣共[11]，父慈子孝，兄愛弟敬，夫和妻柔，姑慈婦聽，禮也。君令而不違，臣共而不貳；父慈而教，子孝而箴[12]；兄愛而友，弟敬而順；夫和而義，妻柔而正；姑慈而從，婦聽而婉：禮之善物也。」

公曰：「善哉！寡人今而後聞此，禮之上也。」

對曰：「先王所稟於天地以為其民也，是以先王上之[13]。」

——《左傳》昭公二十六年，公元前 514 年

注釋

[1] 齊侯與晏子坐於路寢：路寢，也叫正寢，天子、諸侯的正宮，是處理朝政的地方。

[2] 其誰有此乎：這是齊景公的感歎，以為這樣美好的宮室，不知將來為誰所有。

[3] 吾以為在德：我以為（政權）將落入有德行的人手上。

[4] 豆區釜鍾之數，其取之公也薄，其施之民也厚：見前篇注 [10]、注 [11]。

[5] 《詩》曰：「雖無德與女，式歌且舞」：見《詩經 · 小雅 · 車轄》，女，通「汝」。式，當。意思是雖無大德與人，也博得人民的歌頌。

[6] 後世若少惰，陳氏而不亡，則國其國也已：後世，指齊後來的君主。少惰，少，通「稍」，稍為懶惰。而，如果，意思轉折之詞。齊國將為陳氏所取代。第一個國作動詞用。全句：後代假使稍微懶惰，陳氏如果不滅亡，那麼國家就成為他的國家了。

[7] 唯禮可以已之：已，止，制止。

[8] 民不遷，農不移，工賈不變：不遷、不移、不變，指平民能安定生活，世守其業。

[9] 士不濫：濫，失職。

[10] 官不滔：滔，怠慢。

[11] 君令臣共：共，通「恭」。

[12] 子孝而箴：箴，諫誡。兒子孝順而多諫誡。

[13] 先王所稟於天地以為其民也，是以先王上之：稟，承受。為，治理。上，崇尚。全句意謂先王從天地承受了禮節，用作治理，這所以先王崇尚禮節。

21

貴賤，你真懂得麼？

——景公欲更晏子之宅

　　晏嬰（？至公元前 500 年），是春秋時期齊國一個有趣，也很有意思的人物，歷事靈公、莊公、景公。戰國時有人收錄他的言行，成《晏子春秋》一書。這書過去被認為是偽書（柳宗元），1972 年銀雀山西漢古墓《晏子》殘簡出土，証明至遲是漢以前的作品。〈景公欲更晏子之宅〉一文也見於《晏子春秋》。

　　文初寫齊景公見晏嬰的居所靠近市集，狹小、潮濕，又嘈吵，要替他更換豪宅。晏嬰推辭了，他一生儉樸。他的回答謙遜、得體：一來，這是先人的舊宅，自己還不配繼承祖業呢。晏嬰父親晏弱，曾為齊上大夫。二來，靠近市集，要買什麼都方便。實在不敢勞煩工作人員。

　　話題一轉，景公忽然問起市集：既然靠近市集，你懂得什麼是貴，什麼是賤嗎？表面看，很輕鬆，那是順着市集說開去，問的是物價。細味一下，他毋寧是笑晏嬰身居顯貴之位，卻情願住在貧賤之所，那其實是人的身份問題。就考考你，你真懂得貴賤麼？

　　怎敢不懂得？再追問，晏嬰答：「踊貴，屨賤。」簡單的四個字，聽來荒謬，卻有很沉重的力量。這種對話，外人未必了解，是話裡有話，有影射。想來想去，覺得還是克里斯特娃（Julia Kristeva）的所謂「互文性」（intertextuality）較貼切：語帶雙關，有呼應，又有易位、深化，從一個文本系統轉移到另一個文本系統。《左傳》作者在四字

之前先插入一筆，為我們解畫：原來當時景公的刑罰繁多（「**於是公繁於刑**」）。「**繁**」字，很概括，其實是既濫用又殘酷，當時受刖足之刑的人甚多，商人因應需求，大做假足生意。被砍足的人，還用買鞋麼？鞋價因而賤了。此說容或誇張，卻擊中時弊的要害。多麼荒謬的現象，源自扭曲不仁的刑法。晏嬰這話不過順水推舟，景公心裡明白，於是簡省了刑罰。周代的五刑是「墨、劓、宮、刖、殺」。刖，音翡；或稱刖，音月，都是指斷足之刑。《尚書・呂刑》記周穆王時的五刑，條文多至三千，刖罰之屬佔了五百，十分可怕。倘斷案有疑，不是「利益歸於被告」，而是「從輕處罰」，真是寧枉毋縱，還好，改為罰錢，而這已算是慎刑了。今天看來，五種刑罰都不人道。較近人道的，反而是殺。人可殺，不可辱。何況君主動不動就下刑呢？

荆足的刑罰，還扭曲了正常的市場經濟。先秦市場的設立，始自春秋時齊桓公的賢相管仲，目的是讓人民互通有無，市賤鬻貴，並且管制物價（見《管子・揆度》）。春秋人物，我以為孔子、管仲、晏嬰最了不起。孔子是中國哲學的巨人，我們比較熟悉。管仲留下的《管子》或是其後學的書寫，也非一人或一時之作，畢竟體現管仲治國安邦的理念，內容包括政治、經濟、自然科學各方面的論述，同時充滿人文精神，是後世「以民為本」的先聲，齊桓公的盛業，沒有管仲，何能臻此？至於晏嬰，到他當政時，齊的國勢已不如前，他要輔佐的是另一個奢侈、貪逸，甚而相當殘暴的景公。景公這君主，《史記》說他「**好治宮室，聚狗馬，奢侈，厚賦重刑**」，又相當迷信，他唯一的好處是尚能納諫。晏嬰的做法是針對君主的惡行，以身作則，提倡勤儉廉潔，穿黑布衣、鹿皮袍，坐陋車，駕劣馬，因此被人投訴。他同時務實愛民，拒受美色，——景公見他的妻子老且醜，想送他一個女兒為妾，他拒絕了，說妻子目前誠然是老且醜，但我們一起生活久了，我見過她既年輕又美麗的日子，那時她託付予我，豈能至此拋棄呢？

所謂情義，不是大多數男子能夠做到。何況那是個可以妻妾成群

的時代，更難。晏嬰還饒有風趣、機智，絕對不是一個悶蛋。我們少年時就聽過晏子使楚的故事，因為個子矮小，楚人要羞辱他，在大門旁為他另開一小門，他拒絕了，說出使狗國才從狗門進入。另一次，楚王宴請晏嬰時，故意帶上一個齊國偷竊犯，問：齊國人原來都喜歡盜竊麼？晏嬰答：桔生於淮南是桔，生於淮北則為枳，這是水土不同之故；民生於齊不盜，到了楚則盜，莫非楚國的水土使人愛好盜竊？如今的年輕人，知道這些故事嗎？

讀《晏子春秋》，只見晏子不斷進諫，用上各種妙法，景公則勇於認錯，但死不改過。這次是酷刑、濫刑的問題。不過，如果貿然進諫，直斥其非，成功機會甚微，何以見得？晏嬰已表明不想更換大屋，景公就趁晏嬰出使時，派人把他的住所改了。看，你婉轉批評的刑罰，就簡省好了，但我對貴賤的想法還是對的。我任趙紱豪宅，跟我辦事，豈能不住大宅？說得不好聽，狗瘦主人羞。你卻之，可就不恭了。這是作為老闆的一種微妙的心理。他如果不是永遠都對，也要下臺的面子；他給你好處，你要懂得謙讓，要讓得有分寸，再讓，就是不賞面了。誰知晏嬰回來，拜謝之後，又把它改回舊貌。

晏嬰看似不近人情，不是的。原來改宅事小，改的還有住在上面的其他人。擴充住所，先要逐出鄰居，且不說是否有補償，補償又是否合理，本身就是侵民，這才是晏嬰更大的關心。晏嬰的貴賤，是品格問題，與財富、權勢無關。富與貴，是有分別的。晏嬰的後輩孔子說：「**不義而富且貴，於我如浮雲。**」「**且**」是再進一層。孔子之妙在對那些虛無飄渺的東西忽然來一個「浮雲」的比喻，簡直是英國那些浪漫詩人的祖師，而且用得更貼切。不過他也未免過慮，不義而富，那是暴發，並不能令人變得尊貴。

富，並非美德，當然也並非不道德。但財富只受拜金之徒膜拜，並不令正常人尊敬，而暴發戶的行徑往往很討厭。過去，尚富嫌貧的是極度迷信鬼神的殷人，以為富是福，貧是惡，為了致富、脫貧，可以恬不知恥（見《尚書·洪範》）。周人制禮，風尚轉移，講的

是貴賤。這所以周的確比商進步。貴，封建的時代來自血緣、身份，現代的社會則要看行為、品格。貴本身也是一種資產；貴者大多富有，不過也不能一概而論。當代那個窮得要命的德蘭修女（Mother Teresa），我不是信徒，仍覺得她很尊貴。影星柯德莉‧夏萍（Audrey Hepburn）晚年借助自己的名氣，為非洲饑餓的兒童呼籲，同樣很尊貴。古代這位晏嬰，也是不富而貴。他認為法律對貴者賤者應該一視同仁（「權有無，均貧富，不以養嗜欲；誅不避貴，賞不遺賤」，見《晏子春秋‧景公問古之盛君其行如何晏子對以問道者更正》）。這是許多許多年前的話，而且不是空口講的。他把住宅改了的改回來，請鄰居回到舊宅。而且引用諺語：人之於居所，求神拜佛，並非冀求好的地方，而是期盼好的鄰居（「非宅是卜，維鄰是卜」）。人才是最重要的，是一個地方的靈魂。是的，東南西北，何處不可以為家？問題在人要身心安頓，從學會行走開始，人一直在尋找牢靠、安頓之所。

還有，是鄰居先已「卜鄰」，再向自己表達好意。人情一把鋸，你來我往。晏嬰並不相信鬼神，在《左傳》、《晏子春秋》裡可見，他不過投其所好，然後指出違卜則不祥。面對這樣的老闆，說話不得不婉轉：「君子不犯非禮，小人不犯不祥，古之制也。」這裡的君子小人，指的是地位，好像說根據古制，閣下不要犯非禮，鄙人也不敢犯不祥。

話說得真好，各方面都照顧到。世傳諸葛亮的〈出師表〉感人肺腑，能「動之以情，說之以理」云云，從今天的角度看，諸葛先生游說的技巧，用一句英譯的濫調是「有改善的空間」（room for improvement），可惜沒有改善的時間。事實也說明他的游說是失敗的。我們是否可以從對面設想一下呢？這信是寫給一位地位最高，卻被大家看得最低的讀者，如果不從接受者的角度去考慮，何異於公審？細味諸葛先生整個表述，那種高姿態，毋寧是為自己向歷史交代，向忠君愛國的傳統作証。而這個歷史、傳統是一個啞口無言的眾數。信中太多的「先帝」，七百多字，先帝十三次，每提一事，即祭

出先帝，試想想：一位兩朝開店的功臣，向富二代的老闆進諫，卻口口聲聲他過世的「老頭子」：因為你老子，我才效忠於你這小子。他會怎麼想？如果他真會想，也不用苦勸了。這一個龐大的壓力，那一個沉重的包袱，如果他不反叛，不裝瘋，那就太不正常了。早在先秦時代，韓非曾剖析游說之難：不在個人才智不足，不在口才不佳，也不在沒有勇氣把意見全部表達，難在什麼呢？難在把握游說對象的心理，然後相體裁衣，為他設計一套說辭：「**凡說之難，在知所說之心，可以吾說當之。**」（《韓非子・說難》）韓非是第一個從接受者的角度去考慮游說策略的人。

晏嬰的話說了，景公仍然堅持，不許。晏嬰請託第三者陳桓子再進言，最終獲得許可。陳桓子不見得比晏嬰更會說話，更為景公設想，陳桓子的後人，就把姜齊取代為田齊。但這是一個下臺階。

晏嬰除了機智善辯，他的政治智慧，也高於後世許多的名相、思想家。其一，在《左傳》中，他曾自稱忠的不是君一個人，而是社稷，所以他拒絕為某一個君殉難。他其實區別了國君和國家。其二，我們經常聽到香港的高官說：以民為本。這話原來是晏嬰回答晉國大夫叔向時說的。晏嬰把「民」和「道」結合：保有百姓，又怎會遺棄道義；遺棄百姓，行為又怎會公正？但這可不是空話。上述兩點，前文已加以分析。此外，他又提出「**君得罪於民，誰將治之？……民誅乎？**」比他年輕得多的孔子未提當「**君不君**」的權力轉移問題，他竟說出「**民誅**」。到了戰國的孟子，才婉轉說可以誅殺「**獨夫**」。孔子、孟子其實都受益於這個小個子。我們，從晏嬰又得到什麼啟示呢？

我曾到臨淄尋訪晏嬰的墓地，《史記》載其墓在齊子城北門外，即晏嬰故宅附近，他自己說：「**吾生近市，死豈易吾志。**」今北門外已成大片農田，種的主要是粟，那是晏嬰長年「**肉不足**」的「**脫粟之食**」。在田間小路找了老半天，不斷問人，反而可以找到「稷下學宮」遺址、孔子聞韶處，到終於找到了，我其實也高興了老半天。

原文

　　初，景公欲更晏子之宅[1]，曰：「子之宅近市[2]，湫隘囂塵[3]，不可以居，請更諸爽塏者[4]。」

　　辭曰[5]：「君之先臣容焉[6]，臣不足以嗣之，於臣侈矣[7]。且小人近市，朝夕得所求，小人之利也。敢煩里旅[8]？」

　　公笑曰：「子近市，識貴賤乎？」

　　對曰：「既利之，敢不識乎？」

　　公曰：「何貴？何賤？」

　　於是公繁於刑[9]，有鬻踊者[10]。故對曰：「踊貴，屨賤[11]。」既已告於君，故與叔向語而稱之[12]。景公為是省於刑。

　　君子曰：「仁人之言，其利博哉[13]！晏子一言，而齊侯省刑。《詩》曰：『君子如祉，亂庶遄已[14]。』其是之謂乎！」

　　及晏子如晉[15]，公更其宅。反，則成矣[16]。既拜，乃毀之，而為里室[17]，皆如其舊，則使宅人反之[18]。曰：「諺曰：『非宅是卜，維鄰是卜[19]。』二三子先卜鄰矣[20]。違卜不祥。君子不犯非禮，小人不犯不祥，古之制也。吾敢違諸乎？」

　　卒復其舊宅。公弗許。因陳桓子以請[21]，乃許之。

——《左傳》昭公三年，公元前 539 年

注釋

[1] 景公欲更晏子之宅：景公，齊景公，在位五十八年（公元前547年至公元前490年）。更，更換。

[2] 子之宅近市：市，市集。

[3] 湫隘囂塵：湫隘，低濕狹小；湫，音舟。囂塵，喧囂嘈雜，塵土飛揚。

[4] 請更諸爽塏者：爽，通爽明亮。塏，音海，高而乾燥之地。

[5] 辭曰：辭，推辭。

[6] 君之先臣容焉：指晏嬰的祖父、父親。容，居住。晏嬰父祖俱居住於此。

[7] 臣不足以嗣之，於臣侈矣：晏嬰謙稱不配繼承父祖，住這樣的地方已覺奢侈了。

[8] 敢煩里旅：敢，豈敢，古人謙詞，這裡晏嬰用了好幾次。里旅，掌管卿大夫住宅的執事。

[9] 於是公繁於刑：是，時。這時景公的刑罰繁多。

[10] 有鬻踊者：鬻，音育，賣。踊，音擁，假足。

[11] 屨賤：屨，音句，草鞋。

[12] 故與叔向語而稱之：叔向，晉國大夫，晏嬰好友，兩人經常交流想法。

[13] 仁人之言，其利博哉：《左傳》作者喜歡插入對事件的評論，這個人有時是孔子，有時是所謂君子。博，廣博，指廣大。這裡說仁人的話，好處很大。

[14] 君子如祉，亂庶遄已：見《詩經·巧言》。祉，福祉。遄，快速。已，止。君子如果降福，禍亂立即停止。

[15] 及晏子如晉：如，往。

[16] 反，則成矣：反，通「返」。晏嬰回來，景公已完成更改了。

[17] 而為里室：里室，鄰人的住所。

[18] 則使宅人反之：晏嬰改回舊宅，讓鄰居回來。

[19] 諺曰：「非宅是卜，維鄰是卜」：諺，諺語，流行的說話。要占卜的不是住宅的凶吉，而是鄰居的好壞。

[20] 二三子先卜鄰矣：二三子，指二三個鄰居；二三為泛指。意思是那些鄰居先卜鄰的。

[21] 因陳桓子以請：因，通過、經由。陳桓子，即田桓子，齊國另一重臣。晏嬰託他向景公再請求。

22

不懂史，何能識？更何能通識？
——伍子胥反對吳越講和

一

　　春秋末期，焦點轉向南方吳、越兩國的爭霸。兩國的興起好像很突然，這是《左傳》側重北方晉、鄭、齊、魯列國，對秦，以至對南方，着墨較少之故，也許寫作者是北人，南方史料不足也未可知。其實楚、吳、越三國經過漫長的發展，一直吸收北方的經驗，且能保持本土的特色；而後發往往先至，北方則曾經長年累月地爭戰。南方歷史，其中有一個人物，貫串楚、吳、越三國，舉足輕重，他是伍子胥。

　　伍子胥本來是楚國公族，曾祖父、祖父及父親伍奢都是楚的重臣。伍奢是太子建的老師，因太子被佞臣誣陷而受牽連下獄。楚平王要脅子胥和其兄長伍尚一起前來營救，否則便把他們的父親殺死。伍子胥勸兄長不要上當，認為楚平王其實想剷除他們一家，不如留有用之身，伺機復仇。但伍尚不忍，去了，果然就和伍奢一起被處決。伍子胥幾經艱苦，輾轉逃亡吳國。到吳後，他一心想策動吳國伐楚復仇，可是吳公子光正密謀奪權篡位，只顧內爭，他只好為公子光介紹勇士鱄設諸（《戰國策》、《史記》稱專諸）刺殺吳王僚。光登位為吳王闔廬；伍子胥則任命為行人（外交官）。

　　吳越兩國接壤，語言相通，文化類似，但同中有異，在強凌弱、眾暴寡的年代，難免鷸蚌相爭。開初，吳受晉的協助，獲派叛楚入晉

的巫臣（又是楚人）教之乘車、戰陣，更「**教之叛楚**」，發展比越快。越轉過來依附楚。楚平王伐吳，越為楚造船。南方的戰爭，轉而大量利用戰船。

魯定公五年（公元前 505 年），越趁吳大軍在外，攻入吳國。定公十四年（公元前 496 年），吳王闔廬趁越王允常過世，大舉伐越，戰於檇李。勾踐出奇制勝，使罪犯排成三行，把劍架在頸脖上，聲稱違反了軍令，要求一死，說完就集體自殺，看得吳軍目定口呆。越軍乘機進攻，結果大敗吳軍。闔廬腳趾受傷致死。夫差繼位後，誓要報父仇，派人站在庭院前，每次見他出入，就大聲說：「**夫差！而忘越王之殺而父乎？**」他總會答：「**不敢忘！**」

吳越兩國，一直冤冤相報。三年後，夫差終於在夫椒大敗越國（魯哀公元年，公元前 494 年），大軍進入了越境。《左傳》記載，越王勾踐帶領披甲持盾的五千士卒退守到會稽山，派大夫文種通過吳國太宰伯嚭去求和。《左傳》一書至此，已近尾聲了。吳王夫差打算答應。但伍子胥期期以為不可，引古語說：「**樹德莫如滋，去疾莫如盡。**」（樹立德行不如越多越好，去除疾病不如越徹底越好）他主張要把握時機，斬草除根。他看到夫差要北上爭霸的野心，但後防並不牢靠。接着，他舉了一個歷史事例：夏朝少康復國，說得很詳細，要夫差以古為鑑。

他說：從前過國的國君澆滅了斟灌，又攻打斟鄩，殺死了在斟鄩避難的夏朝君主相。相的妻子后緡剛懷了孕，從城牆的小洞裡逃出，逃回娘家仍國，生下少康。少康長大後當了仍國的牧正，對殺父的澆，既懷恨，又戒備。澆派椒去追殺少康，少康逃到虞國，在那裡當上了庖正，得以避禍。虞國君更把兩個女兒嫁給他，封他到綸邑，有方圓十里的土地，有五百名士眾，他廣施德政，開始謀劃復國，並且收羅夏的餘部，安撫他們做官，派女艾去刺探澆，派兒子季杼去利誘澆的兄弟豷，結果滅掉了澆的過國和豷的戈國，復興了禹的業績，祭祀夏的祖先，並祀享天帝，恢復了從前的典章制度。

然後，伍子胥說完了古代的一個故事，轉到當下吳越的形勢來：吳不如過，而越又比少康強大。要是一面想不滅越而另一面又要使吳壯大，不是很難的嗎？

然則少康這個歷史人物，照敍事的取態看，是正面的，艱苦經營，取得民心，越人毋寧在演這個角色，不容輕視。少康能從小小的土地、少少的士眾出發，尚且能夠重建國家。越之為後患，除了「**越大於少康**」，伍子胥指出：還因為越王勾踐同樣能夠親愛人民，致力施恩，施恩就不會失掉人心，親民就不會忘記有功的人。越國同我們國土相連，成為世仇。打了勝仗而不乘勢把它滅掉，卻要保存它，這就違背了天意，助長了仇敵，將來後悔，也已太遲。吳國的衰亡，恐怕為期不遠了。吳國地處夷蠻之間，又助長仇敵，這樣做而想稱霸，必定行不通。

吳王夫差不聽，他並沒有汲取歷史教訓。伍子胥退出來，對別人說：越國用十年來繁衍積聚，用十年來教育訓練，二十年後，吳國大概會變成荒沼了。

其後三月，越國和吳國講和。再然後，當夫差北上爭霸，後防空虛，越乘機伐吳，把吳都侵佔了，並且堵截吳的歸路，最後三戰三敗吳國。這一次輪到夫差求和，被拒絕了，結果身死國亡。伍子胥說了許多許多年的過去，卻預告了二十年後的將來。他懂得歷史，會活用歷史，所以能洞悉眼前的問題。當然，少康的故事我們可以追問：根據哪一本歷史書？但質疑，也需出自對歷史的認識。別暴露自己的無知，除非你真想求知。

二

夫差顯然不懂歷史，不能從歷史中汲取教益。然則這是學習歷史的好處。今天的時間不能複製過去的時間，但時間並非沒有意義，當我們說時間，就意含對過去、現在和將來的分辨。沒有對過去的記憶

和認知，就不能分辨現在，更遑論計劃將來。人類文明的進步，就靠對過去的記憶和認知。青少年的學習，如果有什麼必修，除了語文，就是本國的歷史。一個沒有歷史，或者不尊重歷史的城市，只是了無掛搭的浮城，何能奢談願景（vision）？不懂史，何能識？更何能通識？

再說，文明古國中當以中國最重視歷史，古人為我們留下這方面豐厚的資產。國家大事例如祭祀，固然有史官隨侍記錄，例如打仗，也會隨行，像隨軍記者。就是盟會、外交活動、出巡、打獵、宴飲，都有史官做記錄。《史記・晉世家》記周成王跟叔虞玩耍，把桐葉削成珪形，送給叔虞，說：「**以此封若**（把這個封賜給你）」。叔虞是成王的弟弟；珪，是封建的証物。史佚因此請求擇定日期。成王答：我跟他是開玩笑罷了。史佚說：「**天子無戲言，言則史書之，禮成之，樂歌之。**」成王於是封叔虞於唐。這所以天子不得不慎言，不得不慎行。其實，連國君、世子等流亡，也有史官跟着流亡。晉文公重耳在國外輾轉十九年，沒有史官如影隨形，具體細節，我們從何得知其經歷？

這種記錄，目的是什麼呢？為了反省，為了借鑑，為了除錯。而這不僅有助眼前個人的反省、借鑑，更是將來子孫的、全族的、所有人的資產，對行政、教育，以至各方面的做人處世，都是最好的參照。至於培養民族感情，不讀史，何能臻此？在更遙遠的古代，當政權與神權結合的時代，史官同時是巫師，掌天人之學，是作為人神的橋樑。到了春秋，史官是更近於人而漸遠於神。春秋的史官固然記錄占卜、各種夢兆，對史事的記錄，更是當仁不讓，尊而重之。即使受政權的壓迫，寫了，就不能改，不肯改，不惜犧牲性命。崔杼因為史官寫「**崔杼弒其君**」，連殺了三個，一個都不肯改，只好放下屠刀。同樣當史官書「**趙盾弒其君**」，趙盾無可奈何，唯有長吁短嘆；即使當時的晉人以趙盾為忠。大家都重視歷史，或正或負地尊重寫歷史的人。

有時，史官甚至直接扮演諫官，例如《國語・魯語》載，史官

里革秉筆修改魯宣公的命令，理由是宣公收了賄賂，讓弒父的莒國太子封邑。另一次，里革把魯宣公的漁網剪斷丟棄，還指責他貪得無厭。事緣夏天時宣公用漁網捕魚，里革認為不對，因為這是魚分群產卵的生長期。他講了一番捕獵要符合時令的道理。山上不砍新生的嫩樹，湖澤不割初長的草木，捕魚不撈魚子，要讓幼鹿小麑長大，要保護小鳥，等等，以便大自然動植物繁殖。今人也有休魚期，讓小魚好好長大，不要趕盡殺絕。二千多年前，他已懂得萬物互相依存，要保護自然資源，卻說是「**古之訓**」。先秦的古人已夠古的了，可往往說古訓、古制，引史事、引詩。今人既不可能也不需要照古全收，更不是不可以加以批判。經驗向我們開放，我們是可以選擇的。我們每天都在參照經驗，做着這樣那樣大小的選擇。年輕時讀到「全盤西化」的討論，覺得很荒謬，生活在華人的現代社會，衣食住行，不是孤島，既不可能全盤西化，也不可能全盤中化，實情是，我們中西合而化之。以香港的婚禮為例，不少新婚夫婦早上向父母跪拜奉茶，午間到教堂行禮，晚上再到酒樓飲中式的喜酒，沒有人覺得突兀。

何況，中國歷史的書寫，一向講究敍事的技巧。先秦的史傳，是通過精煉的敍述、精審的話語呈現的，是敍事散文的源頭，是典範，閱讀帶來愉悅，對表情、說理、寫作，也大有裨益。

三

回到吳越講和一文。就文章寫法來說，這是一篇典型的議論文，垂範至今。起首開門見山，表示不同意吳越講和。理念之後必須解釋，解釋最好的方法莫如借助適切而具體的例子，古今中外俱可。伍子胥只選擇了一個史例，於是集中火力，把這個例子講好，其中還隱藏了他個人的經驗，又引了古語，再從例子轉入當前的處境，兩造對照，從正反兩方面考量。收結時，再指明吳越講和有什麼惡果。這種二千五百年前說理的方法，今人竟難以脫離窠臼。

伍子胥的話，有幾點值得注意。其一，他強調少康與勾踐能愛民、不忘有功之人，能生聚，能教訓，這是強本，其實是婉轉勸喻夫差，要牢固根基。魯哀公元年八月，即同一年之後數月，楚子西曾比較闔廬和夫差兩父子，說父親勤儉愛民，這個兒子呢，奢華貪逸，不恤民力；根基不穩，兼有後患，再勞師北征，這才是亡國之由。

其二，伍子胥本是楚人，助吳伐楚，打到故鄉郢都去；這裡也儼然以吳國人自居。歷史上可沒有人以楚奸責備他，至少當時並沒有。因先秦人的國籍，不能用今人的角度去理解。諸侯列國，理論上同屬周民，朝秦可以暮楚，楚材也可以晉用。這也可見列國的融合與開放。民族主義的利弊，值得深思。狹隘的民族主義，則肯定只有弊而無利。

其三，吳國的先祖是華夏族，但久居南方，與土著融合，與越人同樣斷髮紋身，本來被中原人視為蠻夷。但伍子胥提到吳「**介在蠻夷**」，是自外於蠻夷，這是貶楚越而自抬身價。這時候的楚國，文化水平之高，固然已不能再以蠻夷看待，至於吳越，風俗習慣與中土不同，但的確也不能用蠻夷歧視他們。其中，較早之前吳國公子季札北上外交，其風度與識見，令中原人大為傾倒，他到魯國要求聽樂觀舞，隨聽隨評，表現對周文化深刻的了解。文明與野蠻，中心與邊緣，已不再能從地理去界定了。生活在深山，可以很文明，現代大城市反而充塞衣冠楚楚的野蠻人。

原文

吳王夫差敗越於夫椒[1]，報檇李也[2]。遂入越。越子以甲楯五千保於會稽[3]。使大夫種因吳大宰嚭以行成[4]。吳子將許之[5]。伍員曰[6]：「不可。臣聞之：『樹德莫如滋，去疾莫如盡[7]。』

「昔有過澆殺斟灌以伐斟鄩[8]，滅夏后相[9]。后緡方娠[10]，逃出自竇[11]，歸於有仍[12]，生少康焉，為仍牧正[13]。惎澆能戒之[14]。澆使椒求之[15]，逃奔有虞[16]，為之庖正[17]，以除其害[18]。虞思於是妻之以二姚[19]，而邑諸綸[20]，有田一成[21]，有眾一旅[22]。能布其德而兆其謀[23]；以收夏眾[24]，撫其官職；使女艾諜澆[25]，使季杼誘豷[26]，遂滅過、戈[27]，復禹之績，祀夏配天，不失舊物[28]。

今吳不如過，而越大於少康[29]，或將豐之[30]，不亦難乎？勾踐能親而務施[31]，施不失人，親不棄勞[32]；與我同壤[33]，而世為仇讎[34]。於是乎克而弗取[35]，將又存之，違天而長寇讎；後雖悔之，不可食已[36]。姬之衰也[37]，日可俟也[38]。介在蠻夷[39]，而長寇讎；以是求伯[40]，必不行矣！」

弗聽，退而告人曰：「越十年生聚，而十年教訓[41]，二十年之外，吳其為沼乎[42]！」

三月，越及吳平[43]。

——《左傳》哀公元年，公元前 494 年

注釋

[1] 吳王夫差敗越於夫椒：夫差，吳王闔廬的兒子。越，諸侯國名，姓姒，都於會稽，即今浙江省紹興市。夫椒，越國地名，在今浙江省紹興縣北。

[2] 報檇李也：檇李，越國地名，今浙江省嘉興縣。吳王闔廬在檇李之戰被越國打敗，傷重而死。

[3] 越子以甲楯五千保於會稽：越子，越國國君勾踐。楯，同「盾」，甲楯，穿甲持盾。會稽，

指會稽山，今浙江省紹興市東南。

[4] 使大夫種因吳大宰嚭以行成：種，文種，越國大夫，本是楚國人。因，由於、通過。嚭，音鄙，伯嚭，伯州犁的孫子，後奔吳國為大宰。全句：派大夫文種通過吳太宰嚭去求和。

[5] 吳子將許之：吳子，吳國君夫差。吳國君打算准許越的求和。

[6] 伍員曰：伍員，即伍子胥；員，音雲。楚國人，因父親及兄長為楚平王所殺，故投奔吳國。

[7] 樹德莫如滋，去疾莫如盡：滋，長，多。盡，徹底。樹立德行不如越多越好，去除疾病不如越徹底越好。

[8] 昔有過澆殺斟灌以伐斟鄩：有，發聲詞，無義，一如下文有仍、有虞。過，古國名，今山東省掖縣北。澆，過國國君，寒浞的兒子，寒浞殺后羿，篡取帝位，封澆於過。《史記》載夏禹分封，用國為姓，這是斟灌、斟鄩的由來；二者俱為夏的姒姓諸侯。斟灌故址在山東省壽光市東北，而斟鄩則在山東省濰坊市附近；鄩，音玉。寒浞取得權力後，大舉消除親夏諸侯，斟灌、斟鄩因此被滅。直到少康重奪夏的政權，二斟才得以復國。春秋後，故地俱為齊所有。此外，近年學者認定河南二里頭的夏墟為斟鄩古城，這個斟鄩，太康、羿、桀當曾居住，與澆攻伐的斟鄩有別。

[9] 滅夏后相：后相，夏朝第五代君主。

[10] 后緡方娠：后緡，相的妻子；緡，音民。娠，懷孕。

[11] 逃出自竇：竇，指牆洞。后緡從牆洞逃出。

[12] 歸於有仍：有仍，古國名，后緡的娘家，今山東省濟寧市。

[13] 為仍牧正：牧正，管理畜牧的官。

[14] 惎澆能戒之：惎，音基，忌恨。戒，戒備。既忌恨澆，又要戒備他。

[15] 澆使椒求之：椒，澆的臣子。求之，追殺他。

[16] 逃奔有虞：有虞，古國名，姓姚，今山西省永濟市。

[17] 為之庖正：庖正，管理膳食的官。

[18] 以除其害：除，避免。以此避免澆的迫害。

[19] 虞思於是妻之以二姚：二姚，指虞國君虞思的兩個女兒，虞是姚姓國，故稱二姚。

[20] 而邑諸綸：邑諸綸，把綸邑封給他作采邑。邑，作動詞。諸，「之於」的合音。綸在今河南省虞城縣東南。

[21] 有田一成：田，指土地。方圓十里為一成。

[22] 有眾一旅：眾，民眾。旅，五百人為一旅。

[23] 能布其德而兆其謀：兆，開始。能夠佈施德行而開展復國的計劃。

[24] 以收夏眾：收編夏朝、斟灌等民眾。

[25] 使女艾諜澆：女艾，少康臣。諜，偵察、打探；動詞。差使女艾到澆打探。

[26] 使季杼誘殪：季杼，少康子。殪，音意，澆的弟弟，戈國國君。派季杼去利誘澆的弟弟殪。

[27] 遂滅過、戈：滅掉過、戈二國。戈，殪的部落名。

[28] 不失舊物：不失，沒有失去，引申為復興夏代舊有的典章制度。

[29] 而越大於少康：大，指強大。

[30] 或將豐之：豐，壯大；動詞。

[31] 勾踐能親而務施：能夠親近人而致力施恩。

[32] 親不棄勞：親近人而不遺勞苦。

[33] 與我同壤：同壤，同處一地，國土相連。

[34] 而世為仇讎：世世代代為仇敵。

[35] 於是乎克而弗取：於是乎，在這個時刻。克，攻克。弗取，並不吞併。

[36] 不可食已：食，食言，指後悔莫及。

[37] 姬之衰也：姬，指吳國。吳為姬姓國。

[38] 日可俟也：俟，等待。吳的衰亡指日可待。

[39] 介在蠻夷：介，處在……中間。夷蠻，指楚蠻和越夷。

[40] 以是求伯：伯，同「霸」。以這樣的辦法來謀求霸主的地位。

[41] 越十年生聚，而十年教訓：生聚，養育人民和積聚財富。教訓，教育和訓練。

[42] 吳其為沼乎：為沼，變為沼澤，意思是國家淪亡。

[43] 越及吳平：平，講和。

23

顏色之陣

——吳晉黃池之會

春秋晚期，吳王夫差打敗越國後，不聽伍子胥的勸告，帶領大軍北上，來到衛地黃池，召集諸侯會盟（公元前482年）。他想做霸主，對手是晉國。可是，自己的老家，卻受到越國的襲擊。越王勾踐經過**「十年生聚，十年教訓」**，國力逐漸恢復，趁機進佔吳國，打到吳都姑蘇去，又佔據淮河，切斷吳軍的退路。

吳王在北方接到通報，大為震驚，馬上開會商量對策。王孫雒認為不取得霸主地位就回去，會助長越國的威風，民心會轉向；回去時，在邗溝旁又會受齊、宋等國截擊。所以要參加會盟，並且一定要成為盟主。

夫差同意了。傍晚時傳令，餵足馬匹，也讓軍士吃飽。半夜，士兵穿好盔甲，縛上馬舌，只用灶頭的餘火照明。然後擺開陣勢，每行一百人，共排一百行，組成方陣，由官將帶頭，抱金鐸，捧名冊，旁邊豎起幡旗和犀牛皮做的盾。十行就由一個下大夫帶領，豎旌旗，提戰鼓，挾兵書，握鼓槌。十面旌旗，再由一個將軍帶領，豎日月旗，提戰鼓，挾兵書，握鼓槌。各形成萬人方陣。中軍一片白色：白衣、白盔甲，白旗，白羽箭，望去儼如一片盛開的白花（**「望之如茶」**）。吳王親自手拿大鉞，豎起熊虎白色軍旗，站在方陣中央。左軍也是萬人方陣，一律紅色：紅衣、紅盔甲，紅旗，紅羽箭，望去好像熊熊火海（**「望之如火」**）。右軍同樣是萬人方陣，全數黑色：黑衣、黑盔

甲，黑旗，黑羽箭，望去一團墨黑。（「望之如墨」）

吳軍三萬，氣勢十足。雞鳴時擺定陣勢，距晉營約一里。天未明亮，吳王就拿起鼓槌，親自鳴鐘擂鼓，軍中也敲響了銅鉦、金玦和金鐸，三軍不論勇敢與膽怯都一起響應，齊聲吶喊，聲勢震動天地。

《國語·吳語》記載了吳晉黃池之會，上述起首的描劃，彷彿電影才有的影象，嚴整壯觀，在重複裡有變化，最矚目的是色彩：白、紅、黑：

> （中軍）皆白裳、白旆、素甲、白羽之矰，望之如荼。
> 左軍亦如之，皆赤裳、赤旗、丹甲、朱羽之矰，望之如火。
> 右軍亦如之，皆玄裳、玄旗、黑甲、烏羽之矰，望之如墨。

這是「如火如荼」的出處。電影出現這樣的場面，觀眾會以為是設計包裝，是電腦的特技，形式多於實際，但這是史實。主帥的中軍，全體素白，北方人也許覺得不可思議，認為不祥。吳人夫差不管這些，他是退無可退，於是孤注一擲，目的就是威嚇，非要晉國屈服不可。先給顏色你看，不讓，就開戰了。這是一場顏色的戰爭，加上吵鬧的配樂，顏色成為武器了。

晉軍受了震懾，不敢出營，四周加強戒備，修繕營壘，並且派使者董褐前去查問。董褐說：兩國國君停戰和好，約定中午會盟，如今貴國違約，在敝國軍營前擺出戰鬥的陣式，請問為何亂了規定？

吳王親自回答說：周天子有令，由於王室衰微，諸侯都不交貢品，連告祭天帝鬼神的禮品也欠奉，又沒有姬姓本家前來救援。有的步行，有的乘車，都來到吳國下達命令，所以我日夜兼程，趕來與晉君會盟。晉君如今不為王室的困難分憂，雖擁兵眾，卻不去征討藐視王室的戎狄、楚、秦等國；還不講長幼的禮節，攻打同姓的兄弟國家。我本來只想保住我先君的爵位，不敢超越先君，可也不願不如先君。現在盟會的日期臨近，我恐怕事情不成功，受諸侯恥笑，今天就要決

定：我是侍奉晉君，還是不侍奉晉君。貴國使者既然就近不遠，我將在軍營外親聽你們的命令。

前面一番周天子困境的闡述，當然是口實，這是挾天子以令諸侯。其實這時候的周室老店，一息尚存，經過二百多年的買空賣空，久已失去集資的能量，別以為南人消息靈光。董褐很清楚，但也不必揭穿，將要返回，吳王召喚左部的軍吏說：把少司馬茲和五個王士抓來，坐在我面前。這些人一齊向前，就在客使面前自殺以謝客。

陣勢的威嚇還嫌不夠，再來一場血淋淋的表演。少司馬茲等六人是犯了罪的死士。的確矚目驚心。問題在，晉使豈是沒見過場面的人？他向晉君覆命後，便告訴趙鞅說：我觀察吳王的神色，看似有很大的憂慮，從小的方面說也許是寵妾、嫡子死了，不然就是國內有難；從大的方面說則是越國已攻入吳地。窮迫之人會很兇殘，不可與他拚命。君主還是答應讓他先歃血，不要眼巴巴等着冒險，但也不能白白答應他。趙鞅同意了。

於是董褐再到吳營，表達晉君同意由夫差主盟，條件是吳君要去除王的稱號，但稱吳伯，因為諸侯不事二主，周室不可有兩王，這當然也是口實，反正大家都急於下臺。夫差也答應了，改稱吳公，成為盟主，再班師回朝。

其後，夫差在回國途中與越打了三場大戰，全輸了。這是多年黷武窮兵，不聽忠諫，勞師遠征的惡果。黃池之會，已暴露了吳軍色屬內荏，形象很凌厲，真要開打麼？卻潰不成軍。最後夫差求和，范蠡代勾踐拒絕，夫差落得身死國滅。

原文

　　吳王昏乃戒[1]，令秣馬食士[2]。夜中，乃令服兵擐甲[3]，繫馬舌[4]，出火灶[5]，陳士卒百人[6]，以為徹行百行[7]。行頭皆官師，擁鐸拱稽[8]，建肥胡[9]，奉文犀之渠[10]。十行一嬖大夫[11]，建旌提鼓[12]，挾經秉枹[13]。十旌一將軍，載常建鼓[14]，挾經秉枹。萬人以為方陣[15]，皆白裳、白旂[16]、素甲、白羽之矰[17]，望之如荼[18]。王親秉鉞[19]，載白旗以中陳而立。左軍亦如之，皆赤裳、赤旃[20]、丹甲[21]、朱羽之矰，望之如火。右軍亦如之，皆玄裳[22]、玄旗、黑甲、烏羽之矰，望之如墨。為帶甲三萬，以勢攻，雞鳴乃定。既陳，去晉軍一里。昧明[23]，王乃秉枹，親就鳴鐘鼓、丁寧、錞於振鐸[24]，勇怯盡應，三軍皆嘩釦以振旅[25]，其聲動天地。

　　晉師大駭不出，周軍飭壘[26]，乃令董褐請事[27]，曰：「兩君偃兵接好[28]，日中為期。今大國越錄[29]，而造於弊邑之軍壘，敢請亂故。」

　　吳王親對之曰：「天子有命，周室卑約，貢獻莫入，上帝鬼神而不可以告[30]。無姬姓之振也，徒遽來告[31]。孤日夜相繼，匍匐就君，君今非王室不平安是憂，億負晉眾庶[32]，不式諸戎、狄、楚、秦[33]；將不長弟，以力征一二兄弟之國[34]。孤欲守吾先君之班爵[35]，進則不敢，退則不可。今會日薄矣[36]，恐事之不集，以為諸侯笑。孤之事君在今日，不得事君亦在今日。為使者之無遠也，孤用親聽命於藩籬之外。」

　　董褐將還，王稱左畸曰[37]：「攝少司馬茲與王士五人[38]，

坐於王前[39]。」乃皆進，自剄於客前以酬客[40]。

　　董褐既致命，乃告趙鞅曰[41]：「臣觀吳王之色，類有大憂，小則嬖妾、嫡子死，不則國有大難；大則越入吳。將毒[42]，不可與戰。主其許之先，無以待危，然而不可徒許也。」趙鞅許諾。

──《國語‧吳語》

注釋

[1] 吳王昏乃戒：吳王夫差（？至公元前 473 年），春秋時吳國國君。父闔閭為越王勾踐所敗，矢志復仇，將勾踐打敗。其後率師北上會諸侯於黃池，與晉爭霸。勾踐乘虛而入，殲滅吳國。夫差自刎而死，在位二十三年。昏，傍晚。戒，戒備。昏乃戒，即傍晚時進入戒備狀態。

[2] 令秣馬食士：秣，音抹，馬的食料；動詞。食，音飼；動詞。讓馬匹吃足糧草，軍士吃飽飯。

[3] 乃令服兵擐甲：擐，音環，穿着；動詞。於是下令軍士拿武器，穿盔甲。

[4] 繫馬舌：把馬舌綁住，為更好控制馬匹，也不讓馬發出聲音。

[5] 出火灶：不亮燈，讓灶頭的餘火照明。

[6] 陳士卒百人：陳，通「陣」。以士卒一百人排成陣式。

[7] 以為徹行百行：徹，通。行，音航。以百人排成一行，百行則為萬人。

[8] 擁鐸拱稽：鐸，一種大鈴，有柄有舌，振舌發聲。古代常用來宣佈政教法令或示警。稽，名冊。抱着鐸，拿着士兵名冊。

[9] 建肥胡：建，豎立。肥胡，一種狹長、垂直懸掛的旗幟。肥，通「飛」。

[10] 奉文犀之渠：文犀，有紋彩的犀牛皮。渠，即盾。握着犀牛皮的盾。

[11] 十行一嬖大夫：嬖大夫，下大夫；嬖，音屁。古時大夫分上、中、下三等，等級最低的稱為嬖大夫。十行由一個下大夫帶領。

[12] 建旐提鼓：竪起旗子，提起大鼓。

[13] 挾經秉枹：經，兵書。枹，音夫，鼓槌子。夾着兵書，握着鼓槌子。

[14] 載常建鼓：常，繪有日月的旗子。設置旗子，擺好大鼓。

[15] 萬人以為方陣：方陣，方形陣式。以一萬軍士排列成方形陣式。

[16] 白旆：旆，畫龍或有繫鈴裝飾的旗子；今通「旗」。

[17] 白羽之矰：矰，音增，繫有絲繩的箭。白色羽毛裝飾的箭。

[18] 望之如荼：荼，音塗，茅草開的花，白色。

[19] 王親秉鉞：秉，手持。鉞，音越，形狀似斧的武器，較斧大，多用作禮仗，以象徵帝王的權威，也用為刑具。君王親自拿着大斧。

[20] 赤旟：旟，音如，指揮軍隊前進的旗子，畫有鳥振翅疾飛的圖像。

[21] 丹甲：甲，盔甲。紅色的盔甲。

[22] 皆玄裳：都穿着黑色衣裳。

[23] 昧明：天色昏暗未明亮。

[24] 親就鳴鐘鼓、丁寧、錞於振鐸：丁寧，小銅鉦。錞於，古代軍樂器，與鼓相應；錞，音蠢。

[25] 三軍皆譁釦以振旅：釦，音叩，吼叫 。譁釦，大聲吼叫。三軍將士都大聲吼叫，振奮行軍。

[26] 周軍飭壘：周，繞，四周。飭，整治。繞着軍營四周加強防禦。

[27] 乃令董褐請事：董褐，晉大夫。請事，查詢吳軍在晉營前佈陣之事。

[28] 兩君偃兵接好：偃兵，停戰。接，合。

[29] 今大國越錄：大國，指吳國。越，超越、越過。錄，次第、秩序。如今貴國越過這規矩。

[30] 上帝鬼神而不可以告：告，祭告。指沒有祭告天地鬼神的祭品。

[31] 徒遽來告：徒，徒步。遽，音巨，本為急速，引申為乘快車。指徒步、乘車而來相告。

[32] 億負晉眾庶：億，安。負，仗恃。庶，庶民。指平白地仗着晉國的兵眾。

[33] 不式諸戎、狄、楚、秦：式，因此、就此。指不就此討伐諸戎、狄、楚、秦。

[34] 以力征一二兄弟之國：兄弟之國，指同屬姬姓的國家，如魯、衛。

[35] 孤欲守吾先君之班爵：班爵，指爵位。夫差認為吳始祖太伯是周先祖古公亶父的長子，王季是太伯之弟、文王之父。計算位次，吳國先君應屬尊長，故自己當作盟主。

[36] 今會日薄矣：薄，臨近。如今離會盟的時間越來越近了。

[37] 王稱左畸曰：左畸，軍隊的左部。

[38] 攝少司馬茲與王士五人：攝，執。少司馬，官名。茲，人名。少司馬茲與王士五人乃罪囚，充當死士。

[39] 坐於王前：指此六人（少司馬茲與王士五人）坐在吳王之前。

[40] 自剄於客前以酬客：自剄，自殺。在客人前自殺以示為吳王敢死效命。

[41] 乃告趙鞅曰：趙鞅，即趙簡子，晉執政正卿。

[42] 將毒：毒，殘暴、兇殘。指窮途之人會很兇殘。

24

人不可以不學

──讀《國語‧晉語》數則

　　《國語》是先秦史傳中最早以「國」為目，記「語」為主的一本書，共分八國。過去漢代劉歆、班固稱為《春秋外傳》，認為是輔翼《春秋》之作。後世於是視之為先秦的國別史。近人逐漸否定此說。首先，八國所記，不少超出春秋的年限。其次，史事的陳述，不少經不起查証。其三，個別同一事件、同一人物的敍述，並不統一、協調，編者把史料收集，並不加以整合。〈齊語〉八則，只記齊桓公與管仲的對話，並非有機的組織，也難承擔國別史之稱。

　　然則，《國語》的旨趣是什麼呢？不在「史」，而在「語」，記載一些有助理解邦國成敗，有助教益的善言警語。其中〈吳語〉、〈越語〉以大篇幅敍事，〈晉語〉則事與語兼重，但關節眼仍在議論，在說話。教益，不能徒託空言。

　　先秦人喜歡引詩，喜歡引古語、諺語，〈楚語〉中申叔時對楚莊王講教育太子之道，除了教之以《春秋》、《詩》，等等，還要「**教之語，使其明德而知先王之務用明德於民也**」。可見春秋時人對語的重視。這個「**語**」，當然並非指今人所見的《國語》，但教師不可能沒有若干汰選過的教材，臨陣發揮就行。《國語》的編定，當在戰國初期，或中期以前，又似不會遲至戰國，因為話語裡，還沒有後來縱橫家為遂目的而讒巧黑白的色彩。同樣重視說話，但立意迥異。

　　八語中，篇幅最多的是〈晉語〉，佔全書三分之一，其中有許多

短小、有趣，可以獨立成章的妙文，記的又是當時名人的說話，對後世的筆記小說，影響頗深。下面略舉數則，記的似是小事，歷史的背景不必深究，但見微知著，多少反映先秦人的生活，春秋人的話語。

一、人不可以不學

范獻子聘於魯，問具山、敖山，魯人以其鄉對。

獻子曰：「不為具、敖乎？」

對曰：「先君獻、武之諱也。」

獻子歸，遍誡其所知曰：「人不可以不學。吾適魯而名其二諱，為笑焉，唯不學也。人之有學也，猶木之有枝葉也。木有枝葉，猶庇蔭人，而況君子之學乎？」

晉大夫范獻子（范鞅）應邀訪問魯國，問起魯國具山、敖山兩座山。魯人用山的鄉名回答。范獻子很奇怪，為什麼不直接叫做具山、敖山呢？

那是先君獻公、武公的名諱呵，魯人回答。

原來魯獻公名具，武公名敖。范獻子當時一定很尷尬。政要出外訪問，是要做功課的。他不也是遊客麼？當然不是。他代表自己的國家，代表自己國家的知識水平。避諱，就是避開而不直稱尊長的名字，在古代是很重要的禮節；避自己人的諱，也避別人的諱，不然就失禮了。《禮記》云：「入境而問禁，入國而問俗，入門而問諱。」諱太多，也是頂麻煩的事。今人幸好再不用避諱，不過在國際場合，例如奧運會，弄錯了別國的名稱，無疑更丟人。

范獻子回到晉國，到處告誡認識的人：人不可以不學。並且舉自己造訪魯國，犯了主人家先君的名諱，被人笑話為例自嘲，這就是自己不學的緣故呵。然後他做了一個比喻，勸人要努力學習：人有學問，一如樹木之有枝葉，樹木長滿枝葉，可以庇護人，可以讓人遮蔭，何

況是有學問的君子呢？

　　人不可以不學，道理顯淺，難得的是出自范獻子這樣有身份之人的口，他肯承認錯誤，能總結錯誤。這次訪問無疑增加了他的認知，這就是學問，從他的發問開始。學問對自己有用，又可以助人。人如果是樹木，就不要做光禿禿的樹木。

二、還想高攀麼？

> 董叔將娶於范氏，叔向曰：「范氏富，盍已乎！」
>
> 曰：「欲為繫援焉。」
>
> 他日，董祁訴於范獻子曰：「不吾敬也。」
>
> 獻子執而紡於庭之槐，叔向過之，曰：「子盍為我請乎？」
>
> 叔向曰：「求繫，既繫矣；求援，既援矣。欲而得之，又何請焉？」

　　晉大夫董叔將要娶范獻子的妹妹，——名范祁，嫁後隨夫，改名董祁。叔向勸他：范家富有，這門親事算了吧。

　　董叔答：想借這次婚姻聯繫，攀援一下。答得也坦白。

　　婚後有一天，董祁向哥哥投訴：男家並不尊敬我。范獻子把董叔綑綁起來，吊在院子的槐樹上。

　　叔向經過，董叔向他求救，說：你替我求求情好嗎？

　　叔向說：你想求「繫」，不就繫上了嗎？想求「援」，不是援上了嗎？想得就得到了，還要求什麼呢？

　　真夠諷刺，不是早勸過你麼？想巴結有錢人，通過各種方法，例如追求富家女；到頭來自取其辱，活該。這是經濟學上「機會成本」的問題。這種人，如今打開報章的娛樂版，也所在多有。有錢當然不是罪惡，但看范氏兄妹的氣燄，你敢失敬麼？

三、人也會變

趙簡子歎曰：「雀入於海為蛤，雉入於淮為蜃。黿鼉魚鱉，莫不能化，唯人不能。哀夫！」

竇犨侍，曰：「臣聞之，君子哀無人，不哀無賄；哀無德，不哀無寵；哀名之不令，不哀年之不登。夫范、中行氏不恤庶難，欲擅晉國，今其子孫將耕於齊，宗廟之犧為畎畝之勤，人之化也，何日之有！」

趙簡子（趙鞅）是晉國執政的正卿，忽然感歎說：雀鳥飛入海裡變成蛤蜊，野雞跳落淮河變成大蛤蜊，黿、鼉、魚、鱉，都能夠變化，只有人不能，悲哀呵！

他的悲哀，很玄妙，令人想到某些詩人的感喟，他覺得禽鳥魚鱉到了某種時間空間，都可以搖身變化，只有人不能。這好像說，人走到盡頭，就烏有了。我所以說這是詩人的感喟，因為從此到彼，變化其實來自想像，而大家可以有不同的解讀，並不確定。真要認真，雀鳥不會變成蛤蜊，野雞不會變成大蛤蜊，無論飛到哪一條河裡。而且，雀鳥為什麼要變成蛤蜊？野雞為什麼要變成大蛤蜊？蛤蜊自己呢？

大夫竇犨就抓着其他能變而人不能變的怪念頭，說了一番自己想說的道理：我聽說過，君子只愁沒有賢才，不愁沒有財富；只愁沒有德行，不愁沒有寵愛；只愁名聲不好，不愁沒有高壽。范氏、中行氏不憐恤人民，只想在晉國擅權，如今他們的子孫只落得在齊國耕田，就像本來是宗廟的主祭，得在田野辛勞。人的變化，哪一天不在發生？

雀鳥、野雞的變，是質變；范氏、中行氏則是量變。變，可以變好，也可以變壞。對范氏、中行氏來說，當然是變壞。竇犨勸告趙簡子，你不如為有沒有賢才、德行、名聲發愁吧，你不如為人民擔憂吧。否則，你看看一心追求權力的范氏、中行氏，變成什麼呢。財富、壽命，以至權力，並不恆久。怎能說，人不會變？

四、請不要讓我的臉受傷

衛莊公禱，曰：「曾孫蒯聵以諄趙鞅之故，敢昭告於皇祖文王、烈祖康叔、文祖襄公、昭考靈公，夷請無筋無骨，無面傷，無敗用，無隕懼，死不敢請。」

簡子曰：「志父寄也。」

打仗絕對不是好玩的事，尤其是在古代，領導往往要身先士卒，不像今人，但看着屏幕的衛星傳真，和幕僚坐在安樂椅上，發號施令：Boys, go ahead！像玩電玩。〈晉語〉有一則戰前的禱辭，很個人化，有它特別在意的地方，不是那種面向兵眾的誓辭，所以有趣。祈禱的是衛莊公蒯聵，他當時還是太子，流亡在晉，深得晉國執政趙簡子的信任，打仗時讓他在旁邊成為車右。這場仗是所謂鐵之戰。魯哀公二年（公元前 493 年），齊國送糧給晉的范氏，對付趙氏，趙鞅加以截擊，於是范氏、中行氏跟齊、鄭聯盟，跟趙氏在鐵丘地方打仗。換言之，這本來是晉的一場內戰，卻牽連了齊、鄭，以至衛。最後，趙鞅戰勝了范氏、中行氏，瓜分了他們的土地，晉的六卿就只餘下智、韓、趙、魏四家。

衛國的蒯聵禱告的對象從自己的始祖、始封君、祖父，到父親，他說：我是曾孫蒯聵，因為輔佐趙鞅的緣故而出戰，請讓我向皇祖父王、烈祖康叔、文祖襄公、昭考靈公禱告，——對遠祖，太遠了，概自稱曾孫；考，是父親；昭，是聖明的意思。要受傷，請不要讓我傷在筋骨，不要讓我傷在臉面，不要讓我打敗仗，不要讓我恐怖地摔倒車下，至於死，就不敢請求了。身旁的趙簡子（志父），也說：我也拜託列位了。

禱求裡，有四個「無」，最有趣的是其中一個：「無面傷」，這大抵是個死要好看的傢伙。真要死的話，恐怕是沒有辦法的事，反而不敢請求。請求小，不敢請求大。也許身體髮膚，受諸父母，不敢毀

傷；而死生有命吧。何況主帥在旁，請求不死，也許面子更不好看。至於趙簡子也妙，同坐一乘，順便拜託拜託，可那是別人的祖先。《左傳》僖公十年，狐突對大子申生的鬼魂說：「**神不歆非類。**」不歆，指神不享用別族的祭品。易言之，也不會保佑非我族類。但戰前禱告，肯定不是一方的專利，為免左右難為，還是孔子說得對：「**獲罪於天，無所禱也。**」

五、表功

鐵之戰，趙簡子曰：「**鄭人擊我。吾伏弢嘔血，鼓音不衰。今日之事，莫我若也。**」

衛莊公為右，曰：「**吾九上九下，擊人盡殪。今日之事，莫我加也。**」

郵無正御，曰：「**吾兩鞁將絕，吾能止之。今日之事，我上之次也。**」駕而乘材，兩鞁皆絕。

鐵之戰打了勝仗，三個大人，竟然各自表功，說的認真，卻帶喜劇的成份。趙簡子說：當鄭軍攻擊我軍時，我伏在箭袋上吐血，但我一直沒有停過擊鼓。今天這場戰事的功勞，沒有人比得上我。

衛莊公（蒯聵）負責車右，說：我在戰車上九上九下，我攻擊的無不盡死。今天的戰事，沒有人的功勞比我大。

郵無正負責駕御戰車，說：車上馬肚帶快要斷了，我仍能制止繼續駕御。今天的戰事，我僅次於最大功勞的人。

同坐一車，有禍同當；有福，卻難以均享。趙、衛各自表功爭先，只有駕車的郵無正，地位稍次，但也不多讓。如果不介意這種大男孩式的稚氣，倒反映古代打仗的慘烈。一個吐血，仍要竭力打鼓，因為軍隊的進退靠主帥的旗鼓做耳目。另一個則不停上車下車，——車右既要殺敵，車一旦絆住，又要冒險下來推車。至於車手呢，要控制車

輛，衝殺時萬萬不能翻倒，要力氣，更要技術。哪一個的功勞最大，哪一個最重要？都大，都重要，而且必須互相配合。

一時的成功，不等於永遠成功。一車之內，尚且各自爭功，更遑論三軍，以至其他卿大夫了。車手說完，《國語》補充，這是記言之外，難得的記事：車上載了點木材，兩根馬肚帶都斷了。真是餘音裊裊。

六、推功

靡笄之役，郤獻子見，公曰：「子之力也夫！」

對曰：「克也以君命命三軍之士，三軍之士用命，克也何力之有焉？」

范文子見，公曰：「子之力也夫！」

對曰：「燮也受命於中軍，以命上軍之士，上軍之士用命，燮也何力之有焉？」

欒武子見，公曰：「子之力也夫！」

對曰：「書也受命於上軍，以命下軍之士，下軍之士用命，書也何力之有焉？」

鐵之戰以前，晉打過無數的仗，之前在靡笄跟齊打的鞍之戰（公元前 589 年），也打勝了，上陣的主將，回報國君晉景公，有不同的表述，各自推讓功勞。主帥郤克（郤獻子）朝見景公，景公稱讚他：這是你的功勞啊！

郤克答：我遵國君之命指揮三軍將士，三軍將士聽從國君之命勇敢作戰，我怎說得上有什麼功勞？——春秋時，大國有上、中、下三軍，各有主帥，以中軍為最高領導，上軍其次。

范文子（范燮）朝見，景公說：這是你出的力啊！

回答說：我聽命於中軍，照中軍主帥的號令指揮上軍，上軍戰士

勇敢作戰，我怎說得上有什麼功勞？

樂武子（樂書）朝見，景公說：這是你出的力啊！

回答說：我接受上軍主帥的命令，指揮下軍，下軍戰士勇敢作戰，我怎說得上有什麼功勞？

各不居功，而是既向上級又向所帶領的下屬推讓，可見並不自驕，驕則遲早必敗；而上下齊心、協作，又各自做好本份。這是打勝仗的條件。倒過來，要是輸了，最應該負責的是國君，然後是中軍主帥，再然後是上軍、下軍，當然包括做不好工作的自己。一國如此，一個地區政府，一所學校莫不如此，以學校為例，學校失敗，你會以為是誰之過？是校董、校監、校長、副校長，自上而下，全都責無旁貸。至於整個教育政策的失敗，你以為錯在一個教育局長？鞍之戰陣前，《左傳》還寫下屬出錯，主帥郤克來不及糾正，就替他「分謗」。領導要有這種胸襟。但眼下這個世代，一有問題，責任不斷往下推，不然就推給前任，自己則置身事外。

跟上文對照，可見晉過去的成功，也預示它失敗的將來。

25

沒有自信的俊男

——鄒忌諷齊王納諫

本文先寫鄒忌英俊漂亮，穿好禮服，仔細看鏡，忽然問起妻子，自己跟徐公誰人較美。妻子說你美得很呵，徐公怎比得上你。這個徐公，以英俊聞名。鄒忌沒有自信，再問侍妾同樣的問題，得到同樣的答案。沒有自信的男子，不會好看；終日只關心自己的樣貌是否好看的男子，也會令人看不起。不過自卑和自信，一事的兩面而已。有客人來訪，他又問客人同樣的問題。堂堂一個男子漢，汲汲於自己的容貌，要跟另一個男子比美，要通過別人來肯定自己，真滑稽。

下文徐公出現。他把此公看了又看，自覺不如。他再次照鏡，同一面鏡，這次越看越不好看。晚上思前想後，終於悟出讚美自己的話，都不是真的，妻子偏愛我，侍妾怕我，客人有求於我。寫一個人心理的變化，要加多兩筆，要低回沉吟一下：從對徐公「**孰視**」，然後「**窺鏡而自視**」，最後是「**暮寢而思**」。

他們騙我，其實是我先騙自己。有人照鏡，會反省；也有人，只看到自己的美。只在意自己的外貌，再而偏聽，也偏信。如果他再問徐公，徐公也會說，當然你美得多呵，我充其量只及你的一半。因為，潛台詞是：你是齊相，怎敢跟你比！不過，你以為徐公會怎麼想：一個已有一妻一妾的齊人，忽然對自己的樣子有那麼大的興趣，眼神又那麼曖昧？

明天上朝，鄒忌就把切身的體驗告訴齊威王。文章這才轉入正經。你看齊國疆土這麼遼闊，堂堂大國呵，可是國君身邊的人，或因偏愛，或因害怕，或因有所求，沒有人不奉承讚美。物先腐然後蟲生。一個掌權的人自以為美，就會聽到下屬的讚美；愛聽阿諛諂媚的話，阿諛諂媚的話就一大堆。謊言說了又說，大家就會信以為真，這是納粹德國宣傳部長戈培爾（Joseph Goebbels）的話，可見古今中外如是。結果美醜不分、是非顛倒。

威王答：好！馬上下令廣邀諫言，而且有獎，分三等：當面指責的；寫投訴信的；在市集傳壞話進來的。開初，要進諫的人，多得很，漸漸少了，後來，也沒有什麼要進諫的了。作者再添一筆，外國都來朝拜齊國了。現在，威王才真美。

鄒忌進諫，先把自己嘲弄一番，把能令國家敗亡的諛言，瓦解成枕邊語、客套話，真是舉重若輕，治大國若烹小鮮。你以為鄒忌真的像水仙花那樣，鎮日自照自憐麼？當然不是。前面一段毋寧是鄒忌勸諫威王的說辭，那是間接的敘述，作者把這段說話放在文首，把它變成直接的對答，當真的一樣，立體得多。這是小說的手法，像拉丁美洲出色的小說。如果寫鄒忌向威王進諫，說自己照鏡如何如何，領悟什麼什麼，就平庸了。無論鄒忌或者威王，除非發了瘋，也不會逢人就問：我好看嗎？我美嗎？到了面對威王，這段話就不用重複，而是點明它的含義。

這其實是剪裁的工夫。你有一堆素材，怎樣經營佈置，誰先誰後，哪些多哪些少，全由你調配。這也像電影的剪接，好的剪接，可以挽救一齣平庸的電影。其次，文學藝術就是要具體呈現。開場時，你願意看鄒忌一大段自說自話嗎？像莎翁筆下那位丹麥王子：我美呢還是不美？抑或把說話轉化成戲劇的演出？與其通過一人之口，不如讓有關人等悉數出場。我們看見那麼一個俊男穿衣照鏡，追問一個瘋問題，這就充滿喜劇的趣味。半場後才揭開他的用心。

想深一層，鄒忌起首的演出，是西方文論所謂「諧擬」（parody），

是這個語言對那一個語言的戲仿：主角是鄒忌，其實演的是威王，調侃、玩世、戲謔裡卻有深刻而嚴肅的題旨。難得威王胸襟寬宏，並不以為冒犯。一個領袖，不一定要有過人的才能，像劉邦、劉備、宋江，但必須有胸襟，能凝聚、辨別人才。人總有短長，自以為凡事勝於下屬的領袖，等於自以為最美，既自欺，又自蔽，易成獨裁。

篇幅很短，卻說了很多。作者也巧妙地把玩三的變奏：三類人物、三問三答、三個排比、三種獎賞、三個階段的諫言。段落也是三個：進諫前、進諫、進諫後。鄒忌照鏡，其實也照了三次，一次美，一次醜，徐公則是另一面鏡，照出真，把鄒忌照成另一個人了。現實呢，鄒忌何嘗不是大堪借照？鏡中人原來是齊威王。

魔鏡魔鏡，照的何嘗不是迷信外表、愛聽美言的我們？

原文

　　鄒忌修八尺有餘 [1]，身體昳麗 [2]。朝服衣冠 [3]，窺鏡，謂其妻曰：「我孰與城北徐公美？」其妻曰：「君美甚，徐公何能及公也！」城北徐公，齊國之美麗者也。忌不自信，而復問其妾曰：「吾孰與徐公美？」妾曰：「徐公何能及君也！」旦日 [4]，客從外來，與坐談，問之客曰：「吾與徐公孰美？」客曰：「徐公不若君之美也！」

　　明日，徐公來。孰視之 [5]，自以為不如；窺鏡而自視，又弗如遠甚。暮寢而思之，曰：「吾妻之美我者，私我也 [6]；妾之美我者，畏我也；客之美我者，欲有求於我也。」

　　於是入朝見威王 [7]，曰：「臣誠知不如徐公美，臣之妻私臣，

臣之妾畏臣，臣之客欲有求於臣，皆以美於徐公。今齊地方千里 [8]，百二十城，宮婦左右，莫不私王；朝廷之臣，莫不畏王；四境之內，莫不有求於王。由此觀之，王之蔽甚矣！」

王曰：「善。」乃下令：「群臣吏民能面刺寡人之過者 [9]，受上賞；上書諫寡人者，受中賞；能謗議於市朝 [10]，聞寡人之耳者，受下賞。」

令初下，群臣進諫，門庭若市。數月之後，時時而間進 [11]。期年之後 [12]，雖欲言，無可進者。

燕、趙、韓、魏聞之，皆朝於齊。此所謂戰勝於朝廷 [13]。

——《戰國策·齊》

注釋

[1] 鄒忌修八尺有餘：鄒忌，《史記》作騶忌，齊人。齊桓公時任大臣，威王時為相。後又事宣王。修，身長。八尺，戰國時各國尺度不一，一般每尺約今天 0.23 米。八尺，即 1.84 米，5.52 尺。

[2] 身體昳麗：昳，通「佚」，光采美麗。

[3] 朝服衣冠：早上穿戴衣帽。服，穿着；動詞。

[4] 旦日：明日。

[5] 孰視之：孰，通「熟」；副詞。孰視，仔細端詳。

[6] 私我也：私，偏愛；動詞。

[7] 於是入朝見威王：威王，齊威王（公元前 336 年至公元前 320 年在位），春秋五霸之一齊桓公的兒子，以知人善任、能納諫聞名，《史記》「不鳴則已，一鳴驚人」的故事，就是講他早期花天酒地，後來接受淳于髡的規勸（《韓非子》則説是楚莊王）。

[8] 今齊地方千里：方千里，縱橫一千里。疆土方千里乃一等大國，次等國則約方五百里。

[9] 群臣吏民能面刺寡人之過者：面刺，當面指斥。

[10] 能謗議於市朝：謗，指責，與今天的意思稍別，如誹謗則指沒有根據的斥責。市朝，公眾會集的地方。

[11] 時時而間進：間，間中。間進，偶然進諫。

[12] 期年之後：期年，一整年。

[13] 此所謂戰勝於朝廷：這是所謂在朝廷上令他國屈服，而不需運用武力。

26

改服，改變國家的命運

——趙武靈王胡服騎射

　　《戰國策》的主角是策士，我們讀到的，是他們對國君的滔滔雄辯，有時是為國，更多的是為己，縱橫捭闔，化成抽象的畫面，策士是一張張開合的嘴巴，君主呢，是一隻隻左右輕擺的耳朵。嘴巴和耳朵的主人，不會對調角色。中國歷史絕少國君為推行某種政策轉而費盡唇舌，逐一游說他的下屬，包括貴族、官僚，很簡單，因為無此需要，下屬都唯君令是聽。戰國時的趙武靈王大概是唯一的一個。

　　'Change'，曾是一位美國總統贏取選票的口號，這在中國並不通行，尤其在古代的中國，尤其要變的是中國人自以為祖宗家法傳下來了不起的東西：象徵文明的服裝。

　　趙武靈王跟胡人打仗，吃虧多了，檢討敗因，發覺是作戰方式不對，作戰時的衣着不對。於是他要國民放棄上衣下裳的漢服，或者上下相連，寬袍大袖的深衣，而引入胡人的長褲，緊身小袖的上衣，腰間繫以鈎帶，加上長筒皮靴，以便學習騎馬射箭，放棄車戰。他希望身先士卒，上朝時和若干有頭面的公族、高官穿上新裝，起帶頭作用，上行而下效。胡服伶俐瀟灑，利於騎射，就是仍舊採用車戰，也較穿裙子（「裳」）方便，總之，一切勞動，都以胡服為宜。方便之餘，其實也很好看。王國維的《胡服考》，考胡服甚詳。何況，胡服一如胡樂，一如其他的外來品，落籍日久，就成國貨。何必畫地自限？漢代就以胡服作為官服。

　　宏觀地看，「變」實為東周的主調。在周平王東遷洛邑之前，周宣王不做耕田秀（「不籍千畝」），已經意味井田制不靈，公田失收，私田日漸擴大而後來成為主流，中國開始進入小農經濟。東遷後，周的國勢江河日下，禮壞樂崩。各諸侯國也不得不因應時勢，改變收稅的辦法，也改變軍隊編制，讓城邦之外的「野人」也服兵役，晉國首先改革，然後是魯國、鄭國。到了戰國，為了爭勝求存，各國更不得不大變，著名的有魏國李悝、秦國商鞅、楚國吳起等人的變法。戰國的變，是全方位式，從經濟、政制，以至文化、對戰爭的觀念。其實改變作戰方式，趙武靈王也不是第一個。早武靈王二百多年（公元前541 年），晉國的魏舒和北狄作戰，曾因應不利行車的地理環境，「毀車為行」，以步戰取代車戰，並且建立步兵的方陣，結果大獲全勝。但他並沒有改革服式。

　　趙武靈王的改革，再進一步，還改革衣服，無疑艱巨得多。傳統的看法是，衣服其外，其內是正統的禮教，束髮右衽，已成漢人文明的圖騰。武靈王揚棄、否定的看來是漢人感覺最好的自我形象。尤有甚者，轉而學習的竟是一直被認定為野蠻落後的胡人，那是取法乎下。質言之，武靈王要改的，是漢人根深蒂固的思維定勢。這其中牽涉一些人的利益，主要的問題還是心理障礙。二千年後，滿清入主中國，下令「剃髮留辮」，留髮則不留頭，仍有不少漢人寧死不從。

　　所以，武靈王必須從改變舊觀念入手。他應該講清楚改的是什麼、為什麼要改、怎麼改。也不妨講：改的另一面，什麼並不改。歷來任何自上而下的改革，做好輿論，上下一心，則事半功倍；不然勞而少得，甚至多敗、多失。武靈王的做法是，先說服上層的貴族官僚，爭取共識，以便引出他們參與變革的積極性。《戰國策·趙》記了他游說王叔的對話。之前他先徵求兩朝重臣肥義對改革的意見，獲得他的鼓勵；之後又逐一跟反對的貴族趙文、趙造等解釋、答辯。他是一個有主見、有遠見，勇於革新，同時又會論辯的君主，他不憚開放言路，接受挑戰。最難得的是，貴為一國之尊，他並沒有一意孤行，

以權壓人，而是以理服人。後世有些君主，像漢武帝吧，讓爭議由群臣爭辯，其實呢，他冷眼旁觀，早有定見。

王叔公子成反對改穿胡服的理由很堂皇：中原乃泱泱大國，不單精神文明，物質條件也優勝，是外族觀摩、學習之所，捨棄這些，改學夷蠻，那是改變古人的教導，更改古人的道德，違反人民的心意（「變古之教，易古之道，逆人之心」）。再來六個字：「畔學者，離中國。」罪名很嚴重。勉強翻成白話：拋棄學習的人，背離中原文化。再簡化，借今人的嘴巴，其實是：教壞子弟，媚外！所媚的外可不是意大利的 Armani，而是阿馬遜的獵頭族，他們幾乎不穿什麼衣服。

趙武靈王知道王叔的想法，馬上登門造訪，親述自己的觀點。首先，他指出天下並無一成不變的禮法和服式。禮教、服式，都為了方便，便於行事，便於穿着。為了便利，各地的禮教、服式並不相同。聖人的做法是：因地因時制宜。他舉了幾個外地民族的例子：有的斷髮紋身，衣襟左開；有的染黑牙齒，額頭刺花；有的戴魚皮帽，穿粗布。明智的君主，就看是否對人民有利，對國家有益，而不強求一致，也不可能一致。他又舉儒家為例，同出一個師門，卻產生不同的教化、禮俗。中原是這樣，何況是身處邊遠的山區呢。

周初姜太公受封於齊，即因應夷族環境，「因俗簡禮」，獲得極大的成功。但武靈王的對手與姜太公不同，那是華夏衣冠之族。他提出改禮改服的觀點，很粗疏，也有誤解。對沿海生活的少數民族，斷髮便於水上活動；紋身，或足以嚇退水中猛魚。最初可能是這樣，但後來是美的追求蓋過了實用。斷髮紋身、染黑牙齒之類，別忘了審美的作用，而各地有不同的審美角度。當然，此外，靈王也並不了解禮教另具文化的意義，可以不同意，卻不能簡化為便於行事而已。至於孔子之後，儒分八派，固然因應環境時勢，也是學理的發展。不過，他認為沒有不可變的規條，沒有不可變的服式，則殆無可疑。

按照實用的觀點，他接着提出的理由，才最有力，而難以辯駁。

那是什麼呢？為了保衛國家，為了報仇雪恥。他從本國的地理邊防解說：水路方面，東靠黃河、漳水，和齊國、中山國相接，卻沒有戰船海軍守護。陸路方面，從常山到代郡、上黨郡，東面與燕國、東胡接壤，西面與樓煩、秦國、韓國相鄰，卻沒有騎射部隊防備。所以要製造戰船，訓練水師；改穿胡服，學習騎馬射箭，防守邊境。過去，趙簡子並不自限於晉陽，把力量擴展到上黨；趙襄子則兼併了戎族和代郡，來對抗胡人。而中山國曾依仗強大的齊國，掠奪趙土、俘虜趙民，此仇一直未報。改穿騎射的胡服，好處是可以守險，可以報仇。

趙都於邯鄲（今河北省邯鄲市西南），時人稱為「四戰之國」。武靈王執政後，趙前後被秦、魏侵伐六次之多，不斷割地。秦在西南，齊在東，而諸胡又乘機在北邊連年掠奪。不變，亡在旦夕。胡服騎射的策略，說坦白了，要以胡制胡，為了生存，其實是也為了繁衍。終於說服了公子成。

其後武靈王又和貴族趙文、趙造論辯，反對的意見沒有多大新意，反而武靈王的辯辭，有些是商鞅變法時答覆論敵的用語（見《商君書‧更法》）。武靈王引用的論述，竟是敵國強秦的說客，並不合情理。趙武靈王胡服騎射是歷史的事實，但此文出自策士之手，與其說完全出自武靈王的話語，毋寧反映更多的策士思維。富國強兵是法家的實用，但未嘗不可以接通儒家，奇怪的是講禮教也沾上實用的色彩。趙武靈王的辯解，照常理，應該有兩點：

其一，改的是衣着、打仗的方式，純為軍事，和禮教無關，不必上綱。封建小農生出的心態，注定保守；貴族官僚，是既得利益的建制，只會更保守。武靈王在朝中只有一個樓緩擁護，但此人在趙國聲名不好，擅為長短，見風使舵，入秦為相。武靈王說：「**今卿之所言者，俗也。吾之所言者，所以制俗也。**」俗既可變，為什麼變，怎麼變，就要由有眼光、有理想的人善加引導，故云「**制俗**」。不過，要是純從功利着眼，並不賦予文化內涵，則五十步稍勝一百步而已。

公子成之流，最後受令改胡服，口服心未必服。武靈王晚年提

早退位，但接班問題並沒有處理好，嫡庶鬩牆，發生政變，他被困宮中，活活餓死；圍困他的首領，就是公子成。趙氏這個寡人，親戚不少，自己卻踠近孤兒。直到兩朝重臣肥義也表示支持，更一番激勵，才堅定信念。之前並非毫無疑慮的。這所以他要逐一爭取貴族的贊成票。我們很難理解，他會朝最困難的地方宣戰。改服就是要打仗，對手可不是禮教。兩者事實上有別。歷代的儒家，不是一直隨時代改變衣着？

其次，他說「**無騎射之備**」以守東西的邊防，又說「**騎射之服**」可以守上黨之險，報中山之怨，只說騎射的好處，並沒有從破的一面分析：車戰何以不能適應山澤叢林的戰鬥？漢人傳統服式，又何以不能適應騎馬射箭的新方式？車戰也不可能廢絕，是車與騎，加上步兵配合，裨地利而定。對于是山區的胡人，則自以輕騎與步兵為宜。這些，顯見是後人的論述，不說而自明，所以不贅，當時如果是這樣，何必苦口婆心？

我說嘴巴和耳朵的主人不會對調，也不盡然。文章經策士的渲染，主觀的情感已融入客觀的角色，趙武靈王成為了策士的嘴巴，他要游說一雙雙時開時閉的耳朵。說來尷尬，策士一方面希望君主廣開言路，聆聽各種足以富國強兵的意見，另一面，國富了，兵強了，中央集權，法家卻教君主叫不同的意見閉嘴。

無論如何，改革之後，武靈王在位十數年間，趙成為軍事強國，幾乎年年作戰，而戰無不勝，滅了宿敵中山，收拾了三胡，擴大了趙的領土，目標完全達到。他未必知道，他豐富了漢人的服式，同時改寫了中國的軍事史。當放下武器，單騎馬匹的廣泛使用，其實也促進了各地的交流。

還有一個問題：胡服騎射是否全國推行？按《戰國策‧趙‧王破原陽以為騎邑》章，有「騎邑」一詞，鮑彪注云：「（騎邑）**居騎士於此**。」好像「騎邑」只設置在與胡人接壤的邊境。是否如此，待考。

原文

　　（趙武靈王）使王孫緤告公子成曰[1]：「寡人胡服，且將以朝，亦欲叔之服之也。……。」

　　公子成再拜曰：「……臣聞之：中國者[2]，聰明叡知之所居也，萬物財用之所聚也，賢聖之所教也，仁義之所施也，詩書禮樂之所用也，異敏技藝之所試也，遠方之所觀赴也，蠻夷之所義行也。今王釋此[3]，而襲遠方之服，變古之教，易古之道，逆人之心，畔學者[4]，離中國[5]，臣願大王圖之。」

　　使者報王。王曰：「吾固聞叔之病也。」即之公叔成家[6]，自請之曰：「夫服者，所以便用也；禮者，所以便事也[7]。是以聖人觀其鄉而順宜，因其事而制禮[8]，所以利其民而厚其國也。被髮文身，錯臂左衽，甌越之民也[9]；黑齒雕題，鯷冠秫縫，大吳之國也[10]。禮服不同，其便一也。是以鄉異而用變，事異而禮易。是故聖人苟可以利其民，不一其用；果可以便其事，不同其禮。

　　「儒者一師而禮異，中國同俗而教離，又況山谷之便乎[11]？故去就之變，知者不能一[12]；遠近之服，賢聖不能同。窮鄉多異，曲學多辨[13]。不知而不疑，異於己而不非者，公於求善也[14]。今卿之所言者，俗也。吾之所言者，所以制俗也[15]。

　　「今吾國東有河、薄洛之水[16]，與齊、中山同之，而無舟楫之用[17]；自常山以至代、上黨，東有燕、東胡之境，西有樓煩、秦、韓之邊，而無騎射之備[18]。故寡人且聚舟楫之用，求水居之民，以守河、薄洛之水；變服騎射，以備其參胡、樓煩、

秦、韓之邊。且昔者簡主不塞晉陽[19]，以及上黨，而襄王兼戎取代[20]，以攘諸胡，此愚知之所明也[21]。先時中山負齊之強兵，侵掠吾地，繫累吾民[22]，引水圍鄗[23]，非社稷之神靈，即鄗幾不守。先王忿之[24]，其怨未能報也。今騎射之服，近可以備上黨之形[25]，遠可以報中山之怨。而叔也順中國之俗，以逆簡、襄之意，惡變服之名，而忘國事之恥，非寡人所望於子。」

公子成再拜稽首曰：「臣愚不達於王之議，敢道世俗之聞[26]。今欲繼簡、襄之意，以順先王之志，臣敢不聽令。」再拜，乃賜胡服。

——《戰國策·趙》

注釋

[1] 使王孫緤告公子成曰：王，趙武靈王，名雍，三家分晉後趙國的第六代國君，公元前325年至公元前298年在位；他在武靈王十九年實行「胡服騎射」的政策。王孫緤，武靈王臣子，貴族，奉王之命，向王叔解釋改穿胡服的原因，期望獲得他的支持。緤，音泄。公子成，武靈王的叔父。

[2] 中國者：指中原之國。其下八個排句：這中原地區，是聰明而有遠見的人士居住，是各種物資和財富聚集，是聖賢推行教化，是仁義施行，是詩書禮樂得以學習，是各種奇巧技藝得以施展，是遠方人士前來觀光，是落後少數民族仿效的地方。

[3] 今王釋此：釋，放棄。

[4] 畔學者：畔，古通「叛」，違反讀書人的學習。

[5] 離中國：指離棄中原的文化。

[6] 即之公叔成家：之，往。

[7] 所以便事也：便，方便。便事，方便使用，方便行事。

[8] 是以聖人觀其鄉而順宜，因其事而制禮：聖人觀察當地風俗，然後制定適合的措施，因應具體物事而制定禮法。

[9] 被髮文身，錯臂左衽，甌越之民也：被，同「披」；被髮，即披散頭髮。文，同「紋」。錯臂，兩臂交錯，意指無禮，另一說指在臂上錯畫紋飾，也是一種紋身。左衽，衣襟開在左邊，漢人的衣襟，都開在右邊，或者對襟，其後左衽引申指胡人。甌越之民，東南沿海的少數民族。此三句指外族的衣飾習慣與漢人不同。

[10] 黑齒雕題，鯷冠秫縫，大吳之國也：黑齒，把牙齒塗黑作裝飾。題，額頭。雕題，額頭刺花。鯷冠，戴魚皮做的帽子；鯷，音提。秫，通「鉥」，音述，長針。穿縫紉粗拙的衣服。大吳，指南方的吳國。

[11] 儒者一師而禮異，中國同俗而教離，又況山谷之便乎：這是說儒者學自同一老師，可是禮法不同，中原地區雖習俗相同，但政教有別，何況是偏僻的山區？趙國處於山區。

[12] 故去就之變，知者不能一：去就，對事物的取捨。知，通「智」。一，統一；動詞。

[13] 窮鄉多異，曲學多辨：窮鄉，偏僻的地方，風俗習慣各有不同。曲學，指邪僻不正之學。辨，通「辯」，議論，引申指學說；非正統的學說，流派很多。「曲學多辨」一句，也見於《商君書・更法》。

[14] 公於求善也：公，無私的公心。指無私地求取善行。

[15] 所以制俗也：制，兼有制定改變之意。制俗，制定改變風俗習慣。

[16] 薄洛之水：漳水的渡口有名薄洛津，借代指漳水。

[17] 而無舟楫之用：楫，音接，船槳。此句引申指沒有水軍以及水戰的船隻設備。

[18] 而無騎射之備：指沒有騎馬、射箭的訓練和裝備。

[19] 且昔者簡主不塞晉陽：塞，堵塞、關閉。晉陽，趙國初期首都。指當年趙簡子並不關塞、自閉在晉陽。

[20] 而襄王兼戎取代：兼、取，都是兼併之意。過去趙襄王兼併戎狄和代國。

[21] 此愚知之所明也：這是愚蠢和智慧的人都明瞭的。

[22] 繫累吾民：繫累，拘禁、俘虜。

[23] 引水圍鄗：趙邑名，今河北省內。

[24] 先王忿之：忿，忿激，作動詞。

[25] 近可以備上黨之形：形，險要的地形。指上黨地形險要。

[26] 臣愚不達於王之議，敢道世俗之聞：達，通達、體會。議，指用意。世俗之聞，指世間一般的意見。

27

你會要你的所愛殉葬嗎？
——秦宣太后愛魏醜夫

你會要你的所愛殉葬嗎？當然不會，而且不該。愛是一種正能量。要你的所愛殉葬，哪裡是真愛？倘是真愛，只盼其能好好生活，不受傷害，就如孔子說「愛之欲其生」。《戰國策・魏》載秦宣太后病重時，下令要以她寵愛的魏醜夫殉葬，這個魏醜夫，她只當是寵物而已。倒過來，你會為你的所愛殉葬嗎？當然不會，同樣不該，你反而應該好好活下去，讓逝者安心。何況那不是真愛。魏醜夫，也只當宣太后是主子，取媚奉承而已。他知道後，大為憂慮。

臣子庸芮為他出面游說宣太后，問：太后認為人死了，還能有知覺嗎？

宣太后答：人死了什麼都不會知道了。

庸芮說：像太后這樣神靈，明知道人死了不會有知覺，為什麼還徒然要把自己生時的所愛，埋葬在沒有知覺的死人之間呢？若果死人有知覺，那麼先王久已對太后積怨，太后贖罪還怕不夠，哪裡還有餘暇和魏醜夫私通。

宣太后答：好的。於是放棄了要魏醜夫殉葬的念頭。

此文寫法沒有什麼特別，但反映先秦一種惡行：人殉。古代的權貴死後要跟生前一樣，奢侈放縱，甚至草菅人命，要生人陪葬。人殉是初民的惡俗，中外如此，二里頭夏墟的發掘可見，據甲骨文記載，商人尤好此風，而且人殉之外，還有人祭。殷王在祭祀時的人祭，多

的可達五百人。西周也不能免，到了春秋戰國，仍然不少見。最有名的是秦穆公過世，有三個良臣從殉，如果這是出於自願，也是這種不人道的惡行行之既久，內化成為一種「政治正確」，認為這樣才算效忠。《詩經・秦風・黃鳥》即寫此事，表現了人民的哀痛。別以為人殉的只有三良，還有其他一百七十多個。《左傳》成公二年（公元前 589 年）記宋文公死，厚葬之餘，還用人殉。作者借君子之口，指責辦事的兩個宋臣華元、導舉，「**君生時縱其惑，死又益其侈**」，是「**不臣**」。是的，已無知之人，如何辦有知之事？還不是在生的人幹的好事。五年之前，《左傳》宣公十五年（公元前 594 年），記晉大夫魏顆的父親魏武子有一個寵姬，沒有兒子，武子患病時囑魏顆說：一定要把她嫁去。後來病危，卻說：一定要以她殉葬。到武子死後，魏顆把她改嫁了，理由是：病危會胡言亂語，我照他精神健全的話去做（「**疾病語則亂，吾從其治也**」）。這兒子是明理人。

《墨子・節葬》云：「**天子、諸侯殺殉，多者數百，少者數十；將軍、大夫殺殉，多者數十，少者數人。**」人殉太慘，人作為勞動力，在農業社會也很寶貴，加上日漸受到有知之士的抨擊，於是代之以人俑，但人俑還是有問題的。不過找來替代品，並未放棄。難怪孔子痛斥：「**始作俑者，其無後乎！**」罵得夠絕。參觀過西安漢景帝的陽陵，那許許多多的木俑陶俑，精美極了，排場跟秦兵馬俑差可比擬，只是小巧得多，可不知獨尊儒術的武帝曾否記得孔子這方面的遺教？

也別以為有了俑殉，人殉就絕跡。事實上，一直到滿清，史上仍不乏人殉的案例。秦始皇是最極端的例子，人殉數以萬計。先秦人視秦人如虎狼（這比喻不無誤解虎狼之嫌），是他們視人命如草芥，秦昭王時的宣太后，在穆公與始皇之間，已算不得什麼；甚至會有人認為魏醜夫麼，活該。荒謬的是，在宣太后之前，秦獻公（公元前 384 年即位）曾下令廢除人殉，但並未真正執行。同樣不可解的是，宣太后既認同死者無知，何以仍要以人殉葬？不過，她畢竟接受意見，撤銷了死前的亂命。

　　西安始皇的兵馬俑，目前出土的有八千之多，成為世界奇觀，這是當年始料不及的，而作俑的工匠，豈能功成身退？我看過臨淄的東周殉馬坑，生屠的健馬有六百匹之多，那是春秋中後期一個小國的兵力。學者斷定那是齊景公的馬殉，景公有好馬好犬之癖，——他要他的所愛殉葬，晏子死後，已無人勸止了。

原文

　　秦宣太后愛魏醜夫 [1]。太后病，將死 [2]，出令曰：「為我葬 [3]，必以魏子為殉 [4]。」魏子患之。

　　庸芮為魏子說太后曰 [5]：「以死者為有知乎？」

　　太后曰：「無知也。」

　　曰：「若太后之神靈，明知死者之無知矣，何為空以生所愛葬於無知之死人哉 [6]？若死者有知，先王積怒之日久矣 [7]，太后救過不贍 [8]，何暇乃私魏醜夫乎 [9]？」

　　太后曰：「善。」乃止。

——《戰國策・秦》

注釋

[1] 秦宣太后愛魏醜夫：秦宣太后，是秦惠王的「八子」，帝王妻妾甚多，按照秦制，八子地位低於美人、良人，當然稱不上皇后，不過母憑子貴，她是秦昭王的母親。魏醜夫，即下文的「魏子」，醜夫大概並非真名，其人得宣太后寵愛，或是小白臉之類，媚奉太后，故時人譏諷他。

[2] 將死：按宣太后死於秦昭王四十二年，公元前 283 年。

[3] 為我葬：為，如的意思，假設之詞。

[4] 必以魏子為殉：這個為，則是作為，一定要以魏子作為人殉。秦風行以人殉葬。

[5] 庸芮為魏子説太后曰：庸芮，秦臣。説，音歲，游説。

[6] 何為空以生所愛葬於無知之死人哉：空，空白，引申為徒然。為什麼要徒然把生時所愛的人，埋葬在無知的死人之間呢？

[7] 先王積怒之日久矣：先王，秦惠王。秦惠王對秦宣太后私通魏醜夫一事，積怒已很久了。

[8] 太后救過不贍：贍，足夠。太后彌補過錯尚且不足夠。此句需連下句。

[9] 何暇乃私魏醜夫乎：承上句，又怎有餘暇再私通魏醜夫！這是反詰。

28

會問，也是一種學問

——趙威后問齊使

發問，通常是發問的人對所問的物事有所疑惑，有所不知。不過好的問題，其實也顯示發問者的認知；問題越好，越能顯示認知的深度。發現問題，問人之所未問，令人思考，令人重新審視所問的物事，本身就是一種學問。有些問題，既不會有也不必有答案。文學藝術家通過藝術形象提出問題，就不必有答案，更不宜簡化答案。我們對現實人生的種種，難道都真有確切的答案麼？

戰國末齊王派使者問候趙威后（約公元前 300 年至公元前 265 年）。趙威后是趙惠文王的皇后，趙武靈王的媳婦。惠文王死後，兒子孝成王年幼，由母親趙威后執政。趙威后是一位問題太后，齊王的來信未拆閱，她就一口氣問了來使三個問題：年歲收成好嗎？百姓好嗎？齊王好嗎？

先問年收，次問百姓，最後才問齊王。齊使不高興，怎麼吾國尊貴的國君竟排到最後，真是沒大沒小。他老兄不高興，就率直地以問題回答問題：現在不問王而問年成和人民，豈不是顛倒了貴和賤的秩序嗎？意思是，哈哈，閣下怎麼不懂貴賤的禮數？

文章這樣寫，很有趣，以問對問，問出火花。只是通常帶着國君的善意而來，對方又是掌一國之政的王太后，就當你看不起婦人吧，難保沒有，你到底是客，不高興也不便馬上宣之於口。而且矛盾的是，認為對方不懂尊卑，你本身何嘗不也沒尊沒卑？更嚴重的是，呵呵，

暴露了自己的無知：對尊卑貴賤仍是一套老調，對春秋戰國以來不少有識之士提出以民為本的新見或竟毫無所知？

《戰國策・趙威后問齊使》一文，通篇都是問題，因問提問，以問答問，卻問出高下，問出不同的識見。對貴賤這問題，趙威后回答：如果年收不好，怎麼會有人民呢？沒有人民，怎麼還會有君王呢？豈有捨本而逐末的道理呢？下文接着是趙威后一大串問題，再沒寫齊使的反應，大抵已知自討沒趣，一副灰頭土臉。

趙威后一連問候了齊國二士一女，問的可都是平民，好像剛才問的是大概，畢竟浮泛，如今仔細地問，具體而微：

鍾離子好嗎？這是一個充滿愛心的人，一視同仁，跟百姓分享衣食。他幫助君王養活百姓，為什麼一直不受重用？

葉陽子好嗎？他憐憫鰥寡孤獨，救濟貧苦不足，這是幫助君王撫恤百姓，為什麼一直沒有官職？

北宮的嬰兒子好嗎？她洗淨鉛華，服侍父母，至今在家不嫁，可以做百姓孝順父母的表率，為什麼一直得不到朝廷的表揚？

最後，趙威后總結一下她的問候，轉向齊王，變成了質問：兩位士子不得任用、一位孝女不獲褒獎，君王怎樣治理齊國，愛護百姓呢？

問題到此完結，未嘗不可，但文章就顯得平庸，她原來另有一問，語調還是不徐不疾，內容卻很凌厲，竟問起一個壞人：於陵的子仲這個人還存活嗎？這個人上不守臣子本份，下不能好好治家，中不能交結諸侯，為什麼至今不殺？

她有許多個為什麼，卻問出了齊國的一些問題：好人好事，沒有得到好報，不知你們怎麼搞的？壞人呢，仍然任意逍遙。她是通過連串問題發表治國的意見，她批評齊國皂白不分，矛頭的指向，其實是齊王。

這文章，除了問題，人物的刻劃不着一字，但問題性格化，從問題裡呈現人物的心態、眼界，以及情緒的變化。這個王太后問的是別人，呈現的是她自己。她的問題，毋寧更近戲劇式獨白（dramatic monologue），裡面有戲，有張力，有對比，而自身具足。無需怎樣改編，就是一齣十分精彩的廣播劇：角色二人，一位外使，作為烘托；另一位主角，是通常甚難賣座的女性，是中國歷史上性格十分鮮明的王太后。女子在傳統男性中心的社會執政，必須付出更多的心力，柔可制剛，但柔而至於弱則不行，必須濟之以剛強。滿朝可能大多都是齊使那樣的混蛋，看不起孤兒寡婦，又自以為是。問題是，你有沒有識見？你有沒有貫徹信念鋼鐵似的意志？

　　而這女子一反傳統以為女子不懂政治，只會亂政的習見。難得的是，她表現了人民為本、君主為末的理念。她對外國有這樣細緻的認識，對本國的情況，怎會不了解？她關心外國的百姓，怎會不體恤自己的人民？誠然，論者歷來都一面倒讚賞她以民為本的思想。不過，我多讀幾次，心中也有幾個問號。

　　一切禮法，必須符合人之常情、常理。以為女子不嫁以便在家照顧父母，說是孝道的表現，孝則孝矣，卻並不值得鼓勵。不娶不嫁，可以有各種原因，都必須尊重，但說是為了孝順，那是否陷父母於不義？

　　兩位士子，大堪借重，沒有問題，做官做得不好，再謝罪下臺。但另一面，趙威后寬於薦用，又是否輕於誅戮？全文以一句「**何為至今不殺**」收煞，令人不寒而慄。翻手她可以讓春暖煦和，覆手可以冰封大地。這位於陵子仲，據說即孟子筆下的陳仲子，「**身織屨，妻辟纑**」，「**以兄之祿為不義，而不食也，以兄之室為不義之室，而不居也。避兄離母，處於於陵**（《孟子‧滕文公下》）。」這其實是一個與世無爭的隱士；但也同時被其他人批評為不恃人而食，亦無益於人云云。即使這樣，罪竟至殺？

　　這提醒我們，這畢竟是人治的社會。一句話，就足以置人於死地，不容異見，不容另一種生活方式，說是以民為本，可不要太高估。我們試想想，當她說：「**苟無民，何以有君？……**」會是怎麼樣的一種聲音？當她說：「**何為至今不殺？**」又是怎麼樣的一種語調？

君權至上，那聲音的本質並沒有不同。學問學問，問問題也是要學習的：齊王何以會問候趙國的王太后，趙國的王太后又何以會反問齊國的上下安好，她的反問，不會有干涉外國內政之嫌麼？尤其對齊王，是否太嚴苛呢？原來都不是惡意的，照馮夢龍《東周列國志》所云，趙惠文王十年娶齊湣王的女兒，這女兒，即是威后。齊王建是湣王之孫、襄王之子，然則趙威后是齊王的祖姑母，儘管她十分年輕，只有三十四歲。齊國是她的外家。當然，問題又來了，這種血緣，明代的馮夢龍，何以得知？

文章本身倒是十分精彩，呈現了人的複雜性。趙威后只臨朝一年，翌年就過世了，真可惜。她在《戰國策》裡出現過兩次，鮮明奪目，瞬即消失。另一次也是名篇〈觸龍說趙太后〉，並不稱威后。論者以為「威」與「君」古音相近而通用，威后即君后，就像齊王的母親稱君王后。威后離世後不多久，趙秦在長平大戰，趙師慘敗。如果她在生，那麼精明，會相信紙上談兵嗎？而齊王建做了四十四年國君，太半時候權力落在母親君王后手上。君王后對秦國征伐三晉、韓、魏、趙，一直袖手旁觀，以為遠居山東，事不關己，直到秦國打到身邊。六國敗亡，齊排到最後，齊王建死後連諡號也沒有。

最後的問題是：齊使會把趙威后的問題如實一一向齊王匯報麼？我們都領教過這類混蛋的中介。而歷史上許許多多的問題，答案呵答案，在飄逝的風裡。

原文

齊王使使者問趙威后 [1]。書未發 [2]，威后問使者曰：「歲亦無恙耶 [3]？民亦無恙耶？王亦無恙耶？」

　　使者不說[4]，曰：「臣奉使使威后，今不問王而先問歲與民，豈先賤而後尊貴者乎？」

　　威后曰：「不然。苟無歲，何以有民？苟無民，何以有君？故有舍本而問末者耶[5]？」

　　乃進而問之曰：「齊有處士曰鍾離子[6]，無恙耶？是其為人也，有糧者亦食[7]，無糧者亦食；有衣者亦衣[8]，無衣者亦衣。是助王養其民者也，何以至今不業也[9]？葉陽子無恙乎[10]？是其為人，哀鰥寡，恤孤獨，振困窮[11]，補不足。是助王息其民者也，何以至今不業也？北宮之女嬰兒子無恙耶[12]？徹其環瑱[13]，至老不嫁，以養父母。是皆率民而出於孝情者也，胡為至今不朝也[14]？此二士弗業，一女不朝，何以王齊國，子萬民乎[15]？於陵子仲尚存乎[16]？是其為人也，上不臣於王，下不治其家，中不索交諸侯。此率民而出於無用者，何為至今不殺乎？」

——《戰國策·齊》

注釋

[1] 齊王使使者問趙威后：使，從第一個使，差遣；動詞；第二個使，使者乃奉使命的人，音事。問，聘問，當時諸侯之間的一種禮節。

[2] 書未發：書，書信。發，拆閱。

[3] 歲亦無恙耶：歲，年歲的收成。

[4] 使者不說：說，通「悅」，高興。

[5] 故有舍本而問末者耶：舍，通「捨」，捨棄。本指人民，末指君主。這是以民為本的想法。

[6] 齊有處士曰鍾離子：處士，未做官或不做官的士人。鍾離，複姓，以地名為氏。

[7] 有糧者亦食：食，音飼，給人提供食物；動詞。上下句同。

[8] 有衣者亦衣：第二個衣，音意，給人衣服穿；動詞。下句同。

[9] 何以至今不業也：業，使之作官而成就功業；動詞。

[10] 葉陽子無恙乎：葉陽子，齊處士。葉，音涉；葉陽，複姓，也以地名為氏。

[11] 振困窮：振，通「賑」，救濟。

[12] 北宮之女嬰兒子無恙耶：北宮，複姓；嬰兒子，是名字。

[13] 徹其環瑱：徹，通「撤」，撤下。環瑱，耳環和冠冕上垂在兩側的玉飾；瑱，音填。指不佩戴玉飾。

[14] 胡為至今不朝也：胡，為什麼。朝，謂賜她命婦之名，得以上朝受褒揚。

[15] 何以王齊國，子萬民乎：王，音旺，統治；動詞。子萬民，以萬民為子，意謂為民父母；子，動詞。

[16] 於陵子仲尚存乎：於陵，地名。於，音烏。子仲，人名。存，在生。

　　趙惠文王去世，子孝成王登位，年紀尚幼，由趙太后親政，其時是周赧王五十年，公元前 266 年。這位趙太后，即是前篇問齊使的趙威后。惠文王過世時才四十四歲，然則這位太后，不會太老，但照《戰國策・趙》所記，她和老臣觸龍的對話，自稱「老婦」，出門要坐車、吃粥，彷彿老態龍鍾，其實是錯覺，也許她想在群臣面前，刻意表現得持重老成，切勿欺我孤兒寡婦或未可知。太后新當政，國家新喪，秦竟趁機急攻。倘是春秋時代，國喪而侵伐，並不合禮，儘管仍偶有發生，如宋襄公在齊桓公死後伐齊。畢竟例子不太多。但戰國則完全不管，何況秦乃所謂西方虎狼之國。這時候秦已攻下趙三城，情勢危急。兩年前，秦昭王聽從范雎之議，一面「遠交近攻」，另一面又改魏冉只攻城取地的策略，要「**毋獨攻其地而攻其人**」，既搶地又殺人，以削弱對手的戰鬥力。秦變得如狼似虎，這才產生後來秦將白起既水沉又生葬敵人的慘絕做法。

　　趙不得不向齊求援。但齊人要趙的人質才肯出兵，要求的人質不是誰，是太后的幼子長安君。出兵救助，往往要太子之類為質，春秋戰國頗多前例，變成不是特別苛刻的條件。至於當時趙齊緊張的關係，以至齊在戰國後期退出國際亂局來看，是否一個會借，另一個願借，則是另一辨偽的問題。

　　最小偏憐，天下母親莫不如此。倘非太后執政，大概不會構成障

礙，可如今是由她掌權，她就是拒絕。大臣一再苦勸，讓長安君去吧。她不勝其煩，斬釘截鐵明令：再有人勸說要長安君做人質，老身一定當面吐他！於是再沒有人敢去進諫，大家乾着急。

左師觸龍說他希望見見太后。太后大概想：又來了，一腔怒氣等着他。（給他面色看，還敢勸說麼？）觸龍的動作向前傾，想快走，卻快不起來，只能逐步慢走，予人力不從心的滑稽感。到了太后面前道歉說：我的腳有毛病，連快跑都不能，很久沒來看望太后了。（見國君以至尊長，要小跑上迎，慢條斯理就不禮貌。觸龍表現老態，也許是故意的，示人以弱，讓對手稍鬆戒備。）私下裡原諒自己，可又擔心太后貴體有什麼不舒適，所以總想來看望。

太后說：我出門全靠坐車。

觸龍問：每天的飲食該不會減少吧？

太后答：吃點粥罷了。（句子甚短，仍在戒備。）

觸龍說：老臣近來也不想吃東西，自己勉力走走，每天走上三四里，就慢慢地稍多一點食欲，身子也比較舒適了。

太后說：我做不到。太后的怒氣消解了些。（從日常生活說起，談保健、養生，這是上年紀的人共同話題。先建立溝通的渠道。）

觸龍說：我的兒子舒祺，年齡最小，不成器；而我老了，私下又疼愛他，希望能讓他補上黑衣侍衛的空缺，保衛王宮。我冒死罪稟告太后。（原來如此，太后會想。這就有同病相憐之感。）

太后說：可以。多大了？

觸龍說：十五歲了。雖然還小，希望趁我還有口氣就託付給太后。

太后說：你們男人也疼愛小兒子嗎？（你們還說我不肯讓幼子做人質？）

觸龍說：比婦女還厲害。（自嘲。）

太后笑着說：婦女更厲害。（笑了，完全放下戒備了。）

觸龍回答說：我私下認為，太后疼愛燕后超過疼愛長安君。（從太后的女兒悄悄地轉出長安君來。）

太后說：你錯了，不像疼愛長安君那樣厲害。（上當了，承認疼愛長安君很厲害。）

觸龍說：父母疼愛子女，會為他們長遠的利益考慮。老太太您送燕后出嫁時，拉着她的腳後跟哭泣，這是想到她嫁到遠方而傷心，也真憐愛她的。她走後，也並不是不想念她，每逢祭祀一定為她祝禱：千萬不要被趕回來。難道這不是為她長遠的幸福打算，希望她一直做皇后，子孫世代代做國君嗎？（體貼入微，說出天下母親矛盾的愛：既為女兒遠嫁而傷心，可又不希望她回來：遠嫁到外國去，就祝願她家庭幸福，不要跑回娘家。可憐天下父母心，這是為女兒長遠計，朝中顯然沒有人理解。觸龍多善解人意，太后會多窩心。然則，疼愛兒子，也會同樣為他長遠地設想嗎？）

太后說：是這樣的。（她同意了。）

觸龍說：從現在推算到三代以前，以至趙的建國，趙君的子孫封侯的，還有誰能繼承爵位的呢？（為什麼說到封侯後繼的富三代問題？除非你繼承君位，否則不建功立業，遲早喪失爵位，說的是遠例，卻是游說學上的「近交遠攻」。）

趙太后答：沒有。

觸龍說：不僅是趙國，其他諸侯受封的子孫，還能有後繼人嗎？

趙太后說：老身沒聽說過。

觸龍說：禍患早來就降臨自己身上，遲來就降臨子孫身上。難道國君的子孫就一定不好嗎？這是他們位尊而沒有功，俸厚而沒有勞，又擁有太多的珍寶。如今老太太厚愛長安君，給他肥沃的封地，給他許多珍寶，而不讓他趁現在這個時機為國立功，一旦老太太百年之後，長安君憑什麼可以在趙國立足呢？（終於說到長安君了。）老臣覺得老太太為長安君打算得太短了，所以認為疼愛他比不上疼愛燕后。（好像仍在為疼愛長安君比不上疼愛燕后問題辯解。做人質，其實是為國立功的機會，是為他的「**計久長**」。）

太后說：好吧，任憑你對他安排吧。（畢竟是明白人，明白了，

不必點明，也好下臺。從未提長安君為質，所以也沒令「**必唾其面**」的話不算數。）

於是替長安君準備了一百輛車子，送他到齊國去做人質，齊國的救兵也就出動了。

這是《戰國策》最感人的說辭，感人的意思是並不純從理性立論，而是充份照顧人的溫情。首先，觸龍並沒有批評太后寵愛兒子不對，父母對兒女的愛是無可批評的，不僅不可厚非，甚至不容薄責，因為這是一切動物的常性。眾大臣強她為國犧牲，以為寵愛幼子不對，是沒有從一個母親的角度去考慮──一個母親，而不是一個太后，不過這個母親有太后的權力罷了；對她不諒解，其實也是對人性的不理解。對立是怎樣造成的？趙太后對燕后遠嫁的安排，其實是趙燕的政治婚姻，說明她會「**計深遠**」、「**計久長**」，並非鐵板一塊。她一定滿肚委屈，這些大男人把她逼到死角去，令她強烈反彈，索性拒絕商量。即使她接受了，也不會服氣。後世相傳岳母在岳飛背後刺字「精忠報國」，國是要報的，但先傷害兒子的身體，並不可信，也不值得鼓吹。這是陷岳母於不慈。一如漢人提倡孝道，宣傳二十四孝，其中竟有不人道的做法，那是變態，而非常態。觸龍肯定父母之愛，他就表現這種愛：不惜為幼子走後門求職。求職未必是真心，但表現他和太后的共通，他了解，這就可以說話，甚至同仇敵愾了。

相反，他嫌她對幼子愛得不夠，說穿了是愛得不對，因為沒有為他長遠的利益打算。他拿她對女兒的愛和幼子的愛比較（「**老臣竊以為媼之愛燕后賢於長安君**」），分明是對她既定思維的一種挑戰，妙在毫無敵意，卻逗引她追索的興趣。話題於是變成兒女不是不該愛護，而是該如何愛護，一個本來的個案，於是上升為通則，這就發人深省。今人愛護子女，由於通行節育，而物質發達，比過去的社會，益發無微不至。時下的所謂公主病、公子病，即是父母溺愛、錯愛，愛之不得法的緣故。對子女多方保護，提供物質的享受唯恐不周，怕他們吃苦、受挫折，這種愛，是「**計短**」，到頭來兒女就吃不得苦，

受不了挫折。

這也是年輕人教育的問題。吃苦頭、受挫折，其實是教育的一部份，是「必須之惡」。人生不免要吃苦頭、受挫折。沒吃過苦，怎會體會甜的味道？怎算是完整的人生？讓他接受考驗、挑戰，也嚐嚐失敗，從失敗裡學習，別以為幸福是必然的，從而強健自己，身心與人格才算完整。這才是「計深遠」、「計久長」。這才是愛子之道。

到齊國做人質，是危難，也可以是機會。逃避了，一時安樂，卻會受趙國臣民唾棄，就像諸侯後繼的富二代、三代，還背負因私棄公的指責；這是雙失。接受了，既可磨練，又為國立功，將來回來，一定受人尊重，他的母親趙太后也有榮焉，她執掌國政，表現了無私的愛；這是兼得。

何況，同長安君上路的，有一百輛車，即四百匹馬，排場不少，即使軟禁，生活也一定比普通人優裕，如果此文是史實（恐怕不是），則這個苦頭，不會太苦，差堪當是十七至十九世紀時歐洲公子哥兒的大旅行（Grand Tour）吧。

這是《戰國策》最好的文章，可說「動之以情，說之以理，喻之以義」的典範，文中也點出富二代、三代，「**位尊而無功，俸厚而無勞**」，終至失位，這是歷古常新的教訓。六年後，趙孝成王年紀稍長，親掌國政，他沒有弟弟那樣的磨練，最大的失策是與秦國打長平之戰（公元前 260 年），中了反間計，認定廉頗已老（當時藺相如則病危），棄之不用，而輕信紙上談兵的趙括，本來相持三年，不分勝負，改變廉頗穩守之策，冒進出擊，結果大敗，四十多萬將士被俘，白起只放走二百四十多名年幼戰俘，其他呢，貫徹范雎攻人之議，生坑。這一戰，決定了誰統一中國。翻開《戰國策》，有太多才子式的誇誇其談，如果趙太后在，真希望她會說：「有復言易吾將廉頗者，老婦必唾其面！」

原文

趙太后新用事[1]，秦急攻之。趙氏求救於齊。齊曰：「必以長安君為質[2]，兵乃出。」太后不肯，大臣強諫。太后明謂左右：「有復言令長安君為質者，老婦必唾其面！」

左師觸龍言願見太后[3]，太后盛氣而胥之[4]。入而徐趨[5]，至而自謝，曰：「老臣病足，曾不能疾走，不得見久矣。竊自恕[6]，而恐太后玉體之有所郄也[7]，故願望見太后。」

太后曰：「老婦恃輦而行[8]。」

曰：「日食飲得無衰乎？」

曰：「恃鬻耳也[9]。」

曰：「老臣今者殊不欲食，乃自強步[10]，日三四里，少益嗜食[11]，和於身也[12]。」

太后曰：「老婦不能。」太后之色少解[13]。

左師公曰：「老臣賤息舒祺[14]，最少，不肖；而臣衰，竊愛憐之。願令得補黑衣之數[15]，以衛王宮[16]。沒死以聞[17]。」

太后曰：「敬諾。年幾何矣？」

對曰：「十五歲矣。雖少，願及未填溝壑而託之[18]。」

太后曰：「丈夫亦愛憐其少子乎？」

對曰：「甚於婦人。」

太后笑曰：「婦人異甚[19]。」

對曰：「老臣竊以為媼之愛燕后賢於長安君[20]。」

曰：「君過矣，不若長安君之甚[21]。」

左師公曰：「父母之愛子，則為之計深遠。媼之送燕后也，

持其踵為之泣[22]，念悲其遠也[23]，亦哀之矣。已行，非弗思也，祭祀必祝之，祝曰：『必勿使反[24]』。豈非計久長，有子孫相繼為王也哉[25]？」

太后曰：「然。」

左師公曰：「今三世以前[26]，至於趙之為趙[27]，趙王之子孫侯者，其繼有在者乎[28]？」

曰：「無有。」

曰：「微獨趙[29]，諸侯有在者乎？」

曰：「老婦不聞也。」

「此其近者禍及身，遠者及其子孫[30]。豈人主之子孫則必不善哉？位尊而無功，奉厚而無勞[31]，而挾重器多也[32]。今媼尊長安君之位，而封之以膏腴之地，多予之重器，而不及今令有功於國，一旦山陵崩[33]，長安君何以自託於趙[34]？老臣以媼為長安君計短也，故以為其愛不若燕后。」

太后曰：「諾，恣君之所使之[35]。」

於是為長安君約車百乘[36]，質於齊，齊兵乃出。

——《戰國策・趙》

注釋

[1] 趙太后新用事：趙太后，趙惠文王威后，趙孝成王之母。用事，執政、當權。惠文王剛去世，孝成王年少，由趙太后執政，故云「新用事」。

[2] 必以長安君為質：長安君，趙太后幼子的封號。質，春秋戰國諸侯國求助於別國時，

每以公子，甚至太子做人質。

[3] 左師觸龍言願見太后：左師，春秋戰國時趙、宋等國官制，分左師、右師，執政官。以觸龍為左師，又稱「左師公」，大抵是對老臣的優待，並無實務。觸龍言，舊作「觸讋」二字，據《史記》，尤其是長沙馬王堆三號漢墓出土的《戰國策》殘本，均作「觸龍」，龍言應屬兩字。

[4] 太后盛氣而胥之：胥，等待。太后一股怒氣地等着他。

[5] 入而徐趨：徐趨，慢走，與「疾趨」相對。據古書記載，古人行禮時的步伐有「疾趨」與「徐趨」兩種，一般下級見尊長、臣見君，用「疾趨」，步大，腳跟離地；小跑迎上去，以示尊敬。「徐趨」則是步小，腳跟並不抬起。觸龍見太后應「疾趨」，但因為不良於行（他自己解釋），只能「徐趨」，前傾快步，裝裝姿勢，逐步向前慢走。

[6] 竊自恕：恕，寬恕。私下裡寬恕自己。

[7] 而恐太后玉體之有所郄也：郄，通「隙」。有所郄，是身體有病的委婉説法。

[8] 老婦恃輦而行：恃輦，依靠車子。輦也是代步車子，但與車的分別是用人力推拉，車則用馬牽引。輦，在秦漢之後為帝王專用；音力免切。

[9] 恃鬻耳：鬻，粥的本字。吃粥罷了。

[10] 乃自強步：強，勉力。於是自己勉力走走路。

[11] 少益嗜食：少，通「稍」，下同，稍微喜歡多吃東西。

[12] 和於身也：和，安適、舒服的意思。

[13] 太后之色少解：色少解，怒色稍微消解。

[14] 老臣賤息舒祺：賤息，對自己兒子的謙稱。舒祺，兒子的名字。

[15] 願令得補黑衣之數：黑衣，趙國宮廷侍衛所服，借代宮廷衛士。侍衛不一定出缺，這是委婉説法，是希望兒子能當侍衛一職。

[16] 以衛王宮：宮，原作「官」，也依《史記》改。

[17] 沒死以聞：沒死，冒着死罪；臣對君的謙語。冒着死罪把這話告訴您。

[18] 願及未填溝壑而託之：填溝壑，自謙比為賤民，死而棄屍於溝壑。託，負託。希望趁未死把兒子負託給太后。

[19] 婦人異甚：異，特別，指婦人的愛護更厲害。

[20] 老臣竊以為媪之愛燕后賢於長安君：媪，老太太；對年老婦人的尊稱。燕后，趙太后之女，遠嫁燕國為后。賢，超過、勝過。

[21] 不若長安君之甚：不若，不如。遠遠不及愛長安君。

[22] 持其踵為之泣：踵，足跟。女嫁乘輿輦將行，母不忍別，在車下握着她的腳後跟哭泣。

[23] 念悲其遠也：為她遠嫁而悲痛，因恐怕是永別了。

[24] 必勿使反：反，同「返」。一定不要讓她回來娘家。古代諸侯嫁女於他國為后，一般並不回國，除非失寵被廢、夫死無子，甚或亡國。故太后盼女兒切勿回來。當然也有例外，魯桓公的夫人姜氏曾隨丈夫回齊國省親，引起悲劇。

[25] 有子孫相繼為王也哉：繼，繼承。

[26] 今三世以前：三世以前，指趙武靈王。孝成王之父為惠文王，惠文王之父為武靈王。

[27] 至於趙之為趙：趙之為趙，前「趙」指趙氏，周穆王賜造父以趙城，始有趙氏；後「趙」指趙國。公元前 376 年，韓、趙、魏三家分晉，趙獨立成國。

[28] 其繼有在者乎：繼，動詞用作名詞，繼承人、後嗣者。在，存仕。他們的繼承人還有存在的嗎？換言之，已沒有人能夠繼承祿位。

[29] 微獨趙：微，非、不。微獨，不僅、不單。不單是趙國。

[30] 遠者及其子孫：及，到過，引申為降臨。指禍害遲來就會降臨子孫。

[31] 奉厚而無勞：奉，俸祿。勞，功勞。俸祿優厚卻沒有功勞。

[32] 而挾重器多也：挾重器，擁有許多珍貴的器物。挾，略有貶意，如挾持。

[33] 一旦山陵崩：山陵，喻帝王，這裡指趙太后。崩，駕崩，喻帝王死去。

[34] 長安君何以自託於趙：自託於趙，使自己在趙國立足。這是反詰。長安君憑什麼可以使自己在趙國立足。

[35] 恣君之所使之：任憑你對他的安排。

[36] 於是為長安君約車百乘：約車百乘，置辦一百輛車子。

30

一段精彩卻不對應的諫言

——莊辛勸楚襄王

　　莊辛對楚襄王說他有四個佞臣，身邊左右，車前車後，一味放蕩玩樂，不理國政，郢都危險了。四個佞臣，名字不詳，只有州侯，他是令尹，這是楚國最高的官職。荀子提過：「**楚之州侯，可謂『態臣』者也。**」（《荀子・臣道》）「態臣」，惺惺作態，逢迎取媚國君之臣。莊辛這樣說，而且不怕點名，是要襄王居安思危。其實楚國根本不安。襄王的父親懷王，上張儀的當，不聽屈原的忠言（又是領導不聽善言），被騙到秦國去，結果身死異鄉。到襄王繼位，國勢日壞，仍不知國危，寵倖小人，只知玩樂，郢都危險了。

　　楚襄王怎樣回應這種當面指責呢？他說：先生老糊塗了？抑或以為楚國遇上妖孽嗎？莊辛答：我的的確確看到這是必然的結果，不敢認為國家會遇上不祥。君王要是仍然寵倖這四個人，不知改變，楚國一定會亡。請求君王准許我到趙國避難，留在那裡觀看變化吧。

　　從「**郢都必危**」，到「**楚國必亡**」，這是越說越嚴重。但楚襄王就是不聽，也樂得讓說這種逆耳之言的人離去。莊辛去了趙國，但他只在那裡躭了五個月，秦將白起果然就攻佔了鄢、郢、巫、上蔡、陳等地，楚襄王也流亡到陳縣的城陽去，以城陽為都城，仍稱郢。這才想起那個老糊塗莊辛，於是派人快馬到趙國徵召莊辛。莊辛到了城陽，楚襄王對他說：寡人當初不聽先生的話，如今國家淪落到這個地步，怎麼辦好呢？

　　下文是莊辛第二次進諫。此文見《戰國策·楚》，他的說話很精彩，但不是道理的內容，我覺得那無非老生常談，而是說道理的方法。風行多年的《古文觀止》，選了此文，不過從莊辛第二次諫言開始。選得好，大抵也看到莊辛第二次諫言的問題，刪去第一次諫言，可這麼一來就看不出文章的毛病。

　　何以這樣說？因為楚襄王在失去郢都後，召莊辛回來，無疑是頗有悔悟之意。之前不聽，現在聽了。他的問題是：如今這個殘局，怎麼挽救好呢？

　　莊辛的回答先引一句俗語：見到兔子再放出獵犬並不算晚，羊丟失再去修補圍欄也不算遲（「見兔而顧犬，未為晚也；亡羊而補牢，未為遲也」）。然後說：我聽說過去商湯和周武，憑百里的土地而昌盛起來；夏桀和殷紂，雖擁有天下，終不免亡國。如今楚國雖小，截長補短，仍有地數千里，豈止百里呢？

　　說得好，安慰國君，知錯能改，為時未晚。接着，他的大段話，又回到開初居安思危的道理。他說：

　　大王難道沒有見過蜻蜓？六隻腳，四隻翅膀，在天地之間飛翔，低頭啄食蚊蠅，抬頭喝飲甘美的露水，自以為無憂無慮，又與人無爭。豈知那五尺的小童，剛在絲網上調了膠液，要把牠從四仞的高空上黏住，牠的下場是被螞蟻吃掉。

　　蜻蜓還是小的哩，黃雀也是這樣。牠低頭啄食米粒，仰身棲息在茂林間，鼓動翅膀奮力飛翔，自以為無憂無慮，又與人無爭。豈知那公子王孫，左手拿彈弓，右手挾彈丸，要把牠從十仞的高空打下，把牠的頸子做靶。白天還在茂林中遊玩，晚上就成了酸鹹烹調的佳餚，轉眼之間落入王孫公子之手。

　　黃雀還是小的哩，黃鵠也是這樣。在江海上遨遊，棲息在大沼澤邊，低頭吞食鱔魚鯉魚，抬頭咬嚼菱角香草，奮動翅羽，凌駕清風，在高空飄搖飛翔，自以為無憂無慮，又與人無爭。豈知射鳥的人，已準備好石箭頭、黑弓、帶繩的箭，要把牠從百仞的高空射下。牠身中

利箭，拖着細繩，從清風中墜落。牠白天還在江河上漫遊，晚上就成了大鍋中烹調的美味。

黃鵠還是小的哩，蔡靈侯也是這樣。他南遊高陂，北登巫山，飲茹溪的水，吃湘江的魚；左抱年輕侍妾，右摟寵妃，和她們在高蔡馳騁，不把國事放在心上。豈知大夫子發奉靈王之命，要把他用紅繩縛起往見靈王。

蔡靈侯的事還是小事，君王的事也是這樣。君王州侯在左，夏侯在右，鄢陵君和壽陵君跟隨在車後。讓他們吃封地的糧食，載走國庫的錢財，跟他們在雲夢澤裡馳騁，不把國事放在心上。豈知穰侯剛奉秦王之令，軍隊佈滿黽塞之內，要把君王逐出黽塞以外。

這就是莊辛的一番話，從自然界的蜻蜓、黃雀、黃鵠，自小而大，越飛越高，牠們感覺良好，「**自以為無患，不與人爭**」，豈知危機四伏，生命可以在倏忽之間失去。再轉到人類，蔡靈侯，然後是楚襄王，自遠而近，同樣是感覺良好，比飛禽等而下之的是，縱情聲色，不管國事。前者被楚靈王所滅，後者，到襄王自己，恐怕也會遭遇同一命運。這一番話，我當是小說來讀，而且是非常好的小說，彷彿一個小說家在說他的寓言故事，有想像、有寓意，每個段落的開始，總是這個是小事，對另一個也是這樣，是層遞，是整段的排比，其句式是：「……其小者也，……因是以」，這種程式化的言說結構，是西方文學所謂「母題」（motif），在重複裡有深化（incremental repetition）。主題是「居安思危」。

居安思危？第一次進諫時不是說過了麼？流亡在外的楚襄王不是也已同意，居已不安，危在當下？他召莊辛回來，發問：有何善策，應付當下的危機好呢？

莊辛其實答非所問。如果這是面試，考官問如何改善環保，你卻回答破壞環保對大自然以至對人類的害處，這是沒有針對問題，肯定不會合格。

大抵他在趙國反省五個月，學會了如何進諫。第一次進諫，太直

接、刺激，於是收到強烈的反彈：先生老糊塗了。他應該從小小的一隻蜻蜓說起，要熱一下身。我們不妨重新組織這篇文章，把第一次進諫刪去，——這是《古文觀止》選家的做法。接着是最後一段，這一段，也被清代的選家刪去了：

　　楚襄王聽了莊辛的話，大驚失色，全身發抖。詩人說他無夢，應該是因此失眠。於是贈送執珪給莊辛作為信物，封他為陽陵君。其後莊辛幫助楚王收復了淮北的土地。

　　我不以為莊辛先生是老糊塗，收結說他幫助楚王稍得恢復，証明是有辦法的，不過，這變成他們之間的密語，不能據此說明這是完整的文章。就文論文，我們肯定它的好處，同時也要指出它的缺失。以前的文評家也曾為此爭論。而這，未必是莊辛之過，是戰國時代作者對游說過程的迷思，而忽略了內容的對應。

原文

　　莊辛謂楚襄王曰 [1]：「君王左州侯右夏侯 [2]，輦從鄢陵君與壽陵君 [3]，專淫逸侈靡 [4]，不顧國政，郢都必危矣。」

　　襄王曰：「先生老悖乎 [5]？將以為楚國祅祥乎 [6]？」

　　莊辛曰：「臣誠見其必然者也，非敢以為國祅祥也。君王卒幸四子者不衰 [7]，楚國必亡矣。臣請辟於趙 [8]，淹留以觀之。」

　　莊辛去之趙 [9]。留五月，秦果舉鄢、郢、巫、上蔡、陳之地 [10]，襄王流揜於城陽 [11]。於是使人發騶 [12]，徵莊辛於趙。莊辛曰：「諾。」

　　莊辛至，襄王曰：「寡人不能用先生之言，今事至於此，為之奈何？」

莊辛對曰：「臣聞鄙語曰^[13]：『見兔而顧犬，未為晚也；亡羊而補牢，未為遲也^[14]。』臣聞昔湯、武以百里昌，桀、紂以天下亡。今楚國雖小，絕長續短^[15]，猶以數千里，豈特百里哉？

「王獨不見夫蜻蛉乎^[16]？六足四翼，飛翔乎天地之間，俯啄蚊虻而食之^[17]，仰承甘露而飲之，自以為無患，與人無爭也。不知夫五尺童子，方將調飴膠絲^[18]，加己乎四仞之上^[19]，而下為螻蟻食也。

「蜻蛉其小者也，黃雀因是以。俯噣白粒^[20]，仰棲茂樹，鼓翅奮翼，自以為無患，與人無爭也。不知夫公子王孫，左挾彈，右攝丸^[21]，將加己乎十仞之上，以其類為招^[22]。晝游乎茂樹，夕調乎酸鹹^[23]，倏忽之間，墜於公子之手。

「夫雀其小者也，黃鵠因是以。游於江海，淹乎大沼^[24]，俯噣鱔鯉，仰齧菱衡^[25]，奮其六翮^[26]，而凌清風飄搖乎高翔，自以為無患，與人無爭也，不知夫射者，方將修其碆盧^[27]，治其繒繳^[28]，將加己乎百仞之上。彼礛磻，引微繳^[29]，折清風而抎矣^[30]，故晝游乎江河，夕調乎鼎鼐^[31]。

「夫黃鵠其小者也，蔡聖侯之事因是以。南游乎高陂^[32]，北陵乎巫山^[33]，飲茹溪流，食湘波之魚，左抱幼妾^[34]，右擁嬖女^[35]，與之馳騁乎高蔡之中^[36]，而不以國家為事。不知夫子發方受命乎靈王^[37]，繫己以朱絲而見之也^[38]。

「蔡聖侯之事其小者也，君王之事因是以。左州侯，右夏侯，輦從鄢陵君與壽陵君，飯封祿之粟^[39]，而戴方府之金^[40]，

與之馳騁乎雲夢之中 [41]，而不以天下國家為事，不知夫穰侯方受命乎秦王 [42]，填黽塞之內，而投己乎黽塞之外 [43]。」

襄王聞之，顏色變作，身體戰慄。於是乃以執珪而授之為陽陵君 [44]，與淮北之地也 [45]。

——《戰國策 · 楚》

注釋

[1] 莊辛謂楚襄王曰：莊辛，楚莊王之後，因以莊為姓。謂，勸説。楚襄王，即楚頃襄王，芈姓，熊氏，名橫，楚懷王之子，公元前 298 年至公元前 263 年在位，流放過屈原。

[2] 君王左州侯右夏侯：州侯、夏侯，皆楚官，不詳。

[3] 輦從鄢陵君與壽陵君：輦從，車後跟隨；輦，音利免切。鄢陵君與壽陵君，不詳。

[4] 專淫逸侈靡：專，一味地、專門地。淫逸，行為放蕩。侈靡，浪費。

[5] 先生老悖乎：老悖，年老而糊塗。

[6] 將以為楚國祅祥乎：祅祥，祅，通「妖」，猶言妖孽。

[7] 君王卒幸四子者不衰：卒，最終。卒幸，始終寵愛。衰，減、衰減。

[8] 臣請辟於趙：辟，同「避」。

[9] 莊辛去之趙：去之，離開楚國前往趙國。

[10] 秦果舉鄢、郢、巫、上蔡、陳之地：舉，攻下。唯上述楚地並非同一時間為秦侵佔，陳也未落入秦手，楚襄王才得以移都於此。

[11] 襄王流揜於城陽：流揜，因流亡而淹留；揜，音掩，躲藏之意。城陽，今河南省息縣西北。

[12] 於是使人發騶：騶，古代掌管車、馬的官吏；騶，音舟。發騶，派遣騎士。

[13] 臣聞鄙語曰：鄙語，猶俗語，也是民間智慧。

[14] 見兔而顧犬，未為晚也；亡羊而補牢，未為遲也：顧犬，回頭看犬，引申為放出犬隻。亡，丟失。牢，羊圈。後世「亡羊補牢，未為晚也」出處。

[15] 絕長續短：截長補短。

[16] 王獨不見夫蜻蛉乎：獨，難道。蜻蛉，蜻蜓。

[17] 俯啄蚊虻而食之：虻，蠅類飛蟲。

[18] 方將調飴膠絲：調和糖漿，泛指黏性膠液，黏在絲網上，用作捕蜻蜓工具。

[19] 加己乎四仞之上：己，蜻蛉。加己，施加在自己身上。仞，八尺；另一説七尺。

[20] 俯噣白粒：噣，通「啄」。白粒，米粒。

[21] 左挾彈，右攝丸：挾彈，把着彈弓。攝丸，按上彈丸。

[22] 以其類為招：類，當為「頸」之誤。招，靶子。即以其頸部作為靶子。

[23] 夕調乎酸鹹：加上酸的鹹的調味品。此句之後十字，王念孫認為是後人妄加，因既烹之，説「墜公子之手」，乃成蛇足。

[24] 淹乎大沼：淹，停留。沼，池。

[25] 仰齧菱衡：齧，咬；音熱。菱衡，菱角和水荇。衡，通「荇」。

[26] 奮其六翮：翮，鳥翅上大羽毛的莖，借代翅膀。張大牠的翅膀。

[27] 方將修其碆盧：方將，正要。碆，音波，石製箭頭。盧，黑色的弓。

[28] 治其繒繳：繒，帶線的短箭。繳，繫在箭上的線，射後可把箭及獵物收回。

[29] 彼磻磻，引微繳：彼，他本作「被」，受到。磻磻，音監播，銳利的石箭。引微繳，拖着細繩。

[30] 折清風而抎矣：抎，通「隕」，墜落。

[31] 夕調乎鼎鼐：鼎鼐，古代烹煮器具；鼐，音乃。

[32] 南游乎高陂：陂，山坡。高陂，高丘。

[33] 北陵乎巫山：巫山，山名，今四川省巫山縣東。

[34] 左抱幼妾：幼，年輕。

[35] 右擁嬖女：嬖女，寵愛的女人。

[36] 與之馳騁乎高蔡之中：高蔡，今河南省上蔡縣。

[37] 不知夫子發方受命乎靈王：子發，楚靈王大夫。受靈王之命出師。

[38] 繫己以朱絲而見之也：己，指蔡靈侯。朱絲，紅繩。見，使……見；使動用法。此句謂蔡靈侯被紅繩綁住，帶去見楚靈王。蔡靈侯因弒父自立，後為楚靈王所殺。

[39] 飯封祿之粟：飯，食。封祿之粟，從封地所收納的穀物。

[40] 而戴方府之金：戴，應為「載」。方府，楚國財庫之名。四方所貢入於國庫的錢財。

[41] 與之馳騁乎雲夢之中：雲夢，並非落實指雲夢澤，泛指襄王遊玩之地。

[42] 不知夫穰侯方受命乎秦王：穰侯，秦昭王母弟，即秦相魏冉。秦王，秦昭王。

[43] 填黽塞之內，而投己乎黽塞之外：填，佈滿軍隊。黽塞，即平靖關，為楚重鎮之一；黽，音敏。公元前 279 年，秦將白起破楚，進入黽塞，故稱「內」。翌年，攻下郢都，楚襄王流亡到陳，在黽塞之北，故稱「外」。

[44] 於是乃以執珪而授之為陽陵君：珪，同「圭」，玉器，長條形，上圓下方，為帝王諸侯所執。楚王持贈玉珪給莊辛，作為封爵的信符。莊辛的封號為陽陵君。以往周天子分封諸侯時，常常賜以玉珪，作為統治地方的權杖。另説執珪乃楚爵名。

[45] 與淮北之地也：與，通「舉」，攻下、收復。

31

當老百姓發怒

——唐雎不辱使命

　　唐雎為小小的安陵國出使，怎麼小法？據說五十里罷了。今天在旅遊車上瞌睡一下，就走過了。這是戰國的後期，強大的秦國先後滅了三晉：韓（公元前230年）、趙（公元前228年），以及安陵的宗主國魏（公元前225年），如今提出要用十倍的土地來換取安陵。要是國家沒有了，那新增的土地難道是浮城麼？安陵王只好說：太好了呵，可這是先人的土地，不敢拿來交換。雙方都心裡明白，都是謊言。不過謊言有兩種：一個硬，一個軟；硬者蠻橫，軟者婉轉。秦王不高興。安陵君於是派唐雎出使，向秦王當面解釋。俗云弱國無外交。然則，唐大使的任務，根本就不可能成功。

　　秦王問為什麼「**不聽寡人**」，「不聽」是「不聽令」。儼然霸王聲口。然後開門見山，寡人滅韓亡魏，安陵之所以倖存，是姑念安陵君是長者，才不放在心上。下文則云「**逆寡人者，輕寡人與**」，用「叛逆」的「逆」，叛逆寡人，是看不起寡人麼！如果唐雎真的曾經代表安陵國見秦王，當在滅魏的一、二年內，因為再後兩年，秦又吞併了南方大國楚。秦王大可把這個業績計算在內。當然，韓魏之間，秦也坑了三晉最大的對手趙，也沒提。

　　說是恫嚇，但也離事實不遠。秦是虎狼之國，一向不守信諾，其統一天下的過程，的確是一路殘殺。秦將白起屢戰屢勝，卻是殘暴之最，此人殺敵無數，最可怕的是對付降卒：水陸生葬。秦昭王

三十四年（公元前 273 年），他曾「沉其（趙）卒二萬於（黃）河」；四十七年（公元前 260 年），長平之戰，再坑趙降卒四十多萬，理由是趙卒反覆，恐作亂。其實是執行范雎佔地同時殺人的恐怖政策。趙國因此元氣大傷，用范雎的話是：「**趙卒之死於長平者已十七八。**」他前後殘殺韓、趙、魏、楚超過一百萬兵以上（二戰期間希特勒屠殺猶太人，更多達六百萬，但那是二千多年後的事）。嬴政登位後，攻下他出生地邯鄲，就下令把當年跟外祖家有過節的人全部坑殺。統一之後，坑儒生方士四百多，反而小巫見大巫。

寡人忽而變為天子，也就變成赤裸裸的我君你臣、我主你僕。然則大王可聽過「**布衣之怒**」？唐雎反問。充其量是脫冠赤足，以頭撞地，大王答：多麼可笑。

那只是庸夫之怒，士之怒並不是這樣的。然後唐雎一口氣連舉三個例子，襯以自然現象的突變，氣勢磅礴：

> **專諸之刺王僚也，彗星襲月；**
> **聶政之刺韓傀也，白虹貫日；**
> **要離之刺慶忌也，倉鷹擊於殿上。**

緊接着，從古至今，把我和你也算在內：「**若士必怒，伏屍二人，流血五步；天下縞素，今日是也！**」同樣的怒，相對於帝王的「**百萬**」、「**千里**」，士的「**二人**」、「**五步**」，強烈具體得多。這時候的唐雎，代表的不再是安陵，而是老百姓，面對暴君，他豁出去。而這，天子是賠不起的。

當平民被逼戰鬥，那是當場逐個殺或被殺，帝王，以至當今什麼的總統、領袖殺人，卻可以百千萬，而且手不沾血，根本不在場，那是遙控。要發動戰爭的政客自己也落場面對死亡，單打獨鬥，可能消弭許多不義的戰爭。至於中國歷史，從來只許天子一人發怒，其他人發怒，那是頑民的使性。但要是欺民太甚，唐雎告訴我們，只會玉石

俱焚。

今人的散文，陰柔的多，雄奇的少。《戰國策》所以值得細讀。不過《戰國策》的記述，文學的趣味往往多於史實。同樣見於〈魏策〉，此前曾記齊楚聯軍攻魏，唐雎為魏使秦昭王請援（公元前 266 年），其時已年九十餘；下距為安陵出使拒秦，已近半個世紀。這位唐雎，是老策士，而非壯士。其次，《戰國策》記「穰侯攻大梁」節曾提及秦相穰侯（魏冉）取得許、鄢陵。鄢陵，即安陵。換言之，安陵在半個世紀前已歸秦。區區安陵，要取又何用費詞？再其次，唐雎可以帶劍見秦王，並不合秦法。專諸也要把短劍藏諸魚腹，還學了好一陣烹飪。

唐雎把「**布衣之怒**」，分為庸夫與士。專諸三位刺客，是否屬於所謂布衣的士，縱橫家之文，不必深究，但唐雎本人就肯定不是布衣。士這個身份的演變，反而值得思考。春秋戰國的士，經歷從狹義到廣義的變化。最初的士，是士大夫，本屬武士階層，有食邑或有俸祿，位列貴族的最下層。其後的發展，則泛指一般男子，往往有特別的技能。戰國後期，不單指男子，更是有學識的男子。

後世再沒有武士階層，這個士，棄武從文，成為所謂讀書人，今人再進一步，受外國的影響，稱之為知識份子。但擁有專業知識還不算是知識份子，還需跳出本行，「聲聲入耳，事事關心」。工程師、會計師、醫生，如果沒有專業之外的人文關懷，也無非 mental technician，他們不必勞力而已，一如水喉匠、的士司機，不比他們低，也並不比他們高。知識份子，應該是社會的良知，不會取媚權貴，對社會的不義，是「**寧鳴而死，不默而生**」。知識份子的怒，是對不合理、不公平的現象口誅筆伐。

專諸三士，不過是殺人機器，受人所託（知道他們擅長殺人），為知己者死，勇則有餘，卻不問是非對錯，尤其是要離，追殺的是一個要逃離禍亂的善人。他們顯然不符合後人對士的要求。

唐雎呢，為弱者發聲，理直而氣壯。戰國時誕生的兩種特殊人物：

辯士和游俠，唐雎可說兩者兼全，除了有一張可以殺人也可以救人的嘴巴，還挺一把打抱不平的劍。他出使的任務不可能成功，但國家並沒有因此受辱。儘管離開一對一的困局，回復強弱兩國的懸殊關係，不會有什麼好後果。但國可亡，士不可辱；假使舉國皆士，則國也不易亡。秦王收結的話，毋寧是小說家代言，人物是真實的，歷史卻屬虛構。其實三晉亡後，秦勢已不可擋，在五年內即統一中國。不過魏亡之前兩年，的確有過那麼一位勇士謀刺秦王，而且幾乎成功，那是荊軻。司馬遷的《史記‧刺客列傳》是這方面的傑作。

原文

　　秦王使人謂安陵君曰 [1]：「寡人欲以五百里之地易安陵，安陵君其許寡人！」安陵君曰：「大王加惠，以大易小，甚善；雖然，受地於先王，願終守之，弗敢易 [2]。」秦王不悅。安陵君因使唐雎使於秦。

　　秦王謂唐雎曰：「寡人以五百里之地易安陵 [3]，安陵君不聽寡人，何也？且秦滅韓亡魏 [4]，而君以五十里之地存者，以君為長者，故不錯意也 [5]。今吾以十倍之地，請廣於君 [6]，而君逆寡人者，輕寡人與 [7]？」

　　唐雎對曰：「否，非若是也。安陵君受地於先王而守之，雖千里不敢易也，豈直五百里哉 [8]？」

　　秦王怫然怒 [9]，謂唐雎曰：「公亦嘗聞天子之怒乎？」

　　唐雎對曰：「臣未嘗聞也。」

　　秦王曰：「天子之怒，伏屍百萬，流血千里 [10]。」

唐雎曰：「大王嘗聞布衣之怒乎[11]？」

秦王曰：「布衣之怒，亦免冠徒跣，以頭搶地耳[12]。」

唐雎曰：「此庸夫之怒也，非士之怒也。夫專諸之刺王僚也，彗星襲月[13]；聶政之刺韓傀也，白虹貫日[14]；要離之刺慶忌也，倉鷹擊於殿上[15]。此三子者，皆布衣之士也，懷怒未發，休祲降於天[16]，與臣而將四矣[17]。若士必怒，伏屍二人，流血五步，天下縞素[18]，今日是也！」挺劍而起。

秦王色撓，長跪而謝之曰[19]：「先生坐，何至於此？寡人諭矣[20]：夫韓、魏滅亡，而安陵以五十里之地存者，徒以有先生也。」

——《戰國策．魏》

注釋

[1] 秦王使人謂安陵君曰：秦王，秦始皇嬴政，當時尚未稱帝。安陵君，安陵國的國君。戰國時魏襄王封其弟為安陵君，此為其後人。安陵是魏的附庸國，在今河南省鄢陵縣西北。下文稱「五十里」，則其小可知。

[2] 願終守之，弗敢易：終，永遠。易，交換。這是說從先人那裡承受的土地，希望永久保守，不敢拿來交換。

[3] 寡人以五百里之地易安陵：寡人，寡德之人。先秦國君都這樣謙稱。

[4] 且秦滅韓亡魏：秦滅韓國在秦王十七年（公元前230年），滅魏國在秦王二十二年（公元前225年）。

[5] 以君為長者，故不錯意也：長者，年長之人，也有謹厚之意。錯意，錯，通「措」，置；不錯意，意思是不放在心上。

[6] 請廣於君：廣，擴充。意思是讓安陵君擴大領土。

[7] 輕寡人與：輕，看不起。與，通「歟」，相當口語的麼、嗎。

[8] 豈直五百里哉：豈直，難道只。

[9] 秦王怫然怒：怫然，盛怒的樣子。

[10] 伏屍百萬，流血千里：這是天子一旦發怒的後果，殺人無數。

[11] 大王嘗聞布衣之怒乎：布衣，平民，因平民穿麻布衣服；這是借代。

[12] 亦免冠徒跣，以頭搶地耳：免冠，把帽子摘掉。徒，光着。跣，赤足。搶，撞。耳，罷了、而已。意思是也不過是脫去帽子，光着腳，以頭撞地罷了。

[13] 夫專諸之刺王僚也，彗星襲月：專諸，春秋時吳國人，奉公子光（即闔閭）之命刺殺王僚，他把匕首藏在魚腹，獻魚時刺殺了王僚，他也同時被殺。這是有名的「魚藏劍」故事。唐雎説：專諸刺殺吳王僚的時候，彗星掃過月亮。彗星帶光尾，像掃帚，故名掃帚星。「彗星襲月」和下文的「白虹貫日」、「蒼鷹擊於殿上」都是為行刺時加添色彩。

[14] 聶政之刺韓傀也，白虹貫日：聶政，戰國時韓國人，應韓大夫嚴仲子之請刺殺韓傀。聶政刺殺韓傀的時候，一道白光貫穿太陽。韓傀是韓國的相國，與嚴仲子有仇，聶政事後毀容自殺。

[15] 要離之刺慶忌也，倉鷹擊於殿上：要離奉公子光之命刺殺慶忌，慶忌是吳王僚之子。公子光殺死王僚後，斬草除根，派要離去把慶忌也殺了。要離刺殺慶忌的時候，蒼鷹撲到宮殿上。倉，通「蒼」。事後要離自殺。

[16] 休祲降於天：休，吉祥。祲，音針，不祥。休祲，吉凶的徵兆。憤怒尚未發作，上天已降示徵兆。

[17] 與臣而將四矣：臣乃唐雎自稱。意思是加上我，將成為四個人了。唐雎表示將效法專諸、聶政、要離三名刺客，刺殺秦王。

[18] 伏屍二人，流血五步，天下縞素：伏屍，指秦王和他自己，意思是我這個士人一旦發怒，就要和你玉石俱焚。縞素，白色絲織品，借代指喪服。

[19] 秦王色撓，長跪而謝之曰：色撓，臉色沮喪屈服。長跪而謝之，直身而跪，向唐雎道歉。古人席地而坐，坐時兩膝貼地，臀部靠在腳跟上。跪時上身挺直，表示莊重。

[20] 寡人諭矣：諭，明白。

32

王權，要八十一萬人搬運
——從問鼎到求鼎

一

九鼎是什麼呢？據說是王權的象徵。《左傳》和《戰國策》，各有一篇直接與九鼎有關的記載，前者是楚莊王向周室「問鼎」，後者是秦、齊先後向周室「求鼎」，從查問到索取，再對照周室應對的策略，反映了周室王權的變化，從衰落而走向敗亡。兩文不妨細讀。

東周以後，諸侯與周天子過去從屬的關係日漸消退，兩者的地位此長彼消。齊桓公首先稱霸，公元前 651 年，他與其他諸侯會盟於宋地葵丘，周襄王派人送祭肉給他，桓公行禮甚恭。對周天子仍然相當尊重。

之後是晉文公。公元前 635 年，文公協助周室平定內亂，向周襄王「請隧」，要求死後能有天子的葬禮。襄王不許，易之以黃河北岸的土地。另一霸主已開始有僭越之想，周室畢竟還可以討價還價。

然後是秦穆公。公元前 629 年，秦兵襲鄭，路過王城，戰車上不少左右戰士脫下頭盔，下車後又立即躍上，禮而不周，變成輕佻失敬。諸侯已不放周天子在眼裡。

二十五年後，輪到另一霸主楚莊王「問鼎」。《左傳》魯宣公三年（公元前 606 年），楚莊王趁攻伐陸渾之戎，軍隊開到洛伊之間，進入了周王城的南郊，竟然大舉閱兵示威，可見周室已無尊嚴可言。

從齊桓到楚莊，不足五十年。這是春秋中期，正是莊王一鳴驚人，聲勢顯赫的時候。楚莊王在泓水之戰（公元前 638 年），打敗了宋襄公；兩年後再聯合鄭，與宋、陳交戰，又大勝，並且俘得宋戰車五百乘。而齊、晉兩大國正受荒唐、不君的統治，一個是齊懿公，另一個是晉靈公，對楚的無禮，自顧尚且不暇，再無霸主可以挺身而出。

楚征陸渾之戎，那是假攘夷之名。陸渾之戎是戎的一支，有點無辜，本來居於瓜州，秦、晉把他們遷移到洛、伊荒僻之地，與當地另外一些戎人雜居。經過十多年的發展，對周並未構成太大的困擾，對楚而言，其依輔於晉，卻是威脅。南方的楚人主動出師，毋寧是以夷制夷，楚過去一直被當成蠻子。這時候的攘夷，已不尊王。

楚莊王初到中原，一定思前想後，感慨萬千。當初熊繹封於楚，名號最低，其領袖始終被稱為楚子。封於南蠻之地，要與其他不馴的少數族裔打交道，跡近放逐。周天子姬姓和姜姓的親戚功臣，都受封於漢水以北；以南的，包括西方的秦，都當是蠻夷。楚人經過五代六君的經營，塑造了自己獨特的文化，整合各部，逐漸成為南方強國。而且一直不服氣，一直不朝。周昭王曾親征楚荊，動用了接近半個國家的軍力（西四師）。《史記》說他「**卒於江上**」，更四師覆沒。東漢末皇甫謐《帝王世紀》則記昭王過漢水時，當地船人故意讓他乘坐用膠貼合的船，航行不多久，船就溶解，因此溺死。楚到了第六君，出了個能人熊渠，不斷擴展國土，伐庸、楊粵、鄂，自稱「**我蠻夷也，不與中國之號諡**」（《史記·楚世家》），乃自稱楚王。其後到了周厲王，怕厲王攻打，才去王號。

周定王派王孫滿慰勞楚軍，沒有實力，唯有用軟功。但這也顯示周室對蠻夷的態度跟以前大不相同，現實如此，不得不追認；而另一面，華夷融合，不再是種族的界定，而是文化水平的分別了。南方楚人的文化，已趕過了中原。楚莊王初蒞周境，我們不知道他是否有「衣錦還鄉」的感覺，但這個 prodigal son，久已紮根南方，從這個角度看，或者可以重新理解他見了面，就問九鼎的大小、輕重的心態。九鼎是

王室傳國之寶，並不示人。問鼎，相當無禮。論者大多認為這表示覬覦天子之位。這是從周朝仍然作為中心去看問題。看重與看輕，其實是一事的兩面。打個比方，你問周天子的皇冠值多少錢，就假設他有皇冠吧，不禮貌，正是要表示輕蔑的意思，不一定倒過來要奪取它。這所以《史記》補充說：你有，了不起？楚國把將士的戈尖折下，也同樣足夠鑄鼎（「**子無阻九鼎，楚國折鈎之喙，足以為鼎**」）。他沒有自誇。晉文公重耳流亡楚國時，說楚的資源物產比晉豐盛得多，並非溢美，譬如銅錫，楚的產量遠多於北方諸國，其中大銅礦為江南獨有。楚冶金技術的確凌駕北方。窮家子興家，每天鮑參翅肚，不一定喜歡吃，那是要向昔日看不起他的富人証明，我吃得比你豪。楚針對的，不是周，而是晉。陸渾之戎是晉的附庸。

王孫滿回答：在德不在鼎。這個王孫滿，即是二十年前目睹秦軍路過，輕佻放肆，斷言秦師必敗的小子，今已長大，成為出色的外交家。好像答非所問，問的是形而下的東西，答的是這東西形而上的作用。你以為楚人真需要你的鼎麼？他的回答，化實為虛，其實一針見血。然後，他闡述鼎的來源、功能。從前，夏朝因為實行德政（「**夏之方有德**」），遠方各地繪畫珍奇之物的圖像，獻給朝廷；九州則獻上金屬，鑄造九鼎，把各種圖像鑄刻在鼎上，讓百姓能夠辨識神奸善惡，進入川澤山林時，不會遇險，也不會遇到各種鬼怪。因此上下和睦，承受天賜的福澤。簡言之，因為德政，各方進貢，得以製成九鼎；九鼎原來有教育的功能：表現神，也表現奸，並非一味隱惡揚善，不是愚民，而是要讓人民學會辨別是非，得以趨吉避凶。於是上下相和，同心同德。這所以說，在德不在鼎。

讓人民懂得分辨是非，這是教育的目的，殆無可疑，九鼎能否做到，我卻不大相信，九鼎這重寶一直秘不示民，又沒有複製。

鼎的轉移，是由於失德。後來，夏桀無道，九鼎就移到商。商保持了六百年。紂王暴虐，九鼎又移到周。由此可見，德行美善光明，鼎雖小，卻很重。失德，奸邪昏亂，鼎再大，也很輕。這是再進一步，

通過鼎的轉移，把鼎提升為德的象徵；有德，就有王權。

然則，大家都不免會問：周朝到了這個地步，是否已屆移鼎的時候呢？他答：上天保佑有德的人，總有個限止。當初周成王定鼎於郟鄏，曾在神前占卜，卜辭說，周朝傳三十世，歷年七百，這是天授的年數。現在周德雖然衰弱，天命仍然未改，還不是移鼎的時候。九鼎的輕重，是不可以查問的。

「**鼎之輕重，未可問**」，土孫滿以否定問題來回答問題：因為這根本不成問題。鼎是天授的說法，不免虛玄，但既然鼎之輕重視乎是否有德，有德就重不能移，失德就輕而易移，順此思路，則天授與否、鼎的有沒有，是由於德行的緣故。德行的具體表現就是得人心。汲汲於問鼎，本身就是失德的行為；對楚莊王來說，的確是「**未可問**」。工孫滿年紀尚輕，卻看到王權的本質；他沒有回答：是否真有九鼎的實物。在春秋時代，他也仍然可以從容高論，把楚子訓了一頓。楚莊王也是個能聽道理會講道理的人，這是春秋精神，只好撤兵。到了戰國，講品德、說天授，那一套已完全不管用了。

<h2 style="text-align:center">二</h2>

戰國以後，周室已無足輕重，能引起諸侯話題的，大概就是深藏的九鼎。《戰國策・東周》記秦興兵來到周境，要索取九鼎。楚兵還是借攘夷之便進入周境；如今秦兵則是專程而來。這事發生在哪一年，有不同的說法，——是否真有其事，以至是否真有九鼎，先且不論，或說在周顯王時，或說在周赧王時，都圈定在東周末。東周末，我們讀歷史，甚少留意，原來淪為三等諸侯國的小周，再分裂成東西兩個更小國，那是西部太子朝與東部少子根爭立的結果。這種小家子的爭鬥，我們的確沒有興趣，兩個不多久就被歷史的風沙掩埋了。

就設定在周赧王時吧。秦兵臨城下，他很憂愁，告訴臣子顏率。顏率在《戰國策》出現過一次，以口才出色見稱，是典型的策士。《戰

國策‧東周》第一篇，就呈現周天子可憐的狀況，他所能依賴的，就是策士。顏率也充滿策士式的自信，安慰周王，請讓他向齊求助。

他何以跑到山東齊國去？因為秦孝公經過商鞅變法之後，與齊形成東西兩強。問題來了，開篇不是說「**秦興師臨周**」麼？先秦時代，從洛邑跑到齊國，不少於兩個月，遠水能救近火？就當他馬上去到了，秦兵又不反對在城下稍等一下，顏率的辯才方可以發揮。他對齊宣王說：秦王無道，發兵來到周城下索取九鼎，我君臣尋思對策，認為與其送給秦，不如送給齊。挽救危亡，可以贏得美名；得到九鼎，則是厚重的珍寶。願大王考慮。

齊王大喜，發兵五萬人，由陳臣思帶領拯救周室。問題又來了，一聲令下，立即裝備好，車軌雖然不同，要到就到了。無論如何，秦乃撤兵。

齊王收了支票，當然要兌現。這次，周天子又憂心忡忡。顏率說：不用擔心，請讓我去齊國解決問題。下文是顏率與齊王的對答，他把一個大國之君像傻子那樣玩弄在股掌之中。

顏率到了齊國，對齊王說：得蒙貴國仗義，周君臣父子得保平安，願獻九鼎給大王，但不知貴國要從哪條路把九鼎運回到齊國去？

齊王答：寡人將借道梁國。

顏率說：不可以。梁國君臣想得到九鼎，就在暉臺之下和少海之上謀劃了好些日子。九鼎一旦進入梁國，必然有入不出。

齊王說：那麼寡人將借道楚國。

顏率回答：不可以。楚國君臣為了得到九鼎，老早在葉庭謀劃；九鼎進入楚國，也不會出來。

齊王說：那麼寡人究竟從哪條路可以把九鼎運到齊國來呢？

顏率說：敝國私下也為大王發愁。所謂九鼎，並不像醋瓶醬罐一類東西，懷揣手提，就可以捎到齊國；也不像鳥飛鴉翔、兔躍馬馳，水花飛濺就到了齊國。從前，周武王伐殷取得九鼎，只一鼎就動用了九萬人拉，九鼎是九九八十一萬人。士兵役夫，還要準備搬運的工具。

如今大王即使有這樣的人力，又從哪條路可把九鼎運來？臣私下為大王擔憂。

齊王說：你多次到來，就是不想把九鼎給寡人！

顏率說：怎敢欺騙大國，趕快決定從哪條路搬運，敝國就聽令遷移九鼎。齊王終於打消了念頭。

南宋洪邁《容齋隨筆》評云：「《戰國策》首載此事，蓋以為奇謀，予謂此特兒童之見爾，爭戰雖急，要當有信。今一給齊可也，獨不計後日諸侯來伐，誰復肯救我乎？疑必無是事，好事者飾之耳。」指出周應該有誠信，然後認定必無此事。此文不可信，問題反而不在這種失信，而是爭戰的確甚急，求齊是遠水；其中所稱搬運要動員八十一萬人，這才是浮誇失實之處，周初固然拿不出這種人力物力，遑論更早的夏商。戰國後期，齊國一直無意介入西方的亂局，而齊王竟然也會相信顏率，利令智昏到這個地步？

文中說客揭穿各國的野心，也利用這種野心，彼此牽制；說得高興處，排偶疊出，「**夫鼎者，非效醯壺醬瓵耳，可懷挾提挈以至齊者；非效鳥集烏飛，兔興馬逝，灕然止於齊者。**」毛病卻出在細節。所謂「修辭立其誠」，政客之病正是徒有說話的技巧，而沒有誠意。沒有誠意的說話技巧，只是詭術，孟子所云「**邪辭**」。讀《戰國策》，反而要學會判別這種邪辭。難道齊國上下就不會判別，齊王真會被說得知難而退？既勞師開罪秦國，又要承擔收受之責？收不了，他不會拿幾個城邑之類做抵償麼？至於國力更小的梁（魏）會截劫這個燙手芋而不怕齊師，也不怕秦師，已是小枝節。

洪邁其後再進一步，質疑是否真有九鼎此物。且備一說。河南偃師二里頭的考古發掘，夏代已有青銅器的製作，如銅爵、銅鈴，畢竟比較粗糙，技術上能否按物鑄圖製成九鼎，頗成疑問。鼎的製作，大抵商以後才成熟，文中所云：一鼎要九萬人拉，真是天方夜譚，現存商禮器最大的司母戊方鼎，不過重 832.84 千克。漢代何休注疏《公羊傳》，說鑄鼎有定制，天子九鼎，諸侯七鼎，大夫五鼎、元士三鼎。

指的是西周。《史記・封禪書》：「秦滅周，周之九鼎入於秦；或曰宋太丘社亡，而鼎沒於泗水彭城下。」傳說而已。戰國以後，是否真有人見過？《戰國策・趙》載張儀到趙國唬嚇趙武靈王，提到九鼎已落入秦人之手，說：「今秦以大王之力，西舉巴蜀，并漢中，東收兩周而西遷九鼎，守白馬之津。」縱橫家的說話，不能無疑，楚莊王之後的懷王就身受其害了。

楚莊王的查問，大抵也只是聽說傳聞。王孫滿的答覆化實為虛，也未必表示真有九鼎。如果他答周室其實沒有九鼎，那才奇怪，那表示周已無合法治權？到了顏率，他應該見過九鼎吧，如果真有，卻描述得近乎胡謅。

從問鼎到求鼎，王孫滿和顏率都強調鼎的重量。不過，鼎之重，時代不同，就有不同的說法。王氏之鼎，是德行的化身，重的毋寧是質；顏氏之鼎，則專指鼎形而下的重量，再誇而大之，表現的是力。從依據德行立說，轉變為以騙術橫行，邪辭詭辯，則周固然衰敗，更反映時代淪落，果爾禮崩樂壞，今非昔比了。

原文

一

楚子伐陸渾之戎 [1]，遂至於洛 [2]，觀兵於周疆 [3]。定王使王孫滿勞楚子 [4]。楚子問鼎之大小輕重焉 [5]。

對曰：「在德不在鼎 [6]。昔夏之方有德 [7]，遠方圖物 [8]，貢金九牧 [9]，鑄鼎象物 [10]，百物而為之備，使民知神奸 [11]。故民入川澤山林 [12]，不逢不若 [13]。魑魅魍魎 [14]，莫能逢之 [15]。

用能協於上下，以承天休[16]。桀有昏德，鼎遷於商[17]，載祀六百[18]。商紂暴虐，鼎遷於周[19]。德之休明[20]，雖小，重也[21]。其奸回昏亂，雖大，輕也[22]。天祚明德，有所底止[23]。成王定鼎於郟鄏[24]，卜世三十，卜年七百，天所命也[25]。周德雖衰，天命未改。鼎之輕重，未可問也。」

——《左傳》宣公三年，公元前 606 年

注釋

[1] 楚子伐陸渾之戎：楚子，楚莊王（公元前 613 年至公元前 591 年在位）。楚是子爵，但自稱王。陸渾，今河南省嵩縣。戎，允姓少數民族，原居秦晉南北部，為秦晉誘逼，遷居今河南省嵩縣及伊川縣境。

[2] 遂至於洛：洛，洛水。

[3] 觀兵於周疆：觀兵，即閱兵。在周的疆土內進行閱兵。

[4] 定王使王孫滿勞楚子：定王，周朝第二十一王（公元前 606 年至公元前 585 年在位）。王孫滿，周大夫。勞，慰勞。

[5] 楚子問鼎之大小輕重焉：鼎，指九鼎；相傳是夏禹所鑄，為夏、商、周三代傳國之寶，藏於首都。

[6] 在德不在鼎：意思是鼎之大小輕重，在於君主的德行，不在於鼎的本身。

[7] 昔夏之方有德：夏，指夏禹；另一説指夏啟。

[8] 遠方圖物：圖，繪畫；動詞。遠方各地將山川奇異之物繪成圖像，送給朝廷。

[9] 貢金九牧：金，金屬，青銅之類。古代中國分為九州，九牧，即九州的州長。九州的州長進貢金屬。

[10] 鑄鼎象物：把九州所獻的銅鑄造九隻鼎，一州一鼎，並把遠方所畫的圖像刻在鼎上。

[11] 百物而為之備，使民知神奸：百物，泛指萬物。百物皆備於鼎上，使人民知所辨識：何者為神，何者為奸。

[12] 故民入川澤山林：指人民在川澤山林漁獵淘活。

[13] 不逢不若：若，順、利。不若，不利心。指人民漁獵時不會遇上不利之物。

[14] 魑魅魍魎：魑魅，山林的鬼怪。魍魎，水妖。泛指妖魔鬼怪。

[15] 莫能逢之：人民在九鼎上學會辨別，所以能避過不利、有害之物。

[16] 用能協於上下，以承天休：用，因。協，和。休，福佑。因此能夠上下協和，承受上天的恩賜。

[17] 桀有昏德，鼎遷於商：夏桀無道失德，鼎遷移到興起的商湯。

[18] 載祀六百：載、祀，意思都是年。這是說商朝紀六百年。

[19] 商紂暴虐，鼎遷於周：商紂暴虐，鼎遷移到興起的周武。

[20] 德之休明：之，若果。休，美善。明，光明。若果德行美善光明。

[21] 雖小，重也：連上句，鼎雖小，若果德行美善光明，則重而不能遷。

[22] 其奸回昏亂，雖大，輕也：回，奸邪。若果奸邪昏亂，鼎雖大，也輕而易遷。

[23] 天祚明德，有所底止：祚，福澤；動詞。底止，指最終的年限。上天賜福給明德的人，有固定致止的時限。

[24] 成王定鼎於郟鄏：成王，周成王。郟鄏，音甲玉，周王城，今河南省洛陽市 。周成王遷定九鼎於郟鄏。

[25] 卜世三十，卜年七百，天所命也：卜，占卜。世，代。意思是占卜的結果，周傳世三十代，享年七百，這是上天的賜命。

原文

二

秦興師臨周而求九鼎 [1]，周君患之 [2]，以告顏率 [3]。顏率曰：「大王勿憂，臣請東借救於齊 [4]。」

顏率至齊，謂齊王曰：「夫秦之為無道也，欲興兵臨周而求九鼎，周之君臣，內自畫計 [5]，與秦，不若歸之大國 [6]。夫

存危國，美名也[7]；得九鼎，厚寶也。願大王圖之。」齊王大悅，發師五萬人，使陳臣思將以救周[8]，而秦兵罷。

齊將求九鼎，周君又患之。顏率曰：「大王勿憂，臣請東解之。」

顏率至齊，謂齊王曰：「周賴大國之義，得君臣父子相保也，願獻九鼎，不識大國何途之從而致之齊[9]？」

齊王曰：「寡人將寄徑於梁[10]。」

顏率曰：「不可！夫梁之君臣欲得九鼎，謀之暉臺之下，少海之上[11]，其日久矣。鼎入梁，必不出。」

齊王曰：「寡人將寄徑於楚[12]。」

對曰：「不可！楚之君臣欲得九鼎，謀之於葉庭之中[13]，其日久矣。若入楚，鼎必不出。」

王曰：「寡人終何途之從而致之齊[14]？」

顏率曰：「敝邑固竊為大王患之[15]。夫鼎者，非效醯壺醬甄耳[16]，可懷挾提挈以至齊者[17]；非效鳥集烏飛[18]，兔興馬逝[19]，灕然止於齊者[20]。昔周之伐殷，得九鼎，凡一鼎而九萬人挽之，九九八十一萬人，士卒師徒，器械被具所以備者稱此[21]。今大王縱有其人，何途之從而出？臣竊為大王私憂之。」

齊王曰：「子之數來者[22]，猶無與耳[23]！」

顏率曰：「不敢欺大國，疾定所從出[24]，敝邑遷鼎以待命。」齊王乃止。

—— 《戰國策·東周》

注釋

[1] 秦興師臨周而求九鼎：周，周境。

[2] 周君患之：周君，一說為周顯王，另一說為周赧王。周赧王，公元前 314 年至公元前 256 年在位，其時周已分裂為東周、西周，赧王居寄於西周，仍稱周天子。公元前 256 年，秦滅西周，赧王入秦，不久死，周滅。此文記秦發兵來到周境索取九鼎，周天子為此憂慮。

[3] 以告顏率：顏率，周臣子。

[4] 臣請東借救於齊：請讓臣下到東方的齊國求助。

[5] 內自畫計：畫計，盤算。周廷內部私下盤算。

[6] 與秦，不若歸之大國：與，給予。歸，通「饋」，送贈。大國，指齊國。

[7] 夫存危國，美名也：存，保存。危國，指周。

[8] 使陳臣思將以救周：陳臣思，齊將領，即田忌，又稱田臣思；古音「田」、「陳」相通。將，率領軍隊；動詞。

[9] 不識大國何途之從而致之齊：不知道貴國要從哪條路把九鼎運到齊國去。

[10] 寡人將寄徑於梁：寡人，寡德之人，先秦君主自我謙稱。寄徑，猶言借路。梁，魏惠王三十一年，把都城從安邑（今山西省夏縣）遷至大梁（今河南省開封市），故魏又稱梁。

[11] 謀之暉臺之下，少海之上：暉臺，大梁宮內臺名。少海，即沙海，當年大梁北部有沙海。

[12] 寡人將寄徑於楚：我會從楚國借道。

[13] 謀之於葉庭之中：葉庭，一作章華之庭。楚地名。

[14] 寡人終何途之從而致之齊：我到底從哪條路把九鼎運到齊國來。

[15] 敝邑固竊為大王患之：敝邑，即敝國。竊，私下。患，憂慮；動詞。

[16] 夫鼎者，非效醯壺醬甄耳：效，仿效。醯壺，醋罐；醯，音希。甄，小瓦器，盛水漿用。醯壺醬甄，泛指一般器皿。

[17] 可懷挾提挈以至齊者：懷挾，猶言「懷揣」。提挈，用手提起。

[18] 非效鳥集烏飛：鳥集，眾鳥群集。烏飛，烏鴉飛翔。

[19] 兔興馬逝：興，起。逝，飛馳。兔子迅跑，馬匹飛馳。

[20] 漓然止於齊者：漓然，水滲流的樣子；作快速之意。止，即至。

[21] 器械被具所以備者稱此：被具，指運物的工具。稱此，與這相稱。

[22] 子之數來者：數來，幾次到來。

[23] 猶無與耳：與，給予。等於不給予罷了。

[24] 疾定所從出：疾定，趕快決定。趕快決定把九鼎運出的途徑。

33

操縱一條河水

——東西周兩個小朝廷的爭吵

　　打開《戰國策》，起首是東周，然後是西周，東西這兩個周，是戰國末期周赧王時一分為二的小朝廷。一般人讀歷史不會留意，的確不必留意，周室至此，已衰弱不堪，不值得費神了，朝廷那麼小，影響那麼小，再加分裂，又互相猜忌、爭鬥，更加令人看不起。諷刺的是，周室這位末代天子周赧王在位最長，一生目睹世局的大變，先是秦的興起，南征東伐，既打敗楚，又東攻三晉。他應該知道趙武靈王胡服騎射的奮發自強，然後韓、魏聯軍被秦將白起擊潰，戰死二十四萬。秦、齊短暫地稱帝；齊為秦軍所敗，到田單才收復國土。但齊已元氣大傷了。他會讀到屈原的〈哀郢〉嗎？再然後是長平之戰，白起又坑趙降卒四十萬，——他一定連場惡夢。然而，風雨飄搖的周室，怯於外侮，卻勇於內鬥，再分裂成東西兩部，由東周公和西周公分治，周赧王留守西周王城，在洛水的上游，不過三十六個城池，只有三萬人口，國小而民寡。三百年前齊桓公稱霸時，單是首都臨淄，人口已達二十萬；到了戰國齊宣王，更達五十萬。

　　《戰國策・東周》記載了兩周因為水源而爭吵，相爭的結果，讓策士漁人得利。此文反映了兩周的不濟、小家，也讓我們看到，縱橫家的伎倆，他們成為了這個時代的主角。

　　東周想種植水稻，需要大量的水，可它在洛水的下游，西周把水源截斷了。東周公對此感到憂慮，吃苦的其實還是人民。蘇子對東周

公說：請讓我出使西周，讓西周開放水源，可以嗎？這個蘇子，並不指明，有人說是蘇秦，也有人說是他的兄弟蘇代或者蘇厲。蘇氏一門五傑，至少有三個同樣擅長口舌。這三個，《戰國策》並稱蘇子。《史記》對蘇秦有詳細的刻劃，但與考古出土的帛書有別。

這位蘇子到西周對西周君說：閣下的計謀錯了，現在不開放水源，因此富裕了東周。如今東周的人民都種植麥子，並不種植其他；若想敗壞東周，不如開放水源，讓東周無法種植麥子。開放水源後，東周必定重新種植水稻，這時候再去截停水源。這樣的話，東周的人民都要仰賴西周，而要聽令於閣下了。

西周君說：好。於是開放水源。蘇子也得到兩國的賞金。

事情就這麼簡單，因為把西周君的頭腦寫得簡單之故，他看來不會打探消息，辨明真偽。其實起首的一小段：「**東周欲為稻，西周不下水，東周患之。**」已說明西周是很清楚對手當下土地上的東西，是麥子，至少大部份是麥子；想改種稻，或者想改多種一些稻，那是將來式。否則，水從西而東，順流而下，當初西周何以會有截水的念頭呢？對手改，他也改；就是不要你好過。卻不以人民為念，還以為因此可以獲得人民的仰賴，得民心。但真要截，談何容易？東周如果因為西周不下水而富起來，又何必自尋煩惱？

此文的真偽，實則也是可疑的，一如《戰國策》的其他文章，美化了這種政客，讓他們成為大贏家。政客與政治家（politician）不同，政治家有政治的想理、信念，並不玩政治。政客則翻手為雲，覆手為雨，大朝廷固然任其唆擺，小朝廷更受其愚弄。倘史實如此，那麼到西周再去截停水源，蘇子大抵也會警告東周，這一造之後，就要重新種麥；他料事如神。不過，水的確是生命之源，從古至今，以色列和巴勒斯坦，不就為爭一條乾淨的約旦河，成為所有中東問題的癥結麼？

倘在春秋，游說之士會有不同的表現。他們同樣很會說話，但大抵會從正面立論，往往義正辭嚴，提倡和諧共享，兄弟不要鬩牆，這才符合周人祖先建立的禮，不要做不肖子孫云云，能否成功，是另一

回事。我們看燭之武、王孫滿、賓媚人等，說辭明顯有別。如今一條河水的開關，人民生計所繫，竟由縱橫家操縱，而上下游的兩個小朝廷都聽任他「反間式」的擺佈。時代畢竟變了，變得不辨真偽。

周赧王五十九年（公元前 256 年），西周國終為秦所滅。東周國再多殘喘七年，也為秦所滅，周於是成為史傳家筆下的歷史。

下一段歷史，是一統天下的秦朝，不再分封，中央集權，而且是極權。那是另一個話題。

原文

東周欲為稻 [1]，西周不下水 [2]，東周患之。

蘇子謂東周君曰 [3]：「臣請使西周下水，可乎 [4]？」

乃往見西周之君曰 [5]：「君之謀過矣 [6]。今不下水，所以富東周也 [7]。今其民皆種麥 [8]，無他種矣。君若欲害之，不若一為下水，以病其所種 [9]。下水，東周必復種稻；種稻而復奪之 [10]。若是，則東周之民可令一仰西周 [11]，而受命於君矣。」

西周君曰：「善。」

遂下水。蘇子亦得兩國之金也。

—— 《戰國策 · 東周》

注釋

[1] 東周欲為稻：為稻，種植稻米。稻田，要大量水份。

[2] 西周不下水：不下水，不開放河水。西周在洛水上游，洛水從西而東。東周在下游。

或說此水乃洛水的支流伊水。

[3] 蘇子謂東周君曰：蘇子，蘇秦兄蘇代，或蘇厲（一說蘇秦乃兄），並未確指；或有意不確指，代表戰國時縱橫游說的策士。

[4] 臣請使西周下水，可乎：使，出使；動詞。

[5] 乃往見西周之君曰：西周之君，「之」字是衍字。

[6] 君之謀過矣：謀，計謀。過，出錯、不妥。

[7] 所以富東周也：富，富裕；動詞。

[8] 今其民皆種麥：麥宜乾燥，水多反而不好。

[9] 以病其所種：病，殘害；動詞。

[10] 種稻而復奪之：復奪，重新奪取水源，即再堵截河水。一作搶奪，即把東周收成的稻米再搶奪過來，不妥。

[11] 則東周之民可令一仰西周：仰，仰賴。可令東周的人民全仰賴西周。

漢畫像石：管仲射小白（參照：05 讓賢、信賢的大氣度——齊桓公和他背後的男人）

管仲墓（參照：05 讓賢、信賢的大氣度——齊桓公和他背後的男人）

管仲紀念館（參照：05 讓賢、信賢的大氣度——齊桓公和他背後的男人）

齊桓公像（參照：05 讓賢、信賢的大氣度——齊桓公和他背後的男人）

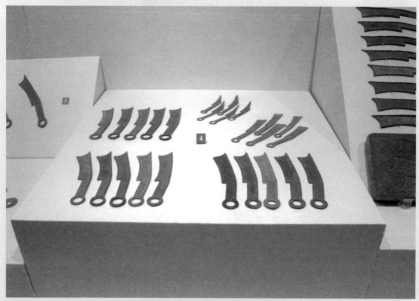

齊國刀幣（參照：06 霸主的晚節——齊桓公葵丘之會）

玉玦（參照：07 衣飾的象徵——晉大子申生受命出師）

漢畫像石：驪姬下毒（參照：08 胡塗父，愚孝子——晉驪姬之亂）

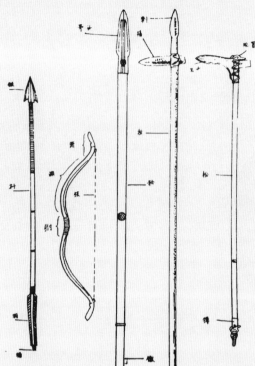

春秋兵器（參照：10 君王呵你
不懂戰爭——宋楚泓水之戰）

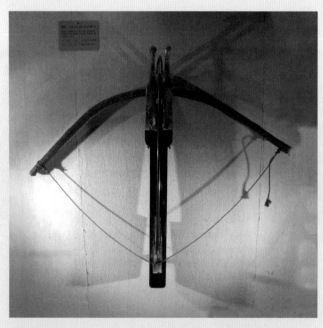

春秋弓弩（參照：10 君王呵你不懂戰爭——宋楚泓水之戰）

周元戎圖

元戎十乘以先啟行元大也戎戎
車先軍之前鋒也元戎甲士三人
同載左持弓右持矛中御戈殳戟
矛插於軾懴書鳥隼之章

鳥章

戈戟

馼介

晏嬰墓旁石刻像（參照：17 國家與國君有別——晏子不死君難）

漢畫像石：崔杼弒莊公（參照：17 國家與國君有別——晏子不死君難）

子產像（參照：19 輿論，是我的
良藥——子產不毀鄉校）

姜太公像（參照：20 分崩離析，中心無力挽——晏嬰與叔向論末世）

晏嬰墓（參照：21 貴賤，你真懂得麼？──景公欲更晏子之宅）

作者與晏嬰墓（參照：21 貴賤，你真懂得麼？──景公欲更晏子之宅）

稷下學宮遺址（參照：21 貴賤，你真懂得麼？──景公欲更晏子之宅）

伍子胥像（參照：22 不懂史，何能識？更何能通識？——伍子胥反對吳越講和）

紹興越王（勾踐父允常）大塚（參照：22 不懂史，何能識？更何能通識？——伍子胥反對吳越講和）

越王大冢入口（參照：22 不懂史，何能識？更何能通識？——伍子胥反對吳越講和）

齊威王像（參照：25 沒有自信的俊男——
鄒忌諷齊王納諫）

齐 威 王

田牤，名因齐。公元前355年——
前320年在位。任用邹忌为相，田忌为
将，孙膑为军师，致力于改革政治，
修政整军，国力渐强，于桂陵、马陵
两次大败魏军之后，开始称雄。在临
淄稷门外设稷下学宫，广揽诸子百家
进行讲学议论，极盛一时。

The Wei King of Qi
Named Yin i still carried on Tai gong and
Huan gong's principle,practiced to adopt pro-
posals and reformed politirs.He and the Xuan
King founded the seat of learning to let a hund-
red schools of thought contend in Jixia and had
built up the first monumedt to history of China
Culture.

齊景公殉馬坑（1）（參照：27 你會要你的所愛殉葬嗎？──秦宣太后愛魏醜夫）

后李春秋殉馬坑（參照：27 你會要你的所愛殉葬嗎？──秦宣太后愛魏醜夫）

齊景公殉馬坑（2）（參照：27 你會要你的所愛殉葬嗎？──秦宣太后愛魏醜夫）

司母戊鼎（參照：32 王權，要八十一萬人搬運——從問鼎到求鼎）

責任編輯	張艷玲
書籍設計	鍾文君

書　　名	**歷史的際會**——先秦史傳散文新讀
著　　者	何福仁
出　　版	三聯書店（香港）有限公司
	香港北角英皇道 499 號北角工業大廈 20 樓
	Joint Publishing (H.K.) Co., Ltd.
	20/F., North Point Industrial Building,
	499 King's Road, North Point, Hong Kong
香港發行	香港聯合書刊物流有限公司
	香港新界大埔汀麗路 36 號 3 字樓
印　　刷	中華商務彩色印刷有限公司
	香港新界大埔汀麗路 36 號 14 字樓
版　　次	2013 年 4 月香港第一版第一次印刷
規　　格	特 16 開（152 × 228 mm）312 面
國際書號	ISBN 978-962-04-3319-1